# El Destino 5

## Das Schicksal und die Spuren des Lebens

von

## Jaliah J.

## Impressum

Alle Rechte am Werk liegen beim Autor
J., Jaliah
El Destino 5 – Das Schicksal und die Spuren des Lebens

Berlin, April 2015
Erstauflage
Lektorat: Günter Bast, Sirin, Paula
Cover/Bildgestaltung: Klaud Design – Marie Wölk

Herstellung und Verlag:
BoD - Books on Demand, Norderstedt

ISBN 978-3-7347-7104-0
www.jaliahj.de

Dieses Buch ist für alle, die angefangen haben, mit Celina und Fernando mitzuleiden. Die erlebt haben, wie José für Janine gelernt hat, Gefühle zuzulassen. Für diejenigen, die mit Elisa ihren schweren Weg zusammen gegangen sind und die gespürt haben, wie sich das Schicksal allen Plänen von Gabriel in den Weg gestellt hat.

Nun könnt ihr die Geschichte von Nathan erleben und ein weiteres Mal stellt sich die Frage …

… Glaubst du an das Schicksal?

## 10 Jahre zuvor

»Na los, rein mit dir!« Nathan gibt sich alle Mühe, die schwere Sporttasche ins Haus zu schleifen. Er hat darauf bestanden, auch etwas aus dem Auto ins Haus tragen zu dürfen. Sein Onkel hat ihm dann die graue Tasche gegeben. Sie muss die Leichteste sein, doch Nathan hat schwer mit dem Gewicht zu kämpfen. Er weiß nicht, was sich in der Tasche befindet, doch es fühlt sich an, als wäre sie mit Zement gefüllt.

Sein Vater trägt sogar zwei Taschen und sein Onkel eine, die doppelt so groß ist wie seine. Nathan macht kurz Pause und sieht, mit welcher Leichtigkeit die Männer die Taschen ins Haus bringen. Er kann es nicht abwarten, auch endlich älter und stärker zu sein.

Die Männer gehen ins Haus. Motheka blickt sich zu ihm um und zwinkert ihm zu. Nathan weiß natürlich, dass Motheka nicht sein richtiger Onkel ist, doch er ist immer mit seinem Vater zusammen und all seine Brüder nennen ihn ebenfalls Onkel. Also tut es Nathan ihnen gleich. Er hat bereits gelernt, dass er nicht zu allen Dingen Fragen stellen sollte und manchmal würde er die Antwort auch gar nicht wissen wollen.

»Wieso ist Nathan nicht in der Schule? Du hast versprochen, wenigstens ihn nicht ständig aus der Schule zu nehmen.« Nathan lässt die schwere Sporttasche im Flur, als er diesen endlich erreicht hat und geht direkt in die Küche, in der seine Mutter am Herd steht. Am Esstisch sitzt seine Schwester Elisa über Schulaufgaben. Sie sieht nur kurz auf, als ihr Vater ihr einen Kuss auf den Scheitel gibt.

»Hör auf, ihn aus allem herauszuhalten. Ich weiß, dass er der Jüngste ist, er ist aber kein Baby mehr!« Nathan würde seinen Vater nicht als streng bezeichnen, aber wenn er wie gerade eben antwortet, weiß jeder, dass damit alles gesagt ist. Man sollte dazu dann nichts mehr sagen, und somit sieht seine Mutter nur traurig zu Nathan, dann lächelt sie jedoch.

»Sieh ihn an, Motheka. Jedes Mal, wenn ich ihn anblicke, sehe ich Fernando. Wäre Fernando nicht älter, würde man denken, sie sind Zwillinge.« Motheka lächelt mild. »Das stimmt, sie beide haben die meiste Ähnlichkeit, aber man sieht ihnen allen an, dass sie Geschwister sind.«

Seine Mutter blickt Nathan in die Augen. Sie wirkt oft traurig und erschöpft. Wenn man sie aber fragt, ob alles in Ordnung ist, lächelt sie immer. Auch jetzt atmet sie tief aus, dann lächelt sie. »Setz dich, mein Engel, es gibt Essen.« Genau in dem Moment, wo sie alle Platz nehmen, kommen Arturo und Nando in die Küche.

Sie sind seine ältesten Brüder. Nathan ist gerade dreizehn geworden, Arturo ist schon einundzwanzig, Nando ist achtzehn. Dann kommt Elisa, die gerade siebzehn geworden ist und gleich danach der sechzehnjährige Gabriel. José ist fünfzehn und dann kommt er. Nathan hasst es, der Jüngste zu sein.

Arturo gibt ihrer Mutter einen Kuss, während sich Nando verwundert umsieht. »Wo ist Alonzo? Ich dachte, er wäre mit dir unterwegs?« Elisa blickt von ihrem Schulzeug auf und räuspert sich. »Nein, wieso sollte er? Ich weiß nicht, wo er ist. Er ist dein bester Freund!« Elisa ist das einzige Mädchen und zickt täglich herum. Nathan ist froh, nur eine Schwester zu haben. Elisa ist mehr, als fünf Brüder bewältigen können.

Nando reißt sich etwas von Nathans Brot ab und zieht ihrer Schwester am Zopf. »Es war nur eine Frage, sei nicht immer so empfindlich!« Ihr Vater sieht zwischen seinen Söhnen hin und her. »Habt ihr euch um die Lieferung gekümmert?« Arturo nimmt sich etwas zu trinken, sie haben sicherlich schon gegessen. »Ja, wir fahren jetzt aber noch einmal los, um uns dieses neue Lager anzusehen, was Samo aufgetrieben hat.« Sein Vater nickt.

»Nehmt Gabriel und José mit!« Nando rückt sein Shirt zurecht. Nathan weiß, dass sein Bruder darunter eine Waffe trägt. Alle seine Brüder tragen bereits Waffen bei sich. Er durfte nur einmal eine benutzen, und dafür musste er Arturo stundenlang überreden.

Nathan schiebt seinen Teller weg. Er hat keinen Hunger mehr. »Die beiden sind, glaube ich, verabredet.«

Ihr Vater sieht von seinem Teller auf und blickt streng zu Arturo. »Das ist egal, holt sie ab. Die Familia geht vor, merkt euch das!« Nando und Arturo nicken. Als Nathan seiner Mutter den Teller gibt, streicht sie ihm zärtlich über den Kopf. »Bevor ich es vergesse, Alyssias Tante war hier. Sie ist wohl nach der Schule nicht nach Hause gekommen und sie dachte, du wüsstest, wo sie ist. Ich hatte ja keine Ahnung, dass du gar nicht in der Schule warst.« Ihr vorwurfsvoller Blick geht zu ihrem Vater, der sich allerdings wieder seinem Essen und Motheka widmet.

»Ich gucke später nach ihr.« Bevor sie etwas dazu sagen kann, eilt er seinen Brüdern nach, die bereits hinausgegangen sind. Sie wollen gerade in das neue Auto steigen, das Nando erst vor ein paar Tagen von ihrem Vater bekommen hat, als Nathan sie einholt. »Ich möchte auch mitkommen.« Nando stockt einen Moment und Arturo lacht leise. »Mini-Nando kann es nicht erwarten, oder?«

Nathan weiß selbst, dass Nando und er sich sehr ähnlich sehen, doch er hasst es, so genannt zu werden. Nando steht vor ihm und sieht ihm in die Augen. »Wir hatten das Thema erst gestern.« Nathan versucht sich unauffällig etwas größer zu machen und blickt Nando unerschrocken in die Augen. »Das ist mir egal, ich bin so weit!«

Arturo lächelt mild und steigt ein, während Nando ihn streng ansieht. »Nathan, geh spielen. Such Alyssia und hab deinen Spaß. Keiner von uns konnte lange ein Kind sein, spielen und all das. Du sollst noch, so lange es geht, ohne die Last der Familia auf deinen Schultern leben. Deine Zeit wird noch früh genug kommen.« Mit diesen Worten steigt er ein und seine Brüder fahren davon.

Wütend blickt er ihnen nach und kickt eine Cola-Dose hinter ihnen her. Er hasst es, der Jüngste zu sein. Seine Brüder werden ihn niemals mitmachen lassen, sie werden ihn immer als kleines Kind sehen. Er läuft enttäuscht die Straße hinunter, in der sie leben. Nach und nach sind alle aus seiner Familie hergezogen und die Männer mit ihren Familien, die mit seinem Vater zusammenarbeiten. Es gibt mittlerweile immer weniger Häuser hier in ihrem Gebiet, die von anderen Familien bewohnt werden. Zu einem dieser wenigen Häuser, die nicht zu den Los Natos gehören, geht er jetzt.

Alyssias Tante kommt aus dem Haus, auf ihrem Arm Amanda, die vor zwei Tagen ein Jahr geworden ist. »Nathan, weißt du, wo Alyssia steckt? Sie hat nach der Schule den Rucksack auf die Terrasse geschmissen und ist seitdem weg.« Nathan lacht, als Amanda freudig ihre Hände nach ihm ausstreckt. Sie hat die gleichen hellbraunen Locken wie ihre ältere Schwester und die selben hellbraunen Augen.

Alyssias Mutter ist hier aufgewachsen, ihr Vater kommt aus Kanada. Er hat in San Sebastian eine Firma gegründet und ist sehr erfolgreich, deswegen leben sie hier in ihrer Gegend. Außerdem ist er sehr gut mit Nathans Vater befreundet. Aber er ist ein sehr heller Mann, und deswegen sind seine Töchter auch heller als die meisten Leute hier. Nathan weiß, dass Alyssia es hasst, aus der Menge herauszustechen.

Trotzdem sieht man Alyssia und Amanda an, dass sie aus Puerto Rico stammen. Im Gesicht kommen sie ganz nach ihrer Mutter, die Nathan auch sehr gut kannte, nur dass sie eben heller sind. Sie haben auch das Lachen ihrer Mutter. Allerdings hat Nathan das bei Alyssia nicht mehr gehört, seitdem ihre Mutter, zwei Monate nach Amandas Geburt, an einer Lungenentzündung gestorben ist.

»Ich kann mir schon denken, wo sie ist. Ich schicke sie nach Hause.« Die Schwester der verstorbenen Mutter lächelt. »Du wirst ihr sicherlich fehlen in Kanada, aber ihr könnt euch schreiben.« Nathan sieht auf die Umzugskartons und in seinem Magen rumort es.

Ohne darauf zu antworten, läuft er zurück, den Berg wieder hoch, sowie an seinem Haus vorbei. Zwei Häuser weiter kommen gerade zwei Cousins von ihm aus dem Haus seiner Tante und fragen, ob er mit Fußball spielen kommt. Nathan ruft ihnen zu, dass er gleich nachkommen werde und beeilt sich, an das Versteck zu kommen, was nur Alyssia und er benutzen.

Er muss einen kleinen Weg durch den Wald gehen, der ihr Gebiet beendet. Danach geht der Berg, auf dem sie hier leben, wieder steil nach unten. Von ihren geheimen Platz können sie den Berg hinunter auf Tausende lila Blüten sehen, die hier wachsen. Alyssia liebt diesen Anblick. Nathan hat sie nach dem Tod ihrer Mutter auch nachts oft von dort holen müssen, wenn ihr Vater besorgt bei ihnen geklingelt hat.

Jeder weiß, dass Nathan Alyssia immer finden wird, doch sie alle respektieren, dass er niemals jemandem von ihrem Versteck erzählen wird. Kein anderer darf hierher. Nathan bleibt kurz stehen, als er auf Alyssias Rücken sieht. Sie trägt ihre Haare offen, was wiederum bedeutet, dass sie Ärger hatte. Sie trägt sonst immer einen Zopf. Immer. So haben sie sich angefreundet. Nathan war in ihrer Nachbarklasse. Sie waren gerade neu eingeschult worden, und zwei Jungs aus seiner Klasse haben Alyssia an den Haaren gezogen und ihr Haarband herausgezogen.

Vielleicht liegt es daran, dass sie hellere Haare als die meisten Mädchen hier hat, dass die Jungs sie schon immer genau damit aufgezogen und sie so geärgert haben. Vielleicht liegt es auch daran, dass mittlerweile fast jeder weiß, wie sehr sie es hasst, wenn man ihren Zopf anfasst.

Weil sie nah bei Nathan wohnt und ihre Väter befreundet sind, hat er sich dazu verpflichtet gefühlt, einzugreifen, und irgendwie hat sich das nie geändert. Seitdem sind sie fast täglich zusammen, aber sie spielen nicht zusammen.

Alyssia spielt mit ihren Freundinnen und Nathan mit seinen Freunden, den Cousins oder seinen Brüdern, doch Alyssia und er sind trotzdem jeden Tag zusammen. Entweder kommt er zu ihr oder umgekehrt, aber früher oder später landen sie immer an diesem Platz hier.

Seine Brüder haben sie schon vollkommen in ihrer Familie akzeptiert. Einmal hat José sie beschützt, als Nathan krank war und nicht auf Alyssia aufpassen konnte.

»Deine Tante sucht dich!« Alyssia dreht sich nicht um. »Mir egal!« Nathan lässt sich neben ihr nieder und sieht auf den Kranz aus lila Blumen, den sie sich flechtet. Sie macht das ständig. Alyssia trägt heute einen weißen Rock, der überall schwarze Flecken hat. Ihr Knie blutet. »Wer war es?« Alyssia blickt von ihrer Arbeit auf und sieht ihn wütend an.

Wenn die Sonne sie so anstrahlt wie jetzt, wirken ihre hellbraunen Augen grün. Nathan hat ihr das oft gesagt, doch sie ist dann jedes Mal sauer mit ihm. Sie hasst alles, was sie von den anderen unterscheidet. Sie wird ständig damit geärgert, keine richtige Puertoricanerin zu sein.

»Du warst nicht da. Du weißt, dass wenn du nicht da bist, die Jungs sich plötzlich alles trauen. Sie haben gesagt, dass ich nur so frech bin, wenn du in der Schule bist und du mich nur beschützt, weil ich dich dafür küssen würde.« Alyssia sieht ihn empört an. »Wer genau war das?« Sie kümmert sich wieder um ihren Kranz. »Ist doch egal, ich bin die eh bald alle los.« Nathan wird sauer. »Bist du jetzt plötzlich doch froh, von hier wegzukommen?«

Seit einem Monat wissen sie, dass Alyssia in ein paar Tagen mit ihrem Vater und Amanda nach Kanada ziehen wird. Der Vater hat seine Firma hier verkauft und möchte dort noch einmal ganz von vorn beginnen. Als Alyssia das erfahren hat, hat sie eine Woche mit niemandem geredet, auch nicht mit Nathan. Sie wollte nicht nach ihrer Mutter auch noch ihre Heimat und Nathan verlieren. So hat sie es bisher zumindest immer gesagt, deswegen versteht er nicht, warum sie jetzt doch froh ist hier wegzukommen.

»Hier werde ich immer geärgert werden, und du kannst mich nicht immer beschützen.« Nathan sieht auf die Blumen. »Doch, werde ich aber!« Alyssia lächelt, doch richtig gelacht hat sie seit dem Tod ihrer Mutter nicht mehr. Nathan weiß das so genau, weil er ihr Lachen immer sehr gemocht hat. »Nein, das geht nicht.

Außerdem hat deine Mutter auch nicht erlaubt, dass ich bei euch wohnen darf. Sie hat gesagt, dass mein Vater mich braucht, also muss ich doch mitgehen. Oder hast du noch eine andere Idee?«

Hoffnungsvoll blickt sie Nathan an. Sie haben sich schon so oft über das Thema den Kopf zerbrochen. Nathan will auch, dass Alyssia hier bleibt, sie gehört hierher. Doch egal was für Ideen sie hatten, es hat nie geklappt. Nathan fragt seine Brüder selten um Hilfe, doch es war ihm sogar wert, zu Arturo zu gehen und ihn darum zu bitten, mit ihrer Mutter zu reden, doch auch das hat nicht geklappt.

Alyssia wartet erst gar nicht auf eine Antwort. »Siehst du, ich kann eh nichts dagegen tun.« Sie setzt sich den lila Blumenkranz auf die Haare. Nathan findet es schöner, wenn sie die Haare offen hat, doch Alyssia mag es überhaupt nicht. Als sie ihren Arm hebt, sieht er einen dicken blauen Fleck. »Jetzt sag schon, wer das war.«

Alyssia steht ebenfalls auf. »Wer schon? Marti der Idiot, wer sollte es sonst gewesen sein?« Nathan wendet sich ab und geht zurück in ihr Gebiet. Marti ist eine Klasse über ihm. Er ist so alt wie José, jedoch ist er gleich zweimal sitzengeblieben. Nathan ist schon sehr oft mit ihm aneinandergeraten, da er, im Gegensatz zu allen anderen, nicht akzeptieren will, dass man sich mit einem Nato nicht anlegt.

Marti wohnt nicht in ihrem Gebiet, doch er ist fast jeden Nachmittag zwischen zwei Häusern auf der großen Wiese, die nicht bebaut ist und die ihnen als Fußballplatz dient.

Als Nathan jetzt dorthin geht, findet er ihn dort auch mit einigen seiner Cousins. Es sind aber auch einige von Martis Freunden da, doch all das interessiert Nathan nicht. Er geht direkt auf ihn zu. Ohne ein Wort zu sagen schlägt Nathan zu. Er redet nie viel, seine Mutter denkt, das ist nicht normal. Alyssia hat ihm erklärt, es sei ihr egal, er könne auch schweigen, sie rede für sie beide.

Marti hat es erwartet. Er weiß, was passiert, wenn er Alyssia zu nahe kommt. Jeder weiß das, doch Marti liebt es, Nathan zu provozieren. Genauso stark wie er ihn getroffen hat, schlägt Marti im nächsten Augenblick zurück. Nathans Kopf vibriert, Marti hat genau sein Auge getroffen, doch das stachelt seine Wut nur noch mehr an. Keine Sekunde später liegen beide am Boden. Nathan hat die Oberhand und schlägt auf Marti ein. Er hört die Stimme von Alyssia und spürt, wie jemand an ihm zieht, doch er kann noch einige gute Schläge austeilen, bevor er ganz von Marti gezogen wird.

»Mini-Nando in Aktion!« Es ist Alonzo, Nandos bester Freund, der ihn und Marti jetzt auseinanderhält. Er ist noch nicht fertig mit Marti, doch da Alonzo ihn fest im Griff hat, hebt er drohend den Finger. »Verschwinde von hier und nimm deine Freunde gleich mit!« Nathan ringt nach Luft, er hat etwas einstecken müssen, doch Marti sieht schlimmer aus. »Das ist nicht euer Gebiet, jeder …« Nathan will wieder auf Marti los, doch Alonzo hält ihn immer noch zurück. »Das ist das Gebiet meiner Familia. Und wenn du nicht sofort von hier verschwindest, wirst du spüren, was das bedeutet.«

Alonzo hält ihn zurück, sieht aber ernst zu Marti und seinen Freunden und nickt. »Verschwindet!« Wenigstens ist Marti so schlau, auf Alonzo zu hören und verzieht sich. Zurück bleiben nur die Cousins und alle anderen, die zu den Natos gehören. Alonzo sieht sich Nathans Auge an und blickt ihm dann in die Augen. »Du machst deinem Namen als Mini-Nando alle Ehre, aber ich habe so ein beschissenes Gefühl in mir, was mir sagt, dass du in spätestens zwei Jahren kaum mehr zu kontrollieren sein wirst und Nando eingeholt hast.«

Er lacht und schlägt mit Nathan ein. Als Nathan lacht, spürt er den Schmerz im Gesicht. Erst als er erkennt, wie Alyssia ihn besorgt von der Seite mustert, fällt ihm ein, dass er sie zu ihrer Tante bringen soll und deutet ihr an, mit ihm zu kommen.

Nathan ist klar, dass seine Brüder davon erfahren werden, besonders Arturo hat ihn schon verwarnt, die Schlägereien sein zu lassen. Doch Nathan kann nichts dagegen tun, er hat seine Wut oft

12

kaum im Griff, besonders wenn es um etwas geht, was ihm wichtig ist.

Da er selbst so in Gedanken war, hat er gar nicht bemerkt, dass Alyssia die ganze Zeit schweigend neben ihm hergelaufen ist, während er sie nach Hause bringt. Erst jetzt, kurz vor ihrem Haus, bleibt sie stehen und sieht ihn an. »Eigentlich, wenn ich darüber nachdenke, weiß ich, dass du mich immer beschützen wirst.« Nathan reibt sich sein schmerzendes Auge, sagt aber nichts. »Was sagst du eigentlich dazu, wegen dem, was Marti und die anderen behaupten, mit dem Kuss?«

Nathan stockt und sieht Alyssia an. »Was meinst du? Was soll ich dazu sagen? Du hast mich noch nie geküsst, das weißt du doch.« Alyssia beißt sich auf die Unterlippe und spielt an ihren Haaren herum. Nathan kennt sie in- und auswendig, das tut sie immer, wenn ihr etwas unangenehm ist oder sie etwas plant. Mittlerweile sind sie in einer Klasse und jedes Mal, wenn die Lehrerin sie aufruft, tut sie das. »Würdest du mich denn einmal küssen wollen? Also nur so, um auszuprobieren, wie es ist?«

Plötzlich brennt Nathans Auge nicht mehr, er sieht wieder ganz klar, dafür rumort sein Magen und er traut seinen Ohren nicht. »Ich weiß nicht, willst du denn?« Nathan hat noch nie ein Mädchen geküsst. Aus ihrer Klasse ist fast jedes Mädchen in ihn verliebt, doch da er so oft mit Alyssia herumhängt, ist er keiner anderen nah gekommen. Allerdings hat er bei seinen Brüdern schon öfter gesehen, wie es geht, wie man ein Mädchen küsst.

Einmal hat Gabriel ein Mädchen mit nach Hause gebracht, heimlich. Nathan hat sich versteckt und beobachtet, was er alles mit ihr angestellt hat, bis José ihn erwischt und ihm die Ohren lang gezogen hat. Aber Nathan hat genug gesehen. Er weiß, wie man das macht … hofft er zumindest.

»Also ich denke, wir sollten es probieren, nur so … um zu gucken, wie es ist. Aber es bleibt unter uns, keiner erfährt davon!« Sie braucht das nicht zu erwähnen. Sie teilen einige Geheimnisse, die sonst kein anderer weiß. »Okay, von mir aus.« Nathans Herz schlägt schneller, doch er will sich das nicht anmerken lassen. Er tritt näher zu Alyssia und sieht in ihr Gesicht.

Er kennt es in- und auswendig. Er kennt die kleine Lachfalte, die sich auf ihrer rechten Wange bildet, ihren kleinen Leberfleck rechts unter ihrer Unterlippe, doch als er ihr dieses Mal in ihre hellbraunen Augen sieht und die grünen Funken darin entdeckt, fühlt es sich trotzdem anders an.

Nathan denkt daran, was er bei seinen Brüdern gesehen hat. Er legt seine linke Hand an ihre Hüfte und fasst mit der rechten Hand vorsichtig an ihre Wange. Er hört Alyssia schneller atmen, je näher er mit seinen Lippen an ihre kommt, auch sein Herz schlägt immer schneller.

Eigentlich will er die Augen offen halten, sehen, wie sie reagiert, doch in dem Moment, wo sich ihre Lippen treffen, schließt er automatisch seine Augen. Das Kribbeln, das sich in seinem Bauch bildet, fühlt sich gut an.

Nathans Hand an ihrer Wange greift automatisch fester zu, als er das erste Mal ihren Geschmack auf seinen Lippen spürt. Er entfernt sich wieder ein kleines Stück, öffnet die Augen und sieht, wie ihre Unterlippe zittert. Das Gefühl war so unbeschreiblich, dass er sie gleich noch einmal küsst, kurz, doch noch nie hat er etwas so Aufregendes gefühlt. »Das war schön.« Nun öffnet auch sie wieder die Augen und lächelt.

»Ja, es war ganz in Ordnung.« Nathan räuspert sich, um nicht zu zeigen, wie ihn das gerade umgehauen hat. Alyssia lächelt und rennt in Richtung ihres Hauses. Nathan blickt ihr nach. Kurz bevor sie an der Haustür angekommen ist, dreht sie sich noch einmal um und lächelt erneut. »Nathan, ich weiß jetzt ganz genau, dass du immer auf mich aufpassen wirst!« Alyssia wendet sich zu ihrem Haus und rennt hinein. Er muss nun ebenfalls lächeln. Natürlich wird er das, sie wird immer seine Alyssia bleiben.

Er kommt erst drei Stunden später nach Hause. Er war noch viel zu aufgedreht und hat erst mit seinen Cousins und seinem besten Freund Tajo alle Gefühle beim Fußball aus sich herausgelassen. Dann sind sie bei Tajo in den Pool gegangen. Als er dann bei Beginn der Dämmerung zu ihrem Haus kommt, sieht er schon Nando auf der Veranda stehen und ihm entgegenblicken.

Da sich sein Gesichtsausdruck nicht verändert, als er ihn und sein Auge sieht, weiß Nathan, dass er bereits informiert ist. Nathan will am liebsten schnell ins Haus und unter die Dusche, doch Nando hält ihm eine kalte Dose Cola entgegen und deutet ihm an, sich die aufs Auge zu halten. »Ich habe gehört, dass du dich heute wieder geprügelt hast. Das ist bereits das zweite Mal in dieser Woche, und es ist erst Donnerstag!«

Nathan antwortet nicht und Nando blickt ihn ernst an. »Ich habe das Gefühl, du machst das, um uns zu zeigen, dass du jetzt schon bereit bist, bei den Geschäften mitzumachen. Warum verstehst du nicht, dass wir alle möchten, dass du noch so lange wie nur möglich deinen Spaß hast? Du wirst schon früh genug lernen, was es heißt, die Familia zu leiten. Bis dahin genieße noch alles, hab deinen Spaß mit deinen Freunden, mit Alyssia und lass dich nicht ständig provozieren.«

Nando stockt und fasst Nathan an sein Auge. »Arturo hat mir gesagt, ich soll dich dafür bestrafen. Da du nach mir kommst und das nicht nur äußerlich, soll ich mich um dich kümmern. Doch ich werde dich nicht bestrafen! Ich weiß, dass du noch eine Menge zu lernen hast und vertraue darauf, dass du langsam damit anfängst!«

Nathan sieht Nando verwundert an. Er hat schon eine Menge Ärger bekommen, von allen, auch von Nando. Umso verwunderter ist er, als Nando ihn plötzlich in den Arm nimmt und seine Haare verwuschelt.

»Versuch nicht so schnell erwachsen zu werden. Vertrau mir, du wirst noch schnell genug lernen, wie grausam das Leben sein kann!«

Als Nathan dort vor zehn Jahren mit Nando auf der Veranda ihres Hauses stand, ahnte er nicht, wie wahr die Worte seines älteren Bruders waren. Ein paar Tage später ist Alyssia weggegangen, und er hat nie wieder etwas von ihr gehört. In dem selben Jahr an Weihnachten haben sie alle ihre Eltern verloren.

Das Schicksal hat Nathan schnell und deutlich gezeigt, wie grausam es sein kann.

# Kapitel 1

»All deine Brüder sind heiß, aber du bist wirklich der Hübscheste von allen!« Nathan lacht, als die Frau auf seinem Schoß sich lasziv zu bewegen beginnt. Es ist nicht das erste Mal, dass er das hört. Jeder seiner Brüder war beliebt bei den Frauen, sie sind es immer noch, doch sind sie alle mittlerweile in festen Händen. Je älter er jedoch wurde, desto öfter hat er mitbekommen, dass er von all seinen Brüdern die besten Karten bei Frauen hat. Mag sein, dass er Nando sehr ähnlich ist, doch hierbei ist er ihm eine Nasenlänge voraus.

»Bist du eigentlich auf der Suche nach etwas Festem?« Nathan nimmt die Hand, die er gerade unter ihr enges Shirt fahren lassen wollte, reflexartig weg. »Nein! Kein Bedarf, da sollte sich niemand falsche Hoffnungen machen.« Die Frau nickt, trotzdem sieht Nathan die Enttäuschung in ihren Augen.

Er hatte sich auf eine kleine Abwechslung gefreut, nachdem er fast drei Tage durchgearbeitet hat. Tajo, Milo und er haben einen großen Deal sicher gemacht, sie haben viel gearbeitet und wollten das jetzt feiern. Nathan will sich amüsieren, ist dabei aber offenbar an die falsche Frau geraten.

Die Frau auf seinem Schoß, die ihm vor zwei Stunden als Marina vorgestellt wurde, merkt, dass er das Interesse verliert und lächelt. »Umso besser, ich möchte im Moment auch nur meinen Spaß haben. Keine Zeit für eine feste Beziehung.« Nathan glaubt ihr nicht. Tajo neben ihm hat mehr Glück, die Frau, die er auf seinem Schoß hat, ist kaum mehr zurückzuhalten. »Willst du noch etwas trinken?« Marina nickt und setzt sich jetzt neben ihn. Nathan bestellt etwas.

Das B.B. ist heute ungewöhnlich leer. Auch wenn es mitten in der Woche ist, ist es normalerweise voller. Milo kommt von der Toilette zurück und setzt sich zu ihnen. »Das war doch heute mal ein echtes Schätzchen, oder? Mit so einer Frau hat man bestimmt mal eine lustige Abwechslung.« Nathan schüttelt sich und lacht. »Vergiss es, das ist keine Frau für mich.« Das Geschäft, das sie heute abgeschlossen haben, haben sie mit einer Frau vereinbart. Eine Frau, die eine Familia führt, eine Frau, die härter ist, als so mancher Mann, den er kennt. Milo lehnt sich zurück. »Hat bestimmt etwas, so für eine Nacht.«

Die Frau neben Nathan legt ihre Hand nun unmissverständlich auf seine Mitte. »Er braucht so etwas nicht, heute gehört er ganz mir!« Milo will etwas sagen, doch Marina ist schneller. »Wollen wir tanzen gehen?« Nathan zieht die Augenbrauen hoch, vielleicht wird das doch noch eine gute Nacht. Er nimmt ihre Hand und sie stehen auf. »Von mir aus.«

Da das B.B. nicht voll ist, sind auch nur wenige auf der Tanzfläche. Nathan kann sich gut bewegen und Marina ebenfalls. Sie kommen sich immer näher. Als sie beginnt, ihr Hinterteil an seiner Mitte aufreizend zur Musik zu bewegen, beugt sich Nathan zu ihrem Ohr. »Lass uns von hier verschwinden.« Marina lacht leise. Ihre Hand fährt an die Stelle, wo gerade noch ihr Hintern war und sie dreht sich zu ihm um, lässt dabei aber nicht los.

Nathan küsst sie, kurz, dafür aber sehr fordernd. Er mag es nicht, Frauen zu küssen, die er nur ein paar Stunden um sich herum hat, doch Marina scheint es wert zu sein, also verselbstständigt sich jetzt seine Hand. Es ist praktisch, dass sie nur einen kurzen Rock anhat, und es dauert keine zwei Sekunden, da atmet sie schneller. »Okay, lass uns verschwinden!«

Sie kommen nicht weit. Nathan hätte sie mit nach Hause nehmen können, doch beide haben kein Interesse daran, noch länger zu warten. Deswegen schiebt Nathan die vorderen Sitze seines Autos weg und verschafft ihnen hinten mehr Platz. So schwer sie am Anfang zusammengefunden haben, so schnell wissen sie beide jetzt ganz genau, was sie wollen. Nur als Nathan ein Kondom herauszieht, sieht Marina beleidigt darauf, doch für Nathan gibt es da keine Diskussionen.

Er will sich nichts einfangen, weder eine Krankheit, noch das plötzlich eine der vielen Eroberungen der letzten Zeit irgendwann mit einem Kind bei ihm auftaucht. Er liebt seine Nichten und Neffen, doch er selbst will von all dem noch lange nichts wissen.

Es dauert auch nicht lange und Marina hat das wieder vergessen. Nathan lehnt sich zurück, als sie ihn tief in sich aufnimmt und sich auf ihm bewegt. Er liebt es, seine Hände fahren ihre perfekten Brüste entlang. Natürlich sind die zu hart, um echt zu sein, doch ihn stört das nicht.

Sie bewegt sich schneller und entlockt Nathan ein ungeduldiges Stöhnen. Sobald sie das erhalten hat, lacht sie leise und wird wieder langsamer. Dieses Spiel macht sie genau dreimal, bis Nathan keine Geduld mehr hat. Blitzschnell liegt sie unten und er übernimmt die Führung. Dieses Mal lacht er, als sie stöhnt und nach mehr bittet, aber auch sie muss warten, bis er sie endlich beide erlöst.


»Wollen wir noch einmal zurück? Ich habe jetzt großen Hunger.« Nathan zieht sich wieder richtig an, auch Marina bedeckt sich. Eigentlich will Nathan langsam nach Hause und endlich etwas Schlaf bekommen, doch er muss eh noch auf Tajo und Milo warten. Bevor er allerdings antworten kann, sieht er, wie zwei sehr auffällige Geländewagen vorfahren. Normalerweise gehören solche auffälligen Autos hier in der Gegend immer zu ihnen, doch er kennt die Wagen nicht, und an den Autoschildern erkennt er sofort, dass sie nicht von hier sind. Sie halten vor dem Spielcasino, das erst vor ein paar Wochen neben dem B.B. eröffnet wurde.

Er selbst war noch nicht darin, weiß aber, dass es ein Paradies für Süchtige aller Art ist. Ein Bauchgefühl sagt ihm, dass er warten soll, wer da aus dem Auto steigt. Als die Frau die Autotür öffnen will, deutet Nathan ihr zu warten. Keine zwei Sekunden später steigen sechs Männer aus den beiden Autos. Keiner von ihnen ist von hier, doch als er zwei der Männer erkennt, traut er seinen Augen nicht.

Es sind die Drogendealer Javier und Diego, die sie vor nicht einmal einem Jahr aus San Sebastian ausgewiesen haben. Nathan weiß noch, was das für einen Ärger gab, vor allem, weil Javier mit der besten Freundin von Janine zusammen war. Sie haben ihre gesamte Scheinfirma abgefackelt, nachdem sie herausbekommen haben, dass die beiden ihre Drogen in den Kopfkissen der schlafenden Kinder im Kinderheim aufbewahrt haben.

Javier blickt sich oft um. Er weiß, wie gefährlich es für ihn ist, hier zu sein und Nathan weiß, dass er dieses Risiko nicht aus Spaß eingehen wird. »Diese kleinen Wichser!« Nathan flucht und zieht seine Waffe, was die Frau neben ihm aufkeuchen lässt. Er hatte sie total vergessen. Jetzt steigt er schnell aus und hilft ihr aus dem Wagen. »Geh rein und warte dort!« Er deutet ihr an, ins B.B. zu gehen, doch sie blickt auf die sechs Männer, die jetzt die Spielhalle betreten und sie noch nicht entdeckt haben.

»Willst du dich mit denen anlegen? Das ...« Nathan ist schon auf dem Weg zur Spielhalle. Kaum hat er die Tür geöffnet, erklingen die Geräusche von Unmengen an Automaten in seinen Ohren, alles glänzt und leuchtet um ihn herum. Viele Männer sitzen an den Geräten, fast immer stehen halbnackte Frauen daneben. Das wird hier also auch angeboten.

Er muss sich umsehen, und es dauert einen Augenblick, bis er die sechs Männer entdeckt hat, die zum hinteren Bereich der Spielhalle unterwegs sind. Nathan beeilt sich. Als er sie gerade eingeholt hat, bemerkt ihn einer der hinteren Männer. »Was ....?« Er kommt nicht dazu, mehr zu sagen. Nathan hat sich direkt Diego geschnappt und ihn mit seiner Waffe so hart auf den Kopf geschlagen, dass Diego auf die Knie geht und sich den Kopf hält, während Nathan mit der Waffe auf Javier zielt.

»Was genau an den Worten 'verschwindet und kommt nicht wieder' hattet ihr nicht verstanden? Seit ihr immer noch so dumm zu glauben, ihr könntet uns verarschen?« Javier hebt sofort seine Hände, die anderen Männer sehen nur verwirrt hin und her. Erst jetzt sieht Nathan, dass es keine Puertoricaner sind, die mit Javier und Diego hier sind, sie sehen aus wie Russen. Als einer der Männer Javier fragt, was hier los ist, hört man das auch.

»Wir haben nichts vor, wir sind nur hier, um unsere Freunde einem alten Kumpel von uns vorzustellen. Aber ihr habt unser Wort, dass wir nicht vorhaben ...« Nathan bekommt einen so heftigen Schlag in die Seite, dass er seine Waffe verliert und zu Boden geht, doch nur für eine Sekunde. In der nächsten Sekunde wird er hochgenommen und mit voller Wucht auf einen Glastisch geschleudert. Dieser zerbricht sofort und die Leute, die daran gesessen haben, laufen schreiend davon. Nathan stöhnt schmerzvoll auf. Er spürt etwas Warmes an seinem Arm und an seinen Rippen. Als er sich bewegen will, merkt er, dass noch Glas in ihm steckt. Doch er blendet all das aus und sieht wütend zu dem Russen, der sich wie ein Gorilla vor ihm aufbaut.

Normalerweise mischen sich die Leute nicht ein, wenn sie etwas klären. Er hat vergessen, dass diese Leute wahrscheinlich nicht einmal wissen, zu wem er gehört oder wer die Los Natos sind. Der Mann denkt sich wohl, Nathan wäre jetzt erst einmal ausgeschaltet, denn er rechnet nicht damit, dass dieser sich schnell aufrappelt und ihm einen heftigen Schlag verpasst, sodass dieses Mal er wankt. Da Nathan sein Rücken und alles andere wehtut, muss er aufpassen, dass der Mann nicht auf ihn fällt und registriert den anderen Mann nicht, der ihm nun ebenso einen Schlag ins Gesicht gibt.

Viele andere wären jetzt wirklich k. o., doch bei Nathan bewirkt das nur das Gegenteil. Er wird immer wütender. Ohne auf seine Schmerzen zu achten und an die Folgen zu denken, wenn er sich mit sechs Männern gleichzeitig anlegt, stürzt er sich auf den Mann, der sich seine Nase hält. Sein Schlag hatte wohl Nachwirkungen.

Er prallt so heftig an den Mann, dass sie zusammen hinfallen. Nathan behält jedoch die Oberhand und kann einige gute Treffer landen, bevor er kühles Metall an seinem Kopf spürt. »Runter von ihm!« Eine kalte Stimme mit russischem Akzent denkt, er könnte ihm Anweisungen geben. Nathan grinst und tätschelt noch einmal die Wange des Mannes, der jetzt erschöpft und blutend am Boden liegen bleibt.

»Nimm die Waffe runter, oder es kehren sechs Särge nach Russland zurück!« Nathan sieht, wie Tajo und Milo mit gezogenen Waffen auf sie zukommen, hinter ihnen Marina, die erschrocken zu ihm guckt. Sie sind genau rechtzeitig gekommen, wahrscheinlich hat Marina ihnen Bescheid gesagt. Nathan hebt sein Shirt und zieht eine große Glasscherbe aus einer Wunde an seinen Rippen. Da er noch so unter Adrenalin ist, spürt er die Schmerzen kaum. »Fahr ins Krankenhaus, wir kümmern uns hier um alles!« Milo tritt zu ihm, während Tajo die Männer in Schach hält, doch Nathan denkt nicht daran.

Er hebt seine Waffe auf, geht zu Javier und schießt bewusst knapp an seinem Kopf vorbei. Javier wird blass. »Sag mir jetzt sofort, was ihr hier wollt und was ihr vorhabt.« Javier schweigt noch immer, auch Diego sieht zu Boden. Nathan schüttelt den Kopf. Er sieht keine Taschen bei den Männern, also nimmt er Javier wieder mit nach draußen, alle anderen folgen ihnen.

Er befiehlt, die Autos zu öffnen und ist nicht verwundert, dort mehrere Taschen mit Heroin zu finden. »Ihr hattet nichts vor?« Nathan wirft alle Drogenpäckchen auf einen Haufen. »Ich würde mir überlegen, was ihr da tut, unser Chef wird …« Nathan stellt sich vor den Mann. »Dein Chef interessiert mich nicht. Du bist hier auf dem Gebiet der Los Natos. ALLE Geschäfte, die hier laufen, werden von uns abgesegnet. Wenn ihr das nicht vorhabt, nehmt den nächsten Flieger zurück und verschwindet für immer.«

Der Mann atmet tief ein, langsam wirkt er nicht mehr ganz so selbstsicher. »Mein Chef Gregori kennt Arturo …« Nathan lässt den Mann nicht ausreden, nimmt sein Telefon und wählt die Nummer seines ältesten Bruders, der verschlafen rangeht. Da erst sieht Nathan, dass es bereits vier Uhr nachts ist. »Weißt du von einer Heroinlieferung von einem Gregori, der zusammen mit Javier und Diego Geschäfte macht?«

Nathan hört Olivia im Hintergrund fragen, ob etwas passiert sei, bevor Arturo antwortet. »Nein, ich weiß nichts davon. Was ist los, Nathan, wo … ?« Nathan legt auf. Er hat den Russen nicht eine Sekunde aus den Augen gelassen, nimmt sein Feuerzeug und zündet den Haufen mit Drogen an. Alle sehen schockiert zu den mehreren tausend Dollar, die hier verbrennen. Nathan steckt zufrieden seine Waffe ein, auch Milo und Tajo interessiert der Verlust der anderen nicht.

Sie verfrachten die Russen zusammen mit Javier und Diego ins Auto und fahren ihnen hinterher, bis sie San Sebastian verlassen haben. Nathan sieht, dass die Russen aufgeregt telefonieren, doch ihm ist es egal. Es sind ihre Regeln, und jeder hat sich daran zu halten. Erst als sie sicher sind, dass die beiden Geländewagen weg sind, wenden sie und fahren in die Privatklinik zu Señor Lopez, dem Arzt, der sich schon immer um ihre Familie gekümmert hat.

Langsam beruhigt sich Nathan wieder. Als die Schwester sich seine Wunden ansieht und die Glassplitter aus seinen Wunden zu ziehen beginnt, ist er froh, dass sie ihm ein Schmerzmittel gegeben hat. Da erst spürt er, wie kaputt und müde er ist. Milo und Tajo bleiben bei ihm im Raum. Nathans Handy klingelt unnunterbrochen. Es verwundert niemanden, als im selben Moment, in dem die Schwester die letzte Glasscherbe aus einer der vielen Wunden gezogen hat, die Tür aufgerissen wird und seine Brüder Arturo und Nando wütend ins Zimmer kommen.

Nathan stöhnt leise auf, als Nando zu ihm tritt und sich seine Wunden ansieht. »Wieso ist nur er verletzt?« Milo muss sich ein Grinsen verkneifen. »Weil er der Meinung war, sich mit sechs Männern allein anzulegen. Wir haben eher zufällig davon erfahren. Ich denke allerdings, dass er nicht wirklich unsere Hilfe gebraucht hat.« Arturo sieht streng zu Milo und dann zu Nathan. Auch wenn er gerade dreiundzwanzig geworden ist, zieht dieser Blick noch immer bei ihm.

»Wie oft soll ich dir noch sagen, dass du aufhören musst, so unvorsichtig zu sein. Du gehst unnötige Risiken ein. Sollen wir dich jetzt jede Woche von hier abholen? Letzte Woche war es dein Bein, heute hast du gleich mehrere tiefe Wunden. Was ist nächste Woche dran?«

»Hoffen wir mal nichts! Nathan, dein Körper braucht auch mal eine Auszeit.« Der Arzt, der das Zimmer betritt, beendet die Strafpredigt seiner Brüder. Er sieht sich die Wunden an und verbindet sie. Nathan hat solange Ruhe, doch er weiß, dass das nicht anhalten wird.

Nachdem der Arzt fertig ist, gibt er ihm noch ein paar Schmerztabletten. Sie verlassen gerade das Behandlungszimmer, da ertönt plötzlich lautes Frauengeschrei vom Flur. Nathan stöhnt genervt auf, als er sieht, dass Marina vor dem Zimmer gewartet hat und jetzt gerade die Frau dazu gekommen ist, mit der er vor einigen Tagen ein paar schöne Stunden verbracht hat.

Beide Frauen schreien sich an, dass sie auf Nathan warten und die andere verschwinden soll. Nando bleibt neben Nathan stehen und schüttelt den Kopf. Erst als die beiden Frauen aufeinander losgehen, greift Nathan ein. »Was sucht ihr hier?« Die Frau, die er seit ein paar Tagen nicht mehr gesehen hat, erklärt, dass sie ihn gesucht und im B.B. erfahren hätte, was passiert sei. Daraufhin sei sie gleich hergekommen.

Nathan ist genervt und erklärt ihr energisch, dass er, nur weil er einmal mit ihr im Bett gelandet ist, keinen Ehevertrag eingegangen sei. Sauer schickt er beide Frauen nach Hause. Sein Kopf dröhnt, und er hat keinen Nerv für so etwas.

Arturo räuspert sich, sagt aber nichts, noch nicht. Nathan weiß, dass gewisse Sachen nur unter Ihnen, unter den Brüdern, geklärt werden, deswegen setzt er sich hinter Arturo auf die Rückbank. Nando steigt nach vorne, während Milo und Tajo mit Nathans Wagen hinter ihnen fahren.

»Wieso sagst du nicht Bescheid, wenn so etwas passiert? Wieso handelst du einfach, ohne abzuwarten? Gregori hat mich angerufen und war stinksauer!« Nathan, der gerade seinen Kopf nach hinten gelegt hat, sieht nun nach vorn. »Das ist mir egal, soll er platzen! Denkt er im Ernst, er kann hier seine Geschäfte hinter unseren Rücken aufbauen? Im Gegensatz zu euch sorge ich dafür, dass sich die Leute an unsere Regeln halten!«

Nathan trifft seine Brüder bewusst damit, dass sie alle momentan viel mit ihren Familien zu tun haben und nicht mehr ganz so viel Zeit für die Familia haben, während sich Nathan um die allermeisten Sachen kümmert. »Das habe ich ihm auch gesagt, aber du hättest trotzdem abwarten sollen, was ich dir dazu sage. Gregori ist nicht irgendjemand und wenn du so unüberlegt handelst, bringst du damit alle in Gefahr.«

Nathan lacht kurz hart auf. »Soll ich jetzt alles zulassen, damit wir uns keine Feinde mehr machen? Wir sind eine Familia, Arturo. Ich weiß, dass ihr alle nicht mehr viel darüber nachdenkt, weil ihr Familien habt. Aber ich werde sicher nicht aufhören, als Familia zu handeln.« Jetzt wird Arturo lauter. »Wir haben nicht aufgehört, als Familia zu denken, wir gehen nur verantwortungsvoller damit um! Willst du etwa, dass noch einmal so etwas passiert, wobei die Frauen und Kinder in Gefahr geraten könnten? Olivia? Cassandra? Pablo? Was ist mit Lina? Mateo? Janine? Willst du, dass Aurora und Elena etwas passiert? Gabriel wird in zwei Monaten Vater.«

Nathan sagt nichts mehr, natürlich will er das nicht. Arturo ist noch nicht fertig. »Du denkst nicht über dein Handeln nach. Heute Abend war eine Frau am Eingang zu unserem Gebiet und hat nach dir gefragt. Es war die verdammte Frau des Polizeipräsidenten und Gasto hat erzählt, dass du vor einigen Wochen mit ihr im Bett warst. Mit der Frau des Polizeipräsidenten! Denkst du überhaupt manchmal nach, bevor du so einen Scheiß baust? Deine ewigen Frauengeschichten …«

Nathan unterbricht ihn. »Die Frau ist wirklich scharf, und seit wann interessiert uns die Polizei?« Arturo hält scharf vor ihrem Gebiet. Nathan spürt schon die ganze Zeit Nandos Blick auf sich. Nando und er haben ein besonderes Verhältnis, was er nicht einmal richtig beschreiben kann. Es wäre schwer in Worte zu fassen, was sie beide verbindet. Er kommt sehr nach ihm, äußerlich, so wie vom Charakter, und deswegen hat er schon immer am meisten ein Auge auf Nathan gehabt.

»Die Polizei interessiert uns auch nicht, sie lässt uns in Ruhe und wir sie. Denkst du, ich will, dass sich das ändert, weil du dich nicht unter Kontrolle hast? Du musst lernen, verantwortungsvoller zu handeln.« Arturo fährt weiter und Nando reibt sich über die Augen. Die Sonne geht gerade auf, als sie halten.

Nathan ist zu kaputt, um noch etwas zu sagen. Er will in sein Haus, doch Nando hält ihn am Arm zurück. »Du bleibst bei mir, dein Körper braucht Ruhe und ich habe das Gefühl, dass du in zwei Stunden wieder unterwegs bist, also los!« Normalerweise würde Nathan etwas dagegen sagen, doch er ist zu müde. Er geht vor in Nandos Haus, wo es ganz still ist, Lina und Mateo werden noch schlafen. Als er direkt ein Gästezimmer ansteuert, sein Shirt und die Jeans auszieht und sich nur in Boxershorts ins Bett legt, kommt noch einmal Nando zu ihm ins Zimmer und sieht auf ihn hinunter.

Er stellt ein Glas Wasser neben sein Bett und wirft ihm die Packung mit Schmerztabletten hin. »Nimm jetzt eine. Bei den Schrammen in deinem Gesicht wird dein Kopf morgen sonst nur dröhnen.«

Nathan sieht zu Nando hoch, der ihn noch einen Moment mustert und dann das Zimmer verlässt. Erst dann kann Nathan endlich seine Augen schließen und erschöpft einschlafen.

# Kapitel 2

»Nathan … Nathaaaaaaan!«

Nathan würde sich am liebsten weigern, die Augen zu öffnen, doch die kleinen Patschhändchen auf seinen Wangen und die schrille Stimme von Cassandra prophezeien ihm, dass er keine Chance hat zu entkommen.

Als er dann seine Augen öffnet, sieht er direkt in die grünen Augen von Elena, die ihn freudig anstrahlend, auf seiner Brust sitzt und mit ihren Händen seine Wange streichelt, während Cassandra neben ihm auf der Matratze herumhüpft und zu klatschen beginnt, als sie merkt, dass er wach ist.

»Was macht ihr beiden hier?« Elena berührt eine der neuen Schrammen auf seiner Wange. »Wir durften dich nicht wecken, aber wir sind doch jetzt Geheimagenten und haben uns hier hereingeschlichen.« Cassandra hört nicht auf zu hüpfen und Nathan spürt, dass Nandos Worte wahr geworden sind. Sein Kopf dröhnt.

»Geheimagenten, ja?« Elena nickt. Blitzschnell greift Nathan nach Cassandras Füßen und wirft sie somit auf die Matratze, während er Elena umfasst und sie neben sie hinlegt. Die Mädchen kreischen lachend auf, als sich Nathan auf sie stürzt und beide abkitzelt. »Dann müsst ihr besser aufpassen!«

Die beiden Mädchen versuchen sich zu wehren, doch sie haben keine Chance. Sie haben nur Glück, dass Nathans Kopf noch zu sehr brummt. Er küsst die beiden Süßen auf die Wange und beendet seine Folterei.

Cassandra und Elena sind mittlerweile unzertrennlich. Es tut beiden gut, sich gegenseitig zu haben. Cassandra ist von ihrem Prinzessinnen-Trip abgekommen und spielt jetzt mit Elena Sachen wie Geheimagent oder Frösche fangen, während Elena ihre wilden Locken wachsen lässt, um genauso lange Haare wie Cassandra zu bekommen.

Auch wenn Elena nicht seine richtige Nichte ist, liebt er sie mittlerweile genauso sehr wie Cassandra. Müde legt er sich ins Bett zurück, als die Tür aufgeht und Lina streng ins Zimmer sieht. »Hatten wir nicht gesagt, dass Onkel Nathan noch Ruhe braucht?« Die Mädels springen vom Bett und rennen lachend davon. Nathan setzt sich langsam auf und hält sich den Kopf.

»Tut mir leid, du weißt, wie verrückt sie nach dir sind … so wie alle Frauen halt!« Nathan blickt nach oben und sieht in das lächelnde Gesicht seiner hübschen Schwägerin. Er versteht ihre Bemerkung, er weiß nur zu gut, dass seine Brüder Klatschweiber sind und Lina ihn mehr als einmal zusammen mit Frauen gesehen hat. Sie hält ihm die Schmerztabletten hin. Nathan nimmt sie und Lina reicht ihm das Glas Wasser.

»Nando macht sich Sorgen um dich, er liebt dich sehr.« Nathan schluckt eine Tablette und gibt Lina das Glas zurück. »Er macht sich keine echten Sorgen, meine Brüder haben es schon immer geliebt, mir das Leben schwer zu machen.« Lina lacht leise und küsst Nathans Wange. »Du weißt, dass das nicht stimmt. Komm, ich mache dir Frühstück.« Nathan bleibt noch einen Moment sitzen.

»Wo ist mein allerbester Freund?« Keine zwei Sekunden später wankt Mateo in das Zimmer und folgt Nathans Stimme. Nathan liebt ihn. Der Sohn von Lina und Nando ist jetzt schon ein Jahr alt und läuft erst seit ein paar Wochen. Er sieht aus wie Nando und somit wie Nathan, nur dass er Linas Augen hat. Jetzt grinst er ihm freudig entgegen. Nathan nimmt ihn auf den Arm, um seine weichen Wangen und die Grübchen zu küssen, die jeder von ihnen an sich hat.

Kaum ist Nathan mit Mateo auf dem Arm aus dem Zimmer heraus, springen Cassandra und Elena an ihm hoch, weil sie mit Mateo spielen wollen. Nathan schüttelt die Mädchen lachend ab und geht in die Küche, wo Lina, die hochschwangere Aurora und Elisa stehen. Lina und Aurora kümmern sich gleich um Nathan, die Frauen seiner Brüder haben ihn als jüngsten der Brüder schon immer verwöhnt. Seine Schwester, die offensichtlich gerade vom Joggen kommt, zieht ihm hingegen am Ohr.

»Wie lange willst du noch mit deinen Frauengeschichten weitermachen? Ich war gestern dabei, als die Frau des Polizeipräsidenten nach dir gefragt hat.« Lina und Aurora lachen und Elisa sieht ihn streng an. »Macht nicht so einen Wirbel darum, ich will ja nichts sagen, aber bevor meine Brüder euch kennengelernt haben, waren die auch keine Unschuldsengel.«

In dem Moment kommen Nando und José zu ihnen in die Küche. »Wer ist ein Unschuldsengel? Du sicher nicht!« José will Mateo nehmen, doch Nathan denkt nicht daran und behält ihn auf seinem Arm. »Hast du Kopfschmerzen?« Nando hat noch kein Wort zu Nathan gesagt, während José mehr als offensichtlich Nathan ärgern will. José ist der Einzige, der nicht so streng ein Auge auf alles hat, was Nathan macht, was sicher daran liegt, dass er der Zweitjüngste und ihm vom Alter her am nächsten ist.

»Du kannst mich mal!« José grinst ihn an und tätschelt seine Schulter, bevor er sich doch Mateo schnappt, als Nathan sich ein Brötchen schmiert. »Seid ihr fertig?« Nando blickt zu den Frauen. Lina packt noch schnell Wasser und Äpfel in eine Tasche. »Wir bringen die Frauen zur Firma, dann treffen wir uns mit den Russen von gestern, um das alles zu klären.« Nandos Blick geht zu Nathan, so, als wolle er ihm gerade erklären, dass er hierbleiben soll. Nathan nimmt noch einen Schluck Kaffee und beißt von seinem Brötchen ab. »Ich nehme mir ein paar Klamotten von dir!«

Eine Stunde später halten sie vor ihrer Firma. Sie sind mit zwei Autos gefahren und haben nur gehalten, um Arturo abzuholen. Vor der Firma stehen zwei große LKWs, die gerade unter den wachsamen Augen von Janine beladen werden. José begrüßt die hübsche Blondine, die auch Nathan einen Kuss auf die Wange gibt. »Oh je, du hast ja ganz schön was abbekommen.« Nathan versichert ihr, dass es nicht so schlimm sei, lehnt sich gegen das Auto und beobachtet das Treiben. Sieht zu, wie seine Brüder sich von den Frauen verabschieden und nachsehen, ob in der Firma alles in Ordnung ist.

Janine und José haben im Gegensatz zu allen anderen noch keine genauen Pläne. Gabriel und Aurora haben schon vier Wochen, nachdem er ihr einen Antrag gemacht hat, geheiratet. Nathan hat seinen Bruder noch nie so glücklich gesehen wie in der letzten Zeit. Das ist genau sein Ding, seine eigene Familie, das war es schon immer. Er liebt Aurora und Elena abgöttisch und freut sich wahnsinnig auf den Sohn, den sie bald bekommen werden.

Lina und Nando sind ebenfalls sehr glücklich, auch wenn Nathan bemerkt, dass Nando, wenn er um ihn herum ist, oft bedrückt und sorgenvoll wirkt. Er weiß aber, dass allein er der Grund dafür ist. Bei all seinen Brüdern ist das einzige Problem, die einzige Sorge … Nathan.

Arturo und Olivia sind mit Cassandra und Pablo mehr als glücklich. Pablo hat sich super entwickelt. Wenn man seine Geschichte nicht kennt, würde man niemals ahnen, dass er vor anderthalb Jahren noch halb verhungert auf einem heruntergekommenen Bauernhof arbeiten musste.

Nathan hätte erwartet, dass José nachzieht und Janine zumindest schon mal einen Heiratsantrag macht, doch bisher ist nichts dergleichen passiert. Dabei sieht Nathan, dass Janine jedes Mal, wenn es um das Thema Hochzeit und Kinder geht, traurig wirkt. Er beobachtet, wie Janine die Lieferung abgibt und José währenddessen mit Gabriel redet, der heute in der Firma bleibt.

Das ist noch eine Sache, die Nathan in letzter Zeit gegen den Strich geht: die Firma.

Statt ihre Geschäfte in der Familia auszuweiten, haben sich alle nur noch um die Firma und die Sicherheit der Frauen gekümmert. Er hat es am Anfang verstanden. Er war dabei, als sie in ihrem Gebiet angegriffen wurden und hat erlebt wie knapp es war. Außerdem war da auch die Sache mit Elisa, die sie alle sehr mitgenommen hat. Gabriel hat sie für einige Wochen verlassen. Seitdem all das vorbei ist, ist viel Ruhe eingekehrt, jeder hat sich verstärkt um die Familie gekümmert und insbesondere um die Firma. Keiner wollte unnötige Risiken eingehen. Er hat das komplett verstanden, doch so langsam geht es Nathan auf die Nerven. Er fragt sich, ob seine Brüder überhaupt noch vorhaben, ihre Familia weiterzuführen.

Die Firma läuft sehr gut, sie machen damit mittlerweile fast halb soviel Umsatz, wie mit den Geschäften ihrer Familia. Olivia und Lina denken darüber nach, noch eine zweite Firma aufzubauen. Eigentlich könnten die Frauen sich allein um die Firma kümmern, doch da sie so viel Geld einbringt und ebenso wie die Frauen, der Meinung seiner Brüder nach, viel Schutz benötigt, ist jetzt immer einer von ihnen da. Es kommt Nathan so vor, als würden sie die richtigen Geschäfte aufgeben wollen und nur noch die Firma haben wollen.

Nathan zündet sich eine Zigarette an und beobachtet seine Brüder weiter. Arturo kommt endlich nach unten und geht zu José, Janine und Gabriel. Elena kommt dazu und springt in Gabriels Arme. Es war damals für sie alle ein schwerer Schlag, als Gabriel weg war. Er hat die Familia verlassen und man konnte dieses Loch, das er hinterlassen hat, jede Minute spüren. Sie alle sind froh, dass er zurück ist. Nathan selbst hat ihn sehr vermisst. Es ist ihm egal, ob er nur zur Hälfte sein Bruder ist oder ganz.

Nando kommt aus der Firma und gibt Lina lachend einen Kuss, bevor sich alle verabschieden und sich somit zu ihm umwenden. Das ist es, was Nathan meint. Er sieht, wie sich die Gesichter seiner Brüder verändern, sorgenvoll, sauer, er kann es gar nicht mehr einschätzen. Doch er ist sich ziemlich sicher, dass, wäre er derjenige gewesen, der die Familia verlassen hätte, zumindest Nando und Arturo, eher eine Last und eine Sorge losgeworden wären, als dass sie ein Loch gespürt hätten, wie bei Gabriel.

Er ist sauer wegen allem, was hier in letzter Zeit passiert, wie sich seine Brüder verhalten und vor allem, wie sie es dann wagen können, ihm vorzuwerfen, dass er sich als einziger noch um die Familia kümmert. Nur Gabriel bleibt bei den Frauen, doch auch er sieht zu ihm.

Nathan schnipst die Zigarette weg, als Arturo, José und Nando bei den Autos ankommen und setzt sich zu José ins Auto. »Willst du Nando heute noch umbringen? Wenn deine Blicke töten könnten.« José startet den Wagen. »Fang du nicht auch noch an, mir auf den Sack zu gehen.« José lacht und sieht zu ihm, doch bevor er etwas sagen kann, wendet Nathan das Blatt lieber.

»Wieso machst du Janine keinen Antrag?« Das Lachen bleibt José im Hals stecken und er räuspert sich. »Wie kommst du darauf?« Nathan sieht wieder aus dem Fenster. »Ihr seid jetzt eine Weile zusammen und ich habe nicht das Gefühl, dass du noch eine andere Frau willst, oder täusche ich mich da?« Sobald sie auf einer Landstraße sind, gibt José Gas und sie überholen Nando und Arturo.

»Ich liebe Janine, ich will keine andere Frau und ich hätte ihr schon längst einen Antrag gemacht, aber sie hat da so einen komischen Fünfjahresplan und da passt heiraten irgendwie nicht rein. Denkst du, ich frage sie jetzt und hole mir eine Abfuhr ein?«

Nathan lehnt sich entspannt zurück. »Einen Fünfjahresplan? Frauen sind merkwürdig, ich bin froh, dass ich meine Ruhe vor alldem habe.« José hält vor einer alten Lagerhalle. »Glaube mir, das habe ich vor ungefähr zwei Jahren, als ich genau in deinem Alter war, auch noch gesagt.« José zwinkert Nathan zu und sie steigen aus.

»Was wollen wir hier?« Nathan zieht seine Waffe, auch José greift nach seiner. »Keine Ahnung, Nando hat darauf bestanden, diesen Russen heute zu treffen, wegen der Sache gestern.« Nathan sieht auf das Auto von Arturo, welches jetzt neben ihnen parkt. »Ich hoffe nicht, dass sie denken, ich bereue, was gestern passiert ist.«

José sieht ihn an. »Glaub mir, das würde nie einer von uns denken. Benimm dich da drinnen und lass Nando alles machen. Ich weiß selbst nicht, warum er dieses Treffen wollte, doch er wird einen Grund haben.« Arturo und Nando steigen aus und ziehen ebenfalls ihre Waffen, allerdings sieht Nando nicht mehr zu ihnen. Ohne eine Sekunde zu zögern, geht er vor in die Lagerhalle.

Sie beeilen sich, ihm zu folgen. Als sie eintreten, wirkt die Szene fast wie in einem schlechten Film.

Es ist alles dunkel, zwei große Geländewagen sind in der Mitte der Halle geparkt und mehrere blonde Männer, die aussehen wie zu klein geratene Schränke, flankieren einen alten gebrechlichen Mann. »Nando und Arturo, wie lange haben wir uns nicht …«

Weiter kommt er nicht, Nando ist zu schnell bei dem alten Mann und hält ihm seine Waffe an den Kopf. »Welcher deiner Männer hat meinen Bruder angefasst?« Nathan stockt, er hat mit allem gerechnet, aber nicht damit. Er ist fest davon ausgegangen, dass sein Bruder die Sache mit den Russen wieder in Ordnung bringen möchte, nicht dass er ihn wegen Nathan zur Verantwortung zieht.

Erst als die Männer um den alten Mann herum einschreiten wollen, reagiert auch endlich Nathan. José und Arturo ziehen ihre Waffen, doch der alte Mann hebt die Hand. »Er ist nicht da, dein Bruder hat ihn noch schlimmer zugerichtet, als er gerade aussieht. Meine Männer wussten nicht, dass dies dein Bruder ist. Sie kennen dich ja nicht, sonst wäre die Ähnlichkeit nicht zu übersehen. Als sie gemerkt haben, wer er ist, haben sie auch nichts mehr gemacht.«

Nando nimmt die Waffe herunter und Arturo tritt zu den beiden. Nathan und José bleiben etwas zurück und behalten die anderen Männer im Blick. »Gregori, bisher gab es nie Probleme zwischen uns, doch eine Sache muss euch klar sein. Hier ist unser Gebiet, wenn ihr herkommt, um Geschäfte zu machen, läuft das immer über uns, sonst passieren solche Sachen wie gestern. Sollte einer deiner Männer noch einmal auch nur den Mund zu weit aufmachen, gegen einen aus unserer Familie, wird das Folgen haben. Hier gelten unsere Gesetze, so wie wir uns an eure halten würden, hätten wir vor, in Russland Geschäfte zu machen.«

Gregori nickt, aber er sieht trotzdem unzufrieden aus. »Wir haben gestern 8000 Dollar verloren.« Arturo blickt einen Augenblick zu Nathan, doch egal was kommt, er würde ihm nie vor anderen in den Rücken fallen. Auch wenn Nathan momentan genervt von seinen Brüdern ist, weiß er das ganz genau. »Nimm es als Leergeld hin. Also was genau habt ihr jetzt hier in San Sebastian vor?«

Es dauert zwei Stunden, bis sie von diesem Treffen aufbrechen können. Gregori hat so einiges in San Sebastian vor, einiges davon wird er machen können und ihnen einen gewissen Anteil des Gewinnes bezahlen, der Rest wird auf andere Städte verteilt, trotzdem muss er an sie dafür zahlen.

Dieses Mal steigt Nathan neben Nando ins Auto und Arturo und José fahren zusammen. »Das gestern war sehr gefährlich, du musst aufhören, solche Aktionen alleine durchzuziehen!« Nathan spielt an seinem Handy herum. »Du hast dich früher genauso verhalten. Auch wenn ihr alle jetzt vorhabt, vorsichtiger zu sein und weniger für die Familia vorzugehen, muss das nicht für mich gelten.« Nando neben ihm seufzt leise auf. »Ich hoffe wirklich, dass du bald eine Frau findest, die dich etwas zähmt.«

Nathan sieht zu seinem Bruder. Wenn er jetzt so nah bei ihm sitzt, erkennt selbst er die Ähnlichkeit zwischen ihnen. »Wer sagt, dass ich das überhaupt möchte? Ich verstehe nicht, wieso ihr so ein Theater um all das macht? Es geht mir gut, lasst mich doch einfach mein Ding machen, vielleicht ist dieses Frau- und Kind-Zeug nichts für mich. Irgendeiner muss sich schließlich um die Familia kümmern.«

Nando hält scharf an einer Ampel. »Denkst du, dass du mir oder einem deiner anderen Brüder egal bist, Nathan? Genau das ist es, was du noch lernen musst. Du ziehst die ganze Arbeit der Familia auf dich, aber das brauchst du nicht. Wir alle kümmern uns darum, aber nicht mehr so unüberlegt wie früher, sondern mit mehr Verantwortung.

34

Denkst du im Ernst, ich würde, wie du gestern, mein Leben für lächerliche 8000 Dollar riskieren? Ich hätte reagiert, aber nicht so überstürzt wie du. Es hätte dich zwei Minuten gekostet, Milo und Tajo zu holen und du hättest nicht wieder neue Verletzungen. Dass ich jetzt verantwortungsvoller handle, bedeutet nicht, dass ich nicht jedem in den Arsch trete, der einen von euch verletzt.«

Nathan muss leise lachen, er kann Nando nicht lange böse sein. »Von mir aus, im Grunde seid ihr auch nur sauer, weil ihr nicht mehr das Vergnügen mit so vielen Frauen habt, wie ich es noch genießen kann.« Nun lacht Nando auf. »Glaub mir, wenn du die Richtige gefunden hast, fällt es dir nicht schwer, darauf zu verzichten. Du kannst dich dagegen wehren wie du willst, wenn das Schicksal sie in dein Leben bringt, kannst du eh nichts dagegen machen.« Nathan steckt sein Handy ein. Sie fahren in ihr Gebiet, was nach dem Angriff auf sie mit Schranken, Zäunen und einem Kontrollhaus gesichert ist.

Samir steht breit grinsend davor, nickt Nando zu und deutet Nathan auszusteigen. Nando sieht zu Nathans altem Freund, der es aber nie in die Familie geschafft hat, da Nando und Gabriel ihm nicht trauen. » Das hört sich an, als wäre es eine schlimme Krankheit.« Nando lacht. »Es ist nicht schlimm, aber unterschätze nie, was richtige Liebe alles mit dir machen kann. Du bist zu Sachen bereit, von denen du jetzt nicht einmal träumst.« Nathan lacht und will die Tür öffnen, als Nando vor der Schranke hält. »Ich kann darauf gut und gerne verzichten.« Er verabschiedet sich von Nando. Doch bevor er die Tür schließt, sieht sein älterer Bruder noch einmal zu Samir und ihm dann in die Augen.

»Mach es mir nicht so schwer, Nathan, ich mache mir wirklich Sorgen. Ich würde nicht damit klarkommen, wenn einem von euch etwas passiert, ganz besonders dir nicht. Also versuche in Zukunft, etwas mehr mit deinem Verstand an die Dinge heranzugehen und etwas vorsichtiger zu sein.«

Es ist selten, dass Nando so offen zu ihm ist. Trotz allen Streits, den gerade sie beide in letzter Zeit oft hatten, hängen Nathan und

Nando sehr aneinander. Nathan grinst und salutiert vor seinem älteren Bruder.

»Sí, señor!«

# Kapitel 3

»Seid ihr euch sicher?« Elisa wendet sich zu Janine und blickt gleichzeitig in den Rückspiegel zu Shannon, die unsicher auf der Rückbank sitzt. »Ich muss die Wahrheit erfahren.« Elisa sieht zum Waisenhaus, vor dem sie gerade geparkt haben. »Okay. Nehmen wir an, Javier hat dich belogen, er handelt doch wieder mit Drogen und wir finden etwas?«

Janine seufzt leise auf. »Dann klärt Shannon es mit ihm und wir sagen José und den anderen nichts davon, nicht wenn Shannon es auch alleine klären kann.« Elisa spürt, dass das eine blöde Idee ist. »Ich bin Josés Schwester, ich kann ihn nicht sehr gut belügen, konnte ich noch nie.« Janine sieht sie nun auch an. »Ich bin seine Freundin, du kannst ihm wenigstens die erste Zeit aus dem Weg gehen. José flippt aus, wenn er erfährt, dass ich ihm wieder etwas verheimliche.«

Elisa muss lachen. »Wieder?« Janine zuckt die Schultern. »Na ja, du kennst ihn doch, ich kann ihm nicht immer alles sagen.« Elisa holt ihre Sonnenbrille aus der Tasche. »Ich muss José nur ansehen, und er merkt, dass ich ihm etwas verheimliche.« Shannon lehnt sich zu ihnen nach vorn. »Ihr seid meine Freundinnen, beide, deshalb begleitet ihr mich und schweigt erst einmal darüber.«

Shannon hat recht, Elisa versteht sich sehr gut mit Josés Freundin Janine. Auch mit der rothaarigen Engländerin Shannon verbindet sie mittlerweile eine gute Freundschaft. Es hat sich so einiges getan in den letzten Monaten. »Okay, aber warte. Dir ist hoffentlich klar, dass, selbst wenn wir hier keine Drogen finden, es nicht bedeutet, dass Javier die Wahrheit sagt. So wie ich das mitbekommen habe, war er hier wegen Drogen, wegen irgendwelcher Geschäfte mit Russen. Es ist schon komisch, dass er sich dann so plötzlich bei dir meldet, nach so langer Zeit. Denkt ihr nicht? Wieso ist es überhaupt so wichtig? Du hast einen neuen Freund, du bist doch glücklich, Shannon. Das bist du doch, oder?«

Shannon hält ein, sieht von Janine zu Elisa und zuckt dann die Schultern. »Ich weiß, ich weiß ja, dass es eigentlich nichts zu bedeuten hat und dass mir all das egal sein sollte. Und ja, ich bin glücklich, trotzdem ist es … Es ist so, ich weiß, dass Javier nicht gut für mich ist und trotzdem kommt nichts an das heran, was wir hatten.«

Sie wird immer leiser. Elisa kann nur nicken. Natürlich, Shannon hat recht und sie wird ihr helfen, also öffnet sie die Wagentür. »Es wird immer diese Männer geben, die eigentlich nicht gut für uns sind, die uns wehgetan haben und nicht einen Gedanken verdient hätten und die wir doch nie vergessen werden!«

Sofort nachdem sie das Auto verlassen, setzt sich Elisa die Sonnenbrille auf, die Sonne blendet erbarmungslos. Natürlich muss sie bei diesem Thema sofort an Alonzo denken, egal wie gut sie darin ist, ihre Gefühle für ihn wegzusperren. Wie perfekt sie es nach all der Zeit beherrscht, gleichgültig zu wirken, wenn er in der Nähe ist. Es gibt immer wieder diese Momente, in denen sie sich an ihn erinnert, an das, was es zwischen ihnen gab, an sein Lachen.

Jedes Mal fühlt es sich an, als würde sie ein Messer tief in ihr Herz bohren, es kommt unerwartet und trifft sie, doch sie schafft es auch dieses Mal, all das weit wegzuschieben.

Sie betreten einen Hof, auf dem viele Jungen und Mädchen spielen. Elisa ist erleichtert, als sie das Lachen der Kinder sieht und hört. Natürlich stellt man sich immer die schlimmsten Bilder vor, wenn man an ein Kinderheim denkt, doch die Kinder hier sehen glücklich aus. Eine ältere dunkle Frau kommt auf sie zu und fragt, wie sie ihnen helfen kann. Janine und Shannon erklären der Frau, dass sie nur da sind, um nachzufragen, ob das Kinderheim immer noch als Drogenlager benutzt wird und ob sich Javier und Diego wieder gemeldet haben.

Zwar versichert die Frau ihnen sofort, dass sie nichts mehr von den beiden gehört hätte, doch sie wollen trotzdem sicherheitshalber noch einmal in den Zimmern nachsehen. Sie hat nichts dagegen. Als sie dann durch die Räume gehen, spürt man doch, dass auch wenn die Kinder lachen, es trotzdem ein Kinderheim ist. Die Leitung und die Mitarbeiter geben sich bestimmt alle Mühe, doch man spürt die Kälte in den Räumen. Elisa muss daran denken, wie gut es den Kindern aus ihrer Familie geht.

Sie sehen in den Bettsachen nach, betasten die Kissen, denn dort waren die Drogen versteckt, als ihre Brüder das Drogenlager hier entdeckt haben, doch es scheint wirklich alles in Ordnung zu sein. Im letzten Raum, den sie betreten, sitzt ein kleines Mädchen ganz verlassen und traurig auf einem Bett. Sie ist das einzige Kind, das sie hier im Gebäude antreffen. Auch die ältere Frau, die sie führt, ist offenbar überrascht.

»Lorin, wieso bist du nicht draußen bei den anderen?« Elisas Herz zieht sich zusammen, als das Mädchen zu ihnen hochsieht. Sie ist vielleicht zwei, höchstens drei Jahre alt, hat pechschwarze dicke Haare bis zu den Schultern und fast genauso dunkle Augen. Sie ist zuckersüß, doch wenn man ihr in die Augen sieht, will man sie einfach nur trösten. Es stimmt wirklich, dass die Augen das Tor zur Seele sind.

Lorin klammert sich an einen alten Teddy. »Ich gehe gleich wieder raus.« Damit ist für die Frau wohl alles geklärt und sie führt Janine und Shannon weiter herum, doch Elisa kann ihren Blick nicht von Lorin abwenden. Das kleine Mädchen allerdings hat den Kopf schon längst wieder heruntergenommen und zuppelt an ihrem Teddy herum.

»Hast du etwas dagegen, wenn ich mich zu dir setze? Ich brauche auch eine Pause.« Lorin antwortet ihr nicht, sagt aber auch nichts, als Elisa sich neben sie setzt. »Der ist niedlich, wie heißt er?« Elisa zeigt auf den Teddybär und Lorin sieht nun doch zu ihr hoch. »Sky. Er gehört mir nicht, ich darf ihn mir immer zehn Minuten von Clara leihen.« Elisa schluckt leise und nickt.

»Du bist sehr hübsch.« Lorin lächelt und Elisa ist überrascht, die Kleine ist zuckersüß. »Danke, du auch.« Die Tür wird geöffnet und Janine kommt zurück, hinter ihr ein helleres Mädchen. »Ich muss gehen.« Lorin zeigt traurig auf das andere Mädchen und Elisa lacht. »Ich glaube ich auch, spiel noch schön, Lorin.« Als Lorin sie noch einmal ansieht, berührt sie einen Teil von Elisas Herz, von dem sie nie gedacht hätte, ihn jemals wieder erreichen zu können.

»Alles in Ordnung? Du bist ja ganz vertieft in deine Gedanken.« Janine setzt sich zu Elisa, die erst nicken will, doch dann schüttelt sie den Kopf. »Ich wollte immer so eine kleine Tochter haben.« Janine nickt. »Ich weiß, José hat mir erzählt, dass du keine Kinder bekommen kannst, das tut mir leid.« Elisa lächelt matt. José kennt die Wahrheit, doch er wird es seiner Freundin nicht gesagt haben, nicht wenn Elisa es nicht will, sie kann sich hundertprozentig auf ihre Brüder verlassen. Doch sie mag Janine mittlerweile sehr, seit ewigen Zeiten ist sie ihre erste richtige Freundin.

»Ich konnte Kinder bekommen, war schwanger, doch Toti hat meine Familie gehasst. Er wollte nie, dass wir Kinder bekommen, dass es noch mehr Gründe gibt, dass meine Brüder auf mich aufpassen. Obwohl ich ihn genau kannte, war ich zu unvorsichtig. Er wollte mich zu einem guten Arzt bringen, einem Freund von ihm. Kaum saß ich auf dem Behandlungsstuhl, bekam ich eine Narkose. Ich konnte nichts tun. Als ich wieder wach wurde, war das Baby nicht mehr da und auch nicht die Hoffnung, jemals wieder ein Kind zu bekommen.«

Janine legt den Arm um Elisa. »Das tut mir so leid. Ich wusste nicht, dass dir so etwas Schreckliches passiert ist.« Elisa sieht auf die vielen Betten. »Was ist mit dir und José? Denkt ihr daran, Kinder zu bekommen.« Janine räuspert sich. »Ich weiß nicht, Elisa, es war schwer, José überhaupt dazu zu bekommen, eine Beziehung einzugehen, mich an sich heranzulassen. Er hat bisher noch keine Anzeichen gezeigt, dass er bereit ist, einen Schritt weiter zu gehen. Ich spüre jeden Tag, wie ich ihn mehr und mehr liebe, ich will ihn aber nicht drängen.«

Elisa lächelt und hält Janine ihre Hand hin, damit sie beide aufstehen. »Du tust José gut und er ist verrückt nach dir. Wenn er dich nicht heiratet, ist ihm nicht mehr zu helfen.« Janine lacht. »Elisa, ich weiß, dass du eine harte Zeit hinter dir hast. Doch auch, wenn du jetzt selbst nicht daran glauben kannst, bin ich mir sicher, dass du einen tollen Mann finden wirst, der dich über alles liebt und das du glücklich wirst. Ich weiß es ganz genau.«

Sie treten vor die Tür und Shannon zu ihnen. »Ich weihe euch in meine Geheimnisse ein und ihr flüstert hier herum. Ich will wissen, worum es geht.« Elisa sieht den beiden Frauen einen Augenblick in die Augen. »Ich habe meine große Liebe schon gefunden, Janine. Ich habe noch niemals jemandem davon erzählt, aber manchmal habe ich das Gefühl, daran zu ersticken. Vielleicht wird es Zeit, jemandem davon zu erzählen, einfach nur, um es wenigstens einmal ausgesprochen zu haben. Habt ihr Hunger? Ich glaube, wir sollten uns einen ruhigen Platz suchen.

Zwei Stunden später sieht Elisa auf die Pizzen auf den zwei Tellern vor sich. Janine hat zwei Stück geschafft, Shannon nur eines. Beide sehen sie ungläubig an. Janine öffnet ihren Mund, will etwas sagen, doch findet keine Worte für das, was Elisa ihnen gerade alles erzählt hat. Elisa hat noch nie mit irgendjemandem über Alonzo geredet, niemals.

Doch als sie jetzt angefangen hat, musste sie sich das erste Mal alles von der Seele reden. Sie erzählte ihnen, wie sich das zwischen Alonzo und ihr entwickelt hat, wie es endete, wie sie in Totis Arme geflüchtet ist und was für ein Unheil das gebracht hat. Sie vertraut den beiden und berichtete ihnen auch, was passiert ist, nachdem sie von ihren Brüdern befreit wurde und wieder in Puerto Rico gelandet ist. Wie Alonzo zu ihr gekommen ist und ihr Kuss am Strand, danach ist er noch einmal bei ihrem allerersten Date aufgetaucht. Elisa hat ihn damals so sehr zusammengestaucht, dass er ihr seitdem aus dem Weg geht, und das ist auch besser so.

»Ich kann das nicht glauben, Elisa, diese Liebe ist … Also, würdest du nicht gerade vor mir sitzen, würde ich denken, ich hätte gerade ein grausames Buch durchgelesen.« Elisa lächelt. »Ich versuche gerade, ein neues Kapitel zu beginnen. Manchmal denke ich, es klappt ganz gut, aber wie du es vorhin gesagt hast … Ab und zu muss ich noch an ihn denken, eigentlich oft, aber es tut nicht jedes Mal gleich stark weh.«

Janine schüttelt den Kopf. »Alonzo? Du weißt, dass seine Frau sich vor einigen Wochen trennen wollte. Sie hat gesagt, dass er ihr fremd geworden ist. Sie sind zusammen weggefahren, und er ist seit einigen Tagen erst wieder zurück. Ich habe ihn noch nicht gesehen, weißt du, was da jetzt los ist? Hast du Olivia nicht gefragt?«

Elisa nimmt sich ein Stück von Janines Pizza. Sie ist immer noch nicht bei ihrer alten Form angekommen und kann ein paar extra Kalorien gut gebrauchen. »Ich habe ihn auch noch nicht gesehen, und es ist besser so. Ich will sie gar nicht fragen. Was sollte das bringen? Ob er seine Frau hat oder nicht, ändert nichts an der Sache. Damals hatte er seine Frau auch noch nicht und hat sie sich extra gesucht. Die Gründe, warum wir nie eine Zukunft hatten oder haben, sind viel mehr als seine Frau, und das wird sich nie ändern.«

Shannon nimmt ihre Hand über den Tisch. »Das ist so traurig. Du verdienst nur das Allerbeste. Und wenn er dich so feige verlassen hat, ist er nicht das Allerbeste für dich.« Janine sieht Elisa in die Augen. »Ich kann mir nicht vorstellen, dass Nando ausgerastet wäre, wenn ihr es ihm damals gesagt hättet. Heute ist es etwas anderes, nach allem was passiert ist, aber damals nicht.« Elisa zuckt die Schultern. Wie oft sie sich darüber schon den Kopf zerbrochen hat, doch es nützt nichts. »Das werden wir wohl nie erfahren. Versprecht mir, dass alles unter uns bleibt! Wir müssen los. Ich muss mich für mein Date fertigmachen.«

Natürlich ist es unnötig, Janine und Shannon darum zu bitten, sie werden nichts sagen. Während Shannon sich mit Javier außerhalb von San Sebastian trifft, fahren Janine und Elisa zu sich. Elisa hatte, seitdem sie zurück in Puerto Rico ist, ein paar Dates gehabt. Doch es war nie ein Mann dabei, den sie noch ein zweites Mal getroffen hat. Vor einem Monat hat sie dann Basam kennengelernt, als sie eines Abends Lina zu Josy ins B.B. begleitet hat.

Er ist sehr höflich, nett, sieht gut aus, und sie sehen sich heute zum dritten Mal, von daher macht sie Fortschritte. Elisa tritt aus der Dusche und trocknet sich ab. Dabei fällt ihr Blick auf die gebrochene Fliese, Josés Werk, als er eines Nachts so betrunken nach Hause kam und so wackelig auf den Beinen war, dass er sich an den Badezimmermöbeln festgehalten und sie aus der Verankerung gerissen hat. Elisa schüttelt den Kopf bei diesen vielen Erinnerungen. Vielleicht ist es auch das, sie lebt wieder in ihrem Elternhaus. Vielleicht muss sie einfach ganz neu beginnen, um richtig nach vorne blicken zu können.

Sie braucht endlich ein eigenes Haus. Doch soll sie hier bleiben, oder sich woanders ein Haus nehmen? Sie hat sich gerade erst wieder daran gewöhnt, von ihrer gesamten Familie umgeben zu sein, sodass sie das nicht schon wieder missen möchte.

Als sie zum Fenster geht, bindet sie sich das Handtuch fest um und öffnet es ein Stück, um den Dampf aus dem Bad zu lassen. Dabei entdeckt sie José und Janine auf ihrer Veranda mit Arturo, der bei ihnen steht. Elisa öffnet das Fenster komplett. »Arturo, ich denke es ist an der Zeit, dass ich ein eigenes Haus bekomme.« Ihre beiden Brüder sehen überrascht zu ihr nach oben, Janine lächelt ihr zu. »Okay, kein Problem, sag welches und du kriegst es. Du kannst auch Josés haben, wir schmeißen ihn einfach raus.«

Janine lacht, auch Elisa muss lächeln. Sie liebt ihre Brüder über alles. »Nein, nein, wir reden morgen darüber.« Elisa will wieder hinein, doch Janine ruft ihr noch zu: »Soll ich dir mit deinen Haaren helfen?« Elisa sieht zur Uhr und nickt. Sie ist wie immer zu spät. »Wohin geht sie denn?« Elisa schließt schnell das Fenster. Sie kennt mittlerweile die Reaktion ihrer Brüder, wenn sie eine Verabredung mit einen Mann hat.

Trotz Janines Hilfe erscheint sie zehn Minuten zu spät in dem Restaurant, das Basam für sie ausgesucht hat. Er ist ein sehr gepflegter Mann, fünf Jahre älter als sie, und weiß genau, wie er eine Frau zu behandeln hat. Basam kümmert sich für viele Elektrogeschäfte hier um den Import, und es geht ihm finanziell gut. Als er Elisa jetzt begrüßt, sieht er sie fasziniert an. Janine hat ihr die Haare geglättet, die ihr jetzt bis tief in den Rücken reichen. Elisa trägt nicht viel Schminke, nur ihre Lippen sind rot betont, passend zum schwarzen Rock und dem weißen Top. Sie ist leger, aber trotzdem sehr sexy gekleidet und sie fühlt sich gut, als Basam ihr den Stuhl zurechtrückt.

Für einen Moment denkt sie daran, warum sie jedes Mal noch solch ein ungutes Bauchgefühl hat, wenn sie sich mit ihm trifft. Es ist doch alles perfekt. Als er dann aber ihr gegenüber Platz nimmt und ihr in die Augen sieht, bemerkt sie es wieder. Ja, es ist alles perfekt, aber sie spürt gar nichts, nichts, es herrscht eine innere Leere in ihr. Elisa zwingt sich zu lächeln. Was erwartet sie? Nach allem, was ihr passiert ist, kann sie froh sein, dass sie überhaupt noch in der Lage ist, die Nähe eines Mannes zu ertragen.

Basam erzählt ihr von seinem Tag und dass er noch eine Einladung zu einer Geburtstagsfeier eines alten Freundes hat, wohin er gleich mit ihr zusammen gehen möchte. Am Anfang ist Elisa nicht begeistert, doch nach einer halben Stunde ist ihr bereits so langweilig, das sie sich richtig darauf freut, unter Leute zu kommen. Als sie direkt nach dem Essen die Einkaufsmall entlang schlendern, sticht Elisa ein Teddybär ins Auge. Es ist eher eine Teddydame mit rosa Kleid und Schleife, und sofort muss sie an Lorin denken.

Elisa weiß nicht, wieso sie stehen bleibt, den Teddy in ihren Händen hält und ihn schließlich kauft. Basam möchte ihn ihr kaufen, doch sie lehnt ab. Es fühlt sich komisch an, sie möchte den Teddy selbst kaufen. Als er sie fragt, was all das zu bedeuten hat, kann sie es ihm aber nicht erklären. Wie sollte sie? Sie versteht es selbst nicht, versteht sich und ihr Handeln viel zu wenig in letzter Zeit.

Die Stimmung zwischen ihnen wird immer angespannter. Als sie dann in die Nähe ihres Gebietes fahren und er einige Straßen weiter vor dem Haus von Samir hält, weiß Elisa, dass der Abend eine Katastrophe wird. »Du kennst Samir?« Basam hält und lächelt. »Ja, wir waren zusammen in einer Schule und machen hin und wieder

Geschäfte miteinander. Woher kennst du ihn?« Elisa lächelt und steigt aus. »Er ist einer der besten Freunde meines Bruders.« Basam hält ihr den Arm hin und sie hält sich daran fest. »Es würde mich freuen, deinen Bruder kennenzulernen. Hattest du nicht mehrere?« Sie betreten einen Garten, aus dem laute Musik zu hören ist. Es sind viele Frauen hier, wie immer sind sie halbnackt. Elisa kennt das, Basam hat damit wohl nicht gerechnet, seine Augen weiten sich.

Es sind einige aus ihrer Familia da. Diejenigen, die sie schon entdeckt haben, sehen zu ihnen, als wollten sie Basam fragen, wie er so lebensmüde sein kann. Elisa muss lächeln und nickt. »Fünf, ich habe fünf Brüder.« Basam fängt sich wieder und führt sie weiter. »Na da muss ich mich sicher anstrengen, um sie zu überzeugen, dass ich ihre Schwester mag und ich dich auch verdient habe.« Er nimmt zwei Gläser Champagner von der Bar und gibt ihr eines. Elisa leert es mit einem Schluck. »Allerdings ...« nuschelt sie leise. Da entdeckt sie Samir und wie nicht anders zu erwarten, neben ihm Nathan.

Elisa lehnt sich einen Moment an die Bar und beobachtet ihren jüngsten Bruder. Samir hat eine Frau auf seinem Schoß, die ihm etwas ins Ohr flüstert, während Nathan auf beiden Seiten neben sich je eine schöne Frau zu sitzen hat, und beide geben alles, um seine Aufmerksamkeit zu bekommen.

Elisas Brüder sehen alle gut aus. Nando und Nathan haben besonders viel Ähnlichkeit, doch unter allen sticht Nathan noch einmal heraus.

Er hat genau wie Nando sehr dunkle Haare und Augen. Er hat dieselbe Nase und auch die Grübchen, doch Nathan ist von allem immer noch etwas mehr, vielleicht weil er der jüngste Bruder ist. Er ist etwas dunkler, sein Lächeln etwas frecher, seine Gesichtszüge etwas härter. Er trainiert mehr, seine Augen funkeln wunderschön, besonders wenn er lacht oder wenn er etwas erzählt. Und er ist brutaler und rücksichtsloser als alle anderen. Das ist auch der Grund, wieso sich ständig alle um ihn Sorgen machen.

Nathan nimmt nichts ernst, er ist niemals vorsichtig. Manchmal kommt es Elisa so vor, als wäre ihm alles egal, selbst wenn er wüsste, dass dies sein letzter Tag ist. Er wechselt die Frauen wie Unterhosen. Alle ihre Brüder waren fleißig bei Frauen, doch Nathan übertrifft alles. Und doch, als er jetzt hochsieht von den Frauen und ihr in die Augen blickt, muss sie lächeln. Er ist einfach ihr Bruder und sie liebt ihn über alles.

Nathan allerdings lächelt nur kurz, als er sieht, dass sie nicht allein ist und keine Sekunde später steht er bei ihnen. Basam hat gar nicht mitbekommen, dass sie Nathan entdeckt hat und stockt, als dieser plötzlich mit Samir vor ihnen steht. Basam hat im Gegensatz zu allen anderen hier einen Anzug an. Elisa weiß nicht, was für eine Art von Party er hier erwartet hat. Nathan trägt eine hellblaue Jeans und ein schwarzes ärmelfreies Shirt. Man sieht seinen La Familia-Schriftzug am Arm. Er hat sich erst vor zwei Monaten Los Natos einmal über die Schultern tätowieren lassen, darunter ein Kreuz mit den Initialen ihrer Eltern.

Elisa hat sich dann auch endlich LN auf ihren Knöchel stechen lassen. Ihre Brüder waren so stolz, dass nun auch sie sich die Los Natos tief in ihre Haut hat stechen lassen.

»Was tust du hier?« Nathan gibt Elisa einen Kuss auf die Wange und sieht abschätzig zu Basam, der plötzlich ganz ruhig ist. »Ich bin verabredet und er ist eingeladen, von Samir.« Samir lacht und gibt Basam die Hand. »Scheiße Mann, weißt du, wen du da ausführst?« Elisa wirft Samir einen genervten Blick zu. Nathan stemmt die Hände in die Hüfte. Er hat nicht vor, Basam die Hand zu geben. Sie sieht ihrem Bruder genau an, dass er sie am liebsten zu sich ziehen würde.

Arturo und Nathan haben sie gerettet. Sie haben die Tür eingetreten und Elisa aus der Hölle, in der sie wochenlang eingesperrt war, befreit. Während Arturo sich um Toti gekümmert hat, war es Nathan, der sie in ein Laken gewickelt und einfach nur gehalten hat. Sie wird das nie vergessen. Sie hat die Tränen in seinen Augen gesehen und weiß, dass auch er das nie vergessen wird. Vielleicht ist er gar nicht mehr in der Lage, nach alldem noch einmal einen Mann an ihrer Seite zu dulden. Sie würde es absolut verstehen.

»Ich wusste nicht, dass du ihr Bruder bist, also dass sie zu euch gehört. Wow, ich bin …« Nathan nickt Basam nur leicht zu. »Und weißt du was? Ich bin ihr jüngster Bruder, es gibt noch vier ältere.« Elisa verdreht die Augen und zeigt zu den Frauen. »Willst du mich nicht vorstellen?« Nathan lacht und entspannt sich ein wenig. In dem Moment beginnt ein Lied, das sie beide sehr mögen. »Nein, aber da es selten ist, dass wir zusammen auf einer Feier sind, möchte ich jetzt mit meiner hübschen Schwester tanzen.« Er bietet Elisa seine Hand an und ohne auf Basam zu achten, nimmt Elisa die Hand ihres Bruders.

Nathan war schon immer ein sehr guter Tänzer und sie tanzen zusammen zwei Lieder. Es verwundert Elisa nicht, als sie sieht, dass sich Basam irgendwann an Samir wendet und dann abhaut. Nathan sagt ihr, dass er das nicht wollte. Bestimmt wollte er ihr Date nicht ruinieren, doch er kann seinen Beschützerinstinkt nicht so einfach abschalten. Elisa versteht das, sie winkt ab. Wenn ein Mann sich so vor ihren Brüdern in die Hose macht, hat er eh nichts an ihrer Seite zu suchen.

Es ist nur eine Sekunde. Elisa sieht zur Seite und blickt auf Alonzo, der plötzlich dasteht und sich mit einem Mann unterhält, den sie noch nie zuvor gesehen hat. Ihr Herz reagiert sofort. Das ist die Reaktion, die kein anderer Mann in ihr auslöst, egal wie sehr sie es versucht. Sie sieht sein Lächeln und ihr Herz zieht sich schmerzhaft zusammen. Genau in diesem Moment kehren Nathan und sie zurück zu Samir.

»Basam musste weg, ich soll dir sagen, er meldet sich.« Elisa trinkt etwas. Als sie sich erneut nach Alonzo umsieht, ist auch er weg. »Wird er nicht und es ist besser so.« Samir lacht laut und sieht Elisa an. »Nathan, es tut mir leid, aber deine Schwester ist die hübscheste Frau hier weit und breit. Was muss ich machen, um mich um sie bemühen zu dürfen?« Nathan lacht und schüttelt den Kopf.

»Niemals. Egal welcher meiner Freunde ihr zu nah kommen würde, er würde das bitter bereuen!«

Samir lacht, doch auch wenn beide nur Spaß gemacht haben, in Elisas Kopf beginnt es augenblicklich zu rattern. »Meinst du das ernst?« Nathan hat sich gerade nach seinen zwei Frauen umgesehen, eine kommt jetzt auf sie zu. »Was?« Elisa zieht an seinem Arm, um seine volle Aufmerksamkeit zu bekommen.

»Wenn einer deiner Freunde sich in mich verlieben würde, wärst du sauer auf ihn? Und warum?« Nathan wendet sich nun komplett zu ihr um. »Natürlich, du bist meine Schwester, so etwas macht man nicht. Das ist wie ein … Ehrenkodex. Der Typ wäre für mich gestorben, sollte ich ihn noch weiter atmen lassen.«

Elisa nickt stumm. Sie hat sich nie vorstellen können, dass Nando wirklich etwas dagegen gehabt hätte, doch vielleicht hat sie sich getäuscht. »Hey, kommst du noch einmal zu uns?« Die dunkelhaarige Frau kommt lächelnd zu Nathan und der blickt sich um. »Was ist mit dir? Bleibst du noch, oder soll ich dich nach Hause bringen?« Sie braucht nicht zu antworten, denn eine Stimme und eine Präsenz hinter ihr lassen sie sofort eine Gänsehaut bekommen.

»Ich wollte eh gerade fahren, ich nehme sie mit!«

Sie brauchen nicht lange von Samir bis zu sich nach Hause. Elisa hätte etwas dagegen sagen können, Nathan hätte sie sofort gebracht, doch sie läuft wortlos neben Alonzo zu seinem Auto. Als sie ans Auto treten, berühren sich ihre Arme und Elisa Herz rast. Wie kann es sein, dass er noch immer, nach allem was passiert ist, so eine Macht über sie hat?

Alonzo blickt zu ihr und hält ihr die Beifahrertür auf. Er sieht gut aus, wie immer, doch seine Haare sind etwas länger, die Schatten unter seinen Augen etwas ausgeprägter. Elisa weiß nicht, was er in letzter Zeit mitgemacht hat. Als sich ihre Augen jetzt treffen, senkt sie ihren Blick schnell wieder, vielleicht sollte sie es auch gar nicht wissen.

»Ich hätte nicht gedacht, dass du mit mir kommst.« Sobald Alonzo sitzt, startet er das Auto. »Wir können uns nicht für immer aus dem Weg gehen.« Alonzo sieht zu ihr. »Ich bin froh, dass es dir mittlerweile wieder besser geht.« Elisa beißt sich auf die Lippe. Ihr liegt die Frage nach seiner Frau auf der Zunge, doch sie traut sich nicht. Als sie an einer Ampel halten, blickt er wieder zu ihr. »Elisa, ich habe die letzten Wochen viel nachgedacht. Es ist nicht so, als hätte ich das nicht schon immer gewusst, doch ich weiß jetzt, was für schwerwiegende Fehler ich begannen habe. Ich weiß nicht, ob du das kannst, aber ich hoffe, dass du mir eines Tages verzeihen kannst. Ich erwarte nicht, dass du es vergisst, es würde schon reichen, dass du mich nicht mehr hasst.«

Sie fahren an ihrem Kontrollhaus vorbei, und die Schranke öffnet sich sofort. Milo winkt ihnen zu. Keiner würde sich jemals etwas dabei denken, Alonzo und sie zusammen zu sehen. Nathan hat nicht einmal gezögert, Alonzo Elisa nach Hause bringen zu lassen. Hätte Samir es ihm angeboten, hätte er sie sicher lieber alleine gefahren, doch zu Alonzo haben sie alle hundertprozentiges Vertrauen.

Niemand ahnt, was zwischen ihnen war. Sie haben Alonzo immer vertraut und langsam versteht Elisa wirklich, wieso Alonzo Nando nie die Wahrheit sagen wollte. Er hätte ihm das wirklich niemals verziehen, all ihre Brüder nicht. »Ich hasse dich nicht, Alonzo, denk bitte nicht so. Ich verstehe mittlerweile, wieso du bei einigen Dingen gehandelt hast, wie du es musstest.« Alonzo hält vor dem Elternhaus von Elisa.

»Nein, es war mein größter Fehler, Elisa, ich habe das alles unterschätzt. Ich wusste, dass du mein Herz bist, mein Leben. Doch ich dachte, wenn ich es nur stark genug versuche, wird diese Liebe vergehen. Ich hätte meine Frau nie heiraten dürfen. Dass Jason auf die Welt kam, bereue ich nicht, er ist auch mein Herz, aber ich habe sie niemals geliebt, und das weiß sie auch.

Ich habe dein und ihr Leben zerstört. Es gab nicht eine Sekunde, in der ich dich weniger geliebt habe. Es war alles umsonst. Ich habe zugelassen, dass dir diese Dinge passieren, und ich werde mir das selbst nie wieder verzeihen.« Elisa weint, doch als Alonzo seine Hand hebt, um ihre Tränen wegzuwischen, zeigt sie ihm an, dass sie das nicht möchte. Alonzo lässt seine Hand sinken.

»Ich weiß nicht, was ich dazu sagen soll. Vielleicht ist es einfach Schicksal, dass alles so gekommen ist.« Alonzo lacht leise hart auf und sieht weiter zu ihr. »Meine Frau und ich sind getrennt, sie ist zu ihrer Mutter an die Küste gezogen. Jason bleibt das nächste halbe Jahr bei ihr und zieht dann zu mir, weil er hier weiter mit Malik zusammen zur Schule gehen möchte. Ich weiß, dass du wieder andere Männer triffst und ich habe kein Recht, etwas dazu zu sagen. Doch vielleicht kannst du mich wenigstens ab und zu wieder an deinem Leben teilhaben lassen.«

Elisas Gefühle beginnen verrückt zu spielen. Nervös zieht sie den Teddy aus der Tasche und sucht ihre Wohnungsschlüssel. »Wie gesagt, Alonzo, ich hasse dich nicht und du hast recht, wir können uns nicht ewig aus dem Weg gehen. Ich wollte aber auch nicht, dass deine Ehe kaputt geht.« Er sieht auf den Teddy. »Es war nie eine Ehe, ich habe sie nie geliebt. Wir haben uns im Guten getrennt. Tief in sich, hat sie es immer gespürt, dass mein Herz nie ihr gehören kann. Was hast du mit dem vor?«

Elisa sieht auf die braunen Knopfaugen. Vielleicht ist es die Vertrautheit zwischen ihnen, die nie verschwunden ist, egal was zwischen ihnen war. Wahrscheinlich ist es aber eher ein unbewusster Schutzmechanismus, der Elisa in dem Moment Alonzo erzählen lässt, was Toti ihr angetan hat. Dass er ihr Baby getötet hat und sie keine Kinder mehr bekommen kann und dass sie gestern Lorin getroffen hat und sie ihr diesen Teddy schenken möchte.

Sie wird gleich morgen zu der Kleinen mit den traurigen Augen fahren. Es ist das innere Gefühl, Alonzo noch einmal vor Augen halten zu müssen, wie kaputt Elisa gemacht worden ist, damit er keine falschen Vorstellungen hat.

50

Sie sieht, wie jedes Wort Alonzo quält, doch sie muss es ihm sagen. Als sie dann von Lorin erzählt, muss sie lächeln. »Es tut mir leid, Elisa. Wäre er nicht schon ...« Als Elisa die Augen schließt, greift er zu dem Teddy und zupft an dem rosa Kleid. »Vielleicht kann ich die Kleine auch einmal kennenlernen.« Elisa nimmt den Teddy wieder an sich und öffnet die Autotür. »Gute Nacht, Alonzo.« Sie hört, wie er ihr ebenso eine gute Nacht wünscht.

Als sie ins Haus kommt, macht sie das Licht an und atmet tief ein. Sie legt den Teddy auf eine Kommode und sieht sich im Spiegel an. Auch wenn sie gerade wieder an alles erinnert wurde und ihre Sehnsucht nach Alonzo sie erneut zu zerreißen droht, muss sie lächeln.

Vielleicht muss sie endlich anfangen, die neue Elisa, ihr neues Leben, zu akzeptieren. Sie lächelt immer noch, sieht zum Teddy und geht zufrieden unter die Dusche.

Nathan wird durch immer wiederkehrende dumpfe Schläge langsam wach. Oh Gott, die Nacht war so heftig, dass er schon jetzt dafür bestraft wird. Die Schläge werden lauter. Nathan lässt die Augen zu, er ist noch viel zu müde, um sich zu bewegen oder richtig wach zu werden, doch in dem Moment hört er eine Tür aufgehen, Josés lautes Lachen und öffnet die Augen.

Nathan braucht einen Augenblick, um richtig klar sehen zu können, doch dann blickt er auf einen belustigten José, einen wütenden Arturo und Nando, der streng die Arme vor der Brust verschränkt und auf ihn niederblickt. Erst als sich die beiden Frauen von gestern Nacht neben ihm regen, fällt Nathan wieder ein, dass er gestern das erste Mal das Vergnügen hatte, zwei Frauen auszuprobieren zu dürfen und er ist begeistert.

Er setzt sich auf und kratzt sich am Kopf. »Was tut ihr hier in meinem Schlafzimmer?« Zum Glück verdeckt eine dünne Decke das Wichtigste. »José hebt mit einem Finger einen Tanga an, der irgendwie auf einer Lampe gelandet ist. »Wir waren vor dreißig

Minuten verabredet. Wir wollten eine Lieferung der Russen bewachen, erinnerst du dich? Als du nicht aufgetaucht bist, habe ich mir Sorgen gemacht. Immerhin solltest du dich noch schonen. Ich wusste nicht, dass das dein Schonprogramm ist.«

Er feuert den Tanga in Nathans Richtung und der wehrt ihn sauer ab. »Und da musstet du gleich bei den beiden petzen gehen?« Nando muss nun auch grinsen. Eine der Frauen regt sich immer mehr. Nathan kann nicht fassen, dass seine Brüder echt einfach in sein Schlafzimmer geplatzt sind. »Die Nacht war etwas heftiger als geplant. Ich mach mich fertig.« José schüttelt den Kopf. »Der Termin ist abgesagt. Arturo war eh auf dem Weg zu dir, um mit dir zu reden.« Nando setzt sich auf einen Sessel. »Ich wollte dabei sein, wenn du die Neuigkeiten erfährst.«

Arturo räuspert sich. Eine der Frauen dreht sich so im Bett, dass man einen guten Blick auf ihren Hintern hat. Nathan sollte seine Brüder endlich rausschmeißen und das Ganze nochmal von vorne genießen.

»Ich habe einen Anruf bekommen, wir haben einen neuen Auftrag.« Nathan will gerade sagen, dass er später zu Arturo kommt und seine Brüder hinauswerfen, da sieht er, dass plötzlich alles Belustigte aus den Gesichtern seiner Brüder abfällt.

»Der Vater von Alyssia hat angerufen, sie brauchen Hilfe in Kanada!«

Alles was Nathan gerade noch im Kopf herumgeschwirrt ist, entfällt ihm und er sieht seine Brüder verwirrt an.

# Kapitel 4

Nathan knallt die Tür zu Arturos Haus zu. Hatte er vor zehn Minuten noch darüber nachgedacht, seine Brüder rauszuwerfen und noch etwas Spaß mit den beiden Frauen zu haben, so hat sich das mehr als schnell erledigt. Nachdem er von seinen Brüdern erfahren hat, dass sich Alyssias Vater gemeldet hat, haben sie sich umgedreht und sind gegangen. Plötzlich hatten sie es eilig.

Nathan hat die beiden Frauen vor die Haustür gesetzt. Seitdem er davon erfahren hat, kocht er. Warum sich seine Haut plötzlich zu eng anfühlt und er von null auf hundertachtzig ist, weiß er selbst nicht. Er will jetzt einfach sofort mit seinen Brüdern reden. »Hi Nathan, alles in Ordnung?« Pablo und sein Freund kommen gerade die Treppen herunter. Pablos kleiner Freund sieht mit aufgerissenen Augen auf Nathans Oberkörper. Er hat sich gerade mal die Zeit genommen, eine Jogginghose überzuziehen.

»Wo ist dein Vater?« Pablo kaut Kaugummi. »Nando und er sind glaube ich bei Nando drüben. Kannst du uns die Playstation anmachen?« Egal wie sauer er ist, er hilft seinen Neffen schnell und geht dann direkt zu Nando hinüber. Er trifft zeitgleich mit Gabriel ein, der ihm einen Muffin hinhält. »Was hast du schon wieder für eine Laune? Wenn man dich sieht, wird man gleich daran erinnert, wieder trainieren zu gehen.«

Nathan ignoriert Gabriel, gibt Lina einen Kuss auf die Wange und geht direkt in den Garten, wo Nando und Arturo an einem Tisch über einem Laptop sitzen und gespannt auf einige Zahlen achten. Sie bemerken Nathan gar nicht, der einfach zum Tisch geht und den Laptop schließt. Nando und Arturo sehen auf und Gabriel lässt sich neben Nathan auf einem Stuhl nieder. »Na, das wird lustig.« Er beißt unbeschwert von seinem Muffin ab, während Nathan seine ältesten Brüder fixiert.

»Was zur Hölle soll das heißen, dass Alyssias Vater angerufen hat und unsere Hilfe braucht?« Arturo unterbricht den Blickkontakt zu Nathan nicht, während Nando seufzt und sich zurücklehnt.

»Ich weiß auch nicht mehr. Er hat sich heute morgen gemeldet. Elisa hat das Gespräch entgegengenommen. Er hatte ja nur noch die Nummer von zuhause. Oskar hat erzählt, dass sie in Kanada zur Zeit einige Schwierigkeiten hätten, er aber nichts Genaues sagen könne, da sie möglicherweise abgehört würden. Er hätte gern, dass jemand von uns kommt und sich alles ansieht und anhört. Er will dafür auch aufkommen, doch ich habe es abgelehnt. Papa hat immer gesagt, dass Oskar ein guter Freund von ihm sei und er ihm einige Gefallen schulde. Er hat sich nicht davon abhalten lassen und schon längst einige tausend Dollar überwiesen.«

Nathan steckt die Hände in die Taschen seiner Jogginghosen. »Und wieso kommt ihr damit zu mir?« Arturo und Nando heben die Augenbrauen. Gabriel beugt sich nach vorn. »Es geht um Alyssia.« Nathan zuckt die Schultern. »Ist das euer Ernst gerade? Die Familie ist vor zehn Jahren hier weggezogen.« Arturo sieht ihn streng an. »Trotzdem war er ein guter Freund deines Vaters und wenn Papa ihm etwas geschuldet hat, stehen wir für diese Schuld ein. Er hat dafür bezahlt, auch wenn ich darüber nachdenke, das Geld zurückzuschicken. Außerdem geht es dabei nicht nur um ihn, sondern auch um Alyssia.«

Nathan ballt seine Hände in den Hosentaschen zu Fäusten. »Und deswegen soll ich jetzt nach Kanada?« Nando sieht man an, dass er sich ein Grinsen verkneift. »Wir können auch jemand anderen schicken. Wir sind nur zu dir gekommen, weil es um Aly …« Nathan hebt warnend seine Hand. »Sag das nicht nochmal, ich habe sie seit zehn Jahren nicht gesehen. Wir waren Kinder, ich würde sie sicher nicht einmal mehr auf der Straße erkennen.«

Arturo kann sich sein Grinsen nicht verkneifen. »Ihr wart unzertrennlich. Du hast dich ständig für sie geprügelt. Ich habe sie zweimal nachts bei dir im Zimmer erwischt.« Nathan sieht seine Brüder

der Reihe nach an. »Sie hatte gerade ihre Mutter verloren, wir waren noch Kinder. Von mir aus, ich fliege. Aber das heißt nicht, dass ich mich darum kümmere. Wenn er mir da unten erzählt, dass ihm irgendetwas mit einem Fischhändler nicht passt, bin ich wieder weg. Auch wenn ihr nicht so denkt, aber diese Leute gehen uns nichts an.«

Gabriel lacht leise. »Aber es ist doch Alyssia.« Nathan wendet sich wütend um, doch Arturo reagiert auch schnell. »Gut, es sind für morgen vier Flüge reserviert von Oskar. Ihr werdet dann am Flughafen abgeholt.« Nathan, der schon wieder zurück ins Haus wollte, stoppt. »Ich fliege allein runter!«

Arturo schüttelt den Kopf. »Das ist zu gefährlich, wir wissen nicht, was da unten los ist.« Nathan hebt die Hände. »Wir reden von Kanada, was kann da Schlimmes passieren? Dass ich mit einer Angel geschlagen werde?« Nathan weiß nicht, wann genau das angefangen hat, doch auch wenn Arturo am häufigsten das letzte Wort hat unter den Brüdern, übernimmt es bei Nathan Nando.

»Nimm Tajo mit, das müsste reichen. Wenn nicht, können wir immer noch jemanden runterschicken. Es muss schon etwas Ernstes sein, wenn er davon ausgeht, dass sie abgehört werden.«

Nathan geht. Der Einzige, der ihm noch ein Lächeln abgewinnen kann, ist Mateo, der von Linas Arm nach ihm greift. »Elisa hat bei sich die Flugdaten aufgeschrieben.« Nathan küsst die weichen Wangen von Mateo und geht dann mit einem merkwürdigen Gefühl zu Elisa. Er weiß nicht, wieso ihn das so wütend macht. Er hat es doch gerade selbst gesagt, sie haben mit dieser Familie nichts mehr zu tun. Er sollte das als einen ganz normalen Job ansehen.

Elisa kommt aus ihrer Haustür, als er gerade zu ihr will und rennt fast in ihn hinein. »Der Vater von ...« Nathan stoppt sie, nicht noch einmal das Ganze. »Ich weiß. Wo stehen die Daten?« Elisa lacht. »Neben dem grünen Telefon. Ist es zu fassen, dass es noch funktioniert? Ich habe fünf Minuten gebraucht, um zu kapieren, was da klingelt. Ich muss los, bis später!«

Nathan geht ins Haus und schließt die Tür. Es ist jedes Mal ein komisches Gefühl hier zu sein. Er versteht nicht, warum seine Schwester hier leben möchte. Er sieht sich einen Augenblick die alten Bilder an, dann geht er zu dem alten Telefon, steckt sich den Zettel mit der Flugnummer ein und speichert Oskars Nummer, die dort auch steht. Einen Augenblick überlegt er, ihn einfach anzurufen. Stimmt es aber wirklich, dass sie abgehört werden, wäre es sinnlos.

Nathan will wieder gehen und endlich unter die Dusche, doch er sieht die Treppe hoch, und im nächsten Augenblick steht er in seinem alten Zimmer. Es ist alles so, wie sie es verlassen haben. Ein paar Monate nachdem Alyssia weggezogen ist, hatten seine Eltern den Autounfall, bei dem beide starben und José schwer verletzt wurde. Danach sind sie nie wieder in das Haus zurückgegangen. Es wurde immer sauber gehalten, doch es wurde nichts verändert.

Nathan setzt sich auf sein Bett und greift unter die Matratze. Er muss lächeln, als er den Schlüssel zur Schublade seines Schreibtisches noch immer dort findet. Wie lange ist es jetzt her, dass er seine geheime Schublade das letzte Mal geöffnet hat? Er findet oben sofort die Arbeiten, die er immer vor seinen Eltern versteckt hat und für die er viel Geld an José verloren hat, der die Unterschriften perfekt fälschen konnte. Es ist ein Pornoheft darin, was er irgendwann mit Tajo heimlich gekauft hat. Dann ist da der alte Schuhkarton.

Nathan setzt sich, als er ihn öffnet. Er weiß, was darin ist, egal wie lange es her ist.

Es sind drei Bilder von Alyssia und ihm, die zwei Briefe, die sie ihm aus Kanada geschrieben hat und der Ring, den er ihr gekauft hat. Nathan muss leise lachen, als er den einfachen silbernen Ring mit dem kleinen Stein ansieht. Er hat fast zwei Jahre gebraucht und ein paar hundert Dollar gespart. Eigentlich wollte er sich einen eigenen Fernseher kaufen und weiter sparen, doch Alyssia hatte Geburtstag.

Er ist zu einem Juwelier gegangen und hat den Ring gekauft. Er war viel zu groß, ein Frauenring, doch Alyssia hat sich sehr gefreut. Ihr Vater allerdings hat mit ihr gemeckert, als er den Ring entdeckt hat. Nathan sollte ihn aufbewahren, bis sie beide älter sind. Nathan wirft den Ring zurück in die Box und öffnet einen Brief. Alyssia schreibt in ihrer Kinderschrift, wie sehr sie Puerto Rico und ihn vermisst und wie sehr sie Kanada hasst. Außerdem erklärte sie, dass sie sauer wäre, noch keinen Brief von Nathan bekommen zu haben. Nathan hat ihr dann einen geschrieben. Er wollte nicht, er kam sich so dumm vor und saß drei Stunden daran, doch dann hat er ihn abgeschickt.

Es kam nie eine Antwort, er hat nie wieder etwas von Alyssia gehört. Und es hat ihn damals richtig gekränkt, er hat sich so sehr überwunden, diesen Brief zu schreiben, aber sie hat sich nie wieder gemeldet. Er war wütend auf sie, wusste, dass sie ihn sicherlich längst vergessen hat und hat all das mit Alyssia selbst weit weggeschoben. Es hat auch gut geklappt, bis auf einmal seine Brüder vor seinem Bett standen. Vielleicht war er deshalb so wütend, doch jetzt muss er lächeln, als er auf die Bilder sieht. Meine Güte, sie waren einfach noch Kinder.

Er streicht auf dem Bild über Alyssias Gesicht. Sie sah wirklich hübsch aus, die hellbraunen Haare, die hellbraunen Augen, ihre hellere Haut. Sie fällt neben Nathan auf, aber er hat das immer gemocht. Auf einem Bild haben beide schwarze Streifen im Gesicht. Nathan kann sich nicht mehr erinnern, welchen Blödsinn sie gemacht haben, aber sie beide strahlen so sehr, dass er sicher ist, dass sie etwas ausgefressen haben.

Als das Foto entstand, wussten sie noch nicht, dass Alyssia gehen würde. Seine Eltern haben noch gelebt. Nathan fragt sich, wie sich alles entwickelt hätte, wenn Alyssias Familie nicht nach Kanada ausgewandert wäre. Ein Jahr später hatte Nathan seine ersten Freundinnen, mit denen mehr gelaufen ist. Spätestens da hätten sich ihre Wege sicher eh getrennt. Er denkt an den Kuss und wie er damals dachte, Alyssia wäre seine Traumfrau.

Nathan lächelt und legt die Bilder wieder in den Karton, stellt ihn zurück, verschließt aber das Schubfach nicht mehr. Er hat zwar immer noch keine Lust auf Kanada, doch irgendwie ist er auch gespannt, was aus Alyssia und ihrer Familie geworden ist. Nathan geht in sein Haus, wo er erst einmal Tajo anruft und ihn über alles aufklärt. Tajo freut sich auf Kanada, er war bereits dort. Als Nathan ihm erzählt, dass sie nach Dawson fliegen, lacht Tajo laut los. Er erklärt seinem besten Freund, dass dort gerade Winter ist und es somit sehr kalt ist. Es ist alles voller Wälder, Berge, und es werden dort sogar noch Schlittenhunde benutzt.

Nathan seufzt leise auf, als er auflegt, trinkt noch einen Schluck von seinem Kaffee und tritt auf seinen Balkon im Schlafzimmer in die heiße Mittagssonne. Er hat sich bewusst hier ein Haus bauen lassen, als er damals das erste Mal allein in ein Haus gezogen ist. Es ist am Ende ihres Gebietes und er kann von hier auf den abfallenden Berg mit den lila Blüten hinabsehen. Es war immer sein Lieblingsplatz hier, selbst dann noch, als Alyssia weg war. Er fragt sich, ob sie diesen Anblick vermisst hat, jetzt wird er es ja erfahren.


Elisa steigt aus dem Auto und geht unsicher auf das Kinderheim zu. Sie weiß gar nicht, ob sie heute schon wieder einfach hier auftauchen darf, doch sie hat ja nichts Schlimmes vor, im Gegenteil, sie will eigentlich nur diese Teddydame abgeben. Sie hat heute bewusst nur eine einfache schwarze Hose und ein schwarzes Top gewählt, sich kaum geschminkt und trägt nur einen unordentlichen Zopf. Gestern hat sie schnell gespürt, dass sie viel zu overdressed war.

Als sie dieses Mal ankommt, ist es stiller auf dem Grundstück, kein Kind spielt draußen und Elisa geht zur Tür. Sie muss klingeln, und wieder öffnet ihr die Leiterin die Tür. »Hallo, ich wollte nur schnell … Das kleine Mädchen, Lorin, ich habe hier etwas für sie.« Sie hält den Teddy hoch und hofft, dass sie nicht ungelegen kommt. Die Heimleiterin sieht sie zwar etwas verwundert an, doch sie lässt Elisa eintreten.

»Die meisten Kinder sind in der Schule, Lorin ist aber in der kleinen Kita, die wir hier haben.« Sie führt sie zu einer kleinen Halle, die zwar sehr einfach, aber doch liebevoll eingerichtet ist, wie sicherlich viele Kindergärten hier in der Gegend. Elisa entdeckt sie sofort. Die meisten Kinder stehen um eine Frau herum, die etwas erzählt. Einige Mädchen spielen in einer Puppenecke, doch Lorin sitzt abseits von allen auf einem Stuhl und sieht aus den Fenster.

»Lorin, du hast Besuch.« Nun haben sie die Aufmerksamkeit aller Kinder, die neugierig auf sie zukommen. Doch Elisa sieht nur auf die kleine hübsche Maus, die sie unsicher aus ihren dunklen traurigen Augen ansieht und ganz langsam zu ihr kommt. Die Erzieherin scheucht die anderen Kinder weg. Elisa kniet sich hin, damit sie Lorin richtig in die Augen sehen kann, als sie sich vor sie hinstellt.

»Du warst gestern da, stimmt's?« Elisa nickt und hält ihr die Teddydame hin. »Ich habe etwas später diesen hübschen Teddy gesehen und musste ihn dir heute unbedingt vorbeibringen.« Sie hält ihn Lorin hin. Sie sieht mit großen Augen darauf, greift aber nicht zu. Elisa kennt so etwas gar nicht. Hätte sie den Teddy ihren Nichten mitgebracht, hätten sie den schon längst an sich gerissen.

»Gefällt er dir?« Lorin nickt, doch nimmt ihn noch immer nicht. »Darf ich ihn mal halten?« Elisa lächelt. »Natürlich, er ist für dich.« Lorin sieht sie aus großen Augen an und etwas in Elisas Herz bewegt sich, füllt sich mit einem Gefühl, das sie nicht zuordnen kann. »Ich habe noch nie etwas bekommen.« Elisa gibt Lorin den Teddy in ihre kleinen Hände, dabei sieht sie an ihrem Arm ein paar verbrannte Stellen.

»Du kannst den Teddy in dein Bett legen, es gibt gleich Mittagessen. Du kannst die nette Frau gerne mitnehmen und ihr dein Bett zeigen.« Die Heimleiterin lächelt sie beide an und Lorin deutet Elisa, ihr zu folgen. Sie gehen zusammen einige lange Flure entlang. Elisa war gestern bereits hier, doch wenn sie jetzt daran denkt, dass die Kinder hier nachts auf den Fluren zur Toilette müssen, bekommt sie eine Gänsehaut.

Lorin ist still, also muss Elisa etwas auf sie zukommen. »Gefällt es dir hier?« Lorin sieht sie von der Seite an und nickt. »Ja, es ist ganz gut.« Elisa muss lächeln. Sie hat das Gefühl, eine erwachsene Frau spricht mit ihr, keine Dreijährige. Lorin öffnet eine knarrende Tür und sie betreten ein Zimmer, worin sechs Betten, sechs Schreibtische und sechs Schränke stehen. Alles sieht gleich aus, nur auf einigen Betten liegen Puppen oder Kuscheltiere. Elisa ist froh, dass nun auch auf Lorins Bett etwas liegt.

»Wieso hast du vorhin nicht mit den anderen gespielt, magst du sie nicht?« Lorin legt den Teddy ordentlich hin, dann klingelt es im ganzen Gebäude. »Ich muss zum Mittag, komm hier lang.« Sie führt sie zurück, doch auf dem Weg dreht sie sich beim Gehen zu Elisa um. »Ich mag die anderen, aber sie mögen mich nicht. Sie sagen, ich bin anders.«

Elisa versucht zu lächeln, auch wenn sie die Traurigkeit in den Augen von Lorin sieht. Sie kommen an einer kleinen Mensa an. Bevor Lorin dort hineingeht, kniet sich Elisa wieder hin und nimmt ihre kleine Hand in ihre. »Mach dir nichts draus, ich bin auch anders. Wenn sie dir das nächste Mal das sagen, sag ihnen, dass es langweilig ist, gleich zu sein.«

Lorin lächelt. Elisa hat noch nie etwas Schöneres gesehen. »Okay, kommst du mich morgen wieder besuchen?« Sie sieht sie hoffnungsvoll an. Elisa ist etwas überrumpelt, doch dann nickt sie. »Ja, natürlich, wenn du das möchtest.« Sie beobachtet, wie Lorin in die Mensa geht und sich ganz allein an einen Platz setzt. »Die Kleine hat es nicht leicht, aber sie ist sehr tapfer.« Elisa wendet sich nicht zur Heimleiterin um, sondern sieht weiter auf Lorin, nickt aber. »Was ist ihr passiert? Wieso ist sie hier?«

Ein Räuspern verspricht, dass Lorin keine schöne Geschichte hat. Die Heimleiterin erzählt Elisa, dass Lorins Mutter und ihr Vater beide drogenabhängig sind oder waren. Lorin muss in schlimme Verhältnisse hineingeboren worden sein. Die Mutter wurde wohl regelmäßig von ihrem Mann verprügelt. Irgendwann als Baby muss Lorin verbrannt worden sein. Es sieht so aus, als wären es Fett oder Wasserspritzer, die ihr den rechten Arm und einige Stellen am Rücken verbrannt haben.

Kurz vor ihrem dritten Geburtstag muss der Vater die Mutter unter Drogen totgeschlagen haben. Lorin war dabei, erst nach zwei Tagen haben die Nachbarn den Geruch bemerkt. Der Vater lag völlig mit Drogen vollgepumpt auf der Couch und Lorin war die ganze Zeit weinend und hungrig neben der Leiche ihrer Mutter. Dann kam sie hierher, ihr Vater ist jetzt im Gefängnis.

Sie ist seit sechs Monaten im Heim. Es geht ihr zwar besser hier, doch sie ist verstörter als andere Kinder. Dazu kommen die Verbrennungen, die nicht groß und schlimm sind, ihr aber Schmerzen bereiten, besonders wenn sie gerade wächst, oder nach dem Waschen. Sie bräuchte spezielle Cremes dafür, doch das kann sich das Heim nicht leisten.

Elisa schweigt, vielleicht ist es das, was Lorin und sie verbindet. Sie waren beide schon direkt in der Hölle eingesperrt. »Sie hat mich gefragt, ob ich sie morgen wieder besuchen komme. Ich würde mit ihr zum Arzt gehen und den sich ihre Wunden ansehen lassen. Geht das?« Elisa wendet sich zu der älteren Frau um, die dankbar nickt. »Lorin wird sich bestimmt freuen.«


Elisa ist durcheinander, als sie zurück zu sich fährt. Sie weiß nicht, was genau sie da gerade tut mit Lorin, doch es fühlt sich richtig an. Sie hält an der Schranke. Als sie vor Arturos Haus hält, kommen gerade Alonzo und Nando heraus. »Hi, ich habe gehört, du willst jetzt doch umziehen?« Nando küsst sie auf die Wange. Elisa nickt, sie lächelt Alonzo an. »Wie geht es Lorin?« Elisa ist überrascht, dass Alonzo so frei und offen mit ihr vor Nando spricht. Natürlich können sie das, keiner denkt sich etwas dabei. Doch seitdem sie wieder da ist, sind Alonzo und sie sich zu viel aus dem Weg gegangen.

»Gut, ich werde sie morgen wieder sehen.« Alonzo lächelt, als hätte er sich das bereits gedacht. »Das ist gut.« Nando sieht verwirrt zwischen beiden hin und her. »Wer ist Lorin?« Elisa geht weiter. »Das erzähle ich dir nachher, ich muss ein paar Sachen von Cassandra raussuchen, bis später.«

Sie hört Alonzos leises Lachen und wie Nando ihn versucht auszufragen. Der sagt ihm einfach nur, dass er nicht so neugierig sein soll. Ein warmes Gefühl durchströmt Elisa, doch sie atmet tief ein und verdrängt es wieder. Sie wird nie wieder zulassen, dass sich Hoffnung oder der Glaube an Liebe bei ihr durchsetzt, dafür wurde sie viel zu sehr vom Leben für diese Dummheit bestraft.

»Olivia? Wo hast du die alten Sachen von Cassandra?« Elisa muss sofort wieder an Lorin denken, und als sich dieses Mal die Wärme in ihr ausbreitet, lässt sie es zu. Diese Wärme ist gut und nicht gefährlich. Sie fängt an, dieses Gefühl zu genießen.

# Kapitel 5

Nathan sieht auf die immer näher kommende Landschaft, und was er sieht ist … Schnee und Berge. »Ich habe dir gesagt, dass du eine dickere Jacke brauchst.« Nathan schnallt sich an, als die Zeichen angezeigt werden. Er hasst es, mit einem normalen Flugzeug zu fliegen. Sie hätten ihren Privatjet nehmen sollen. »Ich habe meine dickste Jacke dabei.« Tajo lacht leise. »Na warte mal ab!«

Es dauert keine halbe Stunde und Nathan spürt, was Tajo gemeint hat. »Ach du Scheiße, was ist hier los?« Sie haben länger gebraucht und mussten einige hundert Dollar hinlegen, um ihr extra Paket durch den Zoll zu bekommen, ohne dass es gefilzt wird. Nathan braucht seine Waffen. Er hat keine Ahnung, was auf sie zukommt und muss auf alles vorbereitet sein. Als sie jetzt das Flughafengebäude verlassen, raubt ihm die Kälte den Atem.

»Ich habe es dir gesagt.« Tajo schließt seine Jacke und reibt seine Hände. Ein älterer Mann steht am Eingang und hält ein Schild hoch auf dem 'Nato' steht. Nathan verdreht die Augen. Er geht zu dem Mann, den er noch nie gesehen hat und nimmt ihm das Schild aus der Hand. »Nicht schlau, das so anzukündigen.« Der Mann verbeugt sich vor ihm. »Oh, entschuldigen Sie, Sir! Willkommen in Kanada, ich bin beauftragt Sie abzuholen. Sie werden schon erwartet.«

Er bringt sie zu einem mächtigen Geländewagen mit riesigen Schneereifen. »Für ihren Aufenthalt steht ihnen das Auto frei zur Verfügung.« Nathan legt die Taschen in den Kofferraum und flucht, er spürt seine Hände kaum noch. »Von mir aus, wir müssen noch an einem Laden halten, ich brauche dickere Klamotten!« Tajo neben ihm lacht. Doch als sie dann in einem passenden Laden sind, kauft auch er sich noch einige Handschuhe und Schals. Nathan lässt die dickere Jacke gleich an.

Dann erst machen sie sich auf den Weg. Der Mann, der sie fährt, spricht offenbar kein spanisch. Da Nathan und Tajo perfektes

Englisch beherrschen, ist es kein Problem. Während er ihnen erzählt, dass er der Hausangestellte der Familie sei und Oskar eigentlich gerne selbst gekommen wäre, seit einiger Zeit das Haus aber nur noch selten verlässt und im Anwesen auf sie wartet, sieht sich Nathan die Umgebung an.

Sie fahren an Wäldern vorbei, hin und wieder an einem zugefrorenen Fluss und einigen Bergen. Vereinzelt tauchen Häuser auf. Erst als immer mehr Häuser zu sehen sind, scheinen sie langsam Dawson zu erreichen. Keine Minute später bestätigt ein altes Holzschild ihre Vermutung.

»Das ist ja hier eine Kleinstadt.« Nathan blickt sich um. »Das wirkt nur so, weil es hier keine großen Gebäude gibt oder nur ganz wenige. Aber hier gibt es alles, was man braucht, ein Kino, eine High-School, ein sehr gutes College, viele Einkaufsläden, einige Bars und Clubs. Ich denke, man findet hier alles, was man sucht.

Nathan sieht sich die Menschen an, doch viel kann er nicht erkennen. Sie sind alle dick eingepackt. Nathan ist selbst im Auto kalt und er fragt sich, wie sich Alyssia und Amanda damals vorgekommen sein müssen, wenn selbst er als Erwachsener es hier alles sehr befremdlich findet.

Der Mann fährt immer weiter. Bald werden die Häuser weniger und er erklärt, dass sie ein paar Kilometer außerhalb von Dawson wohnen. Nathan schüttelt den Kopf. Noch etwas abgelegener vom abgelegensten Ort, den er kennt. Die Häuser werden immer größer und edler. Zehn Minuten außerhalb der Stadt fahren sie einen kleinen Weg hinein und halten vor einem Tor. Der Mann steigt aus und schiebt ein Tor zur Seite. Als er wieder einsteigt, schließt sich das Tor, nachdem sie durchgefahren sind, wieder von allein. »Es funktioniert nicht mehr richtig«, versucht er zu erklären.

Ein Husky kommt auf sie zugestürmt und jault laut. »Einen Wachhund gibt es auch?« Der Mann passt auf, dass er das Tier nicht verletzt, als er vor das Haus fährt. »Das ist Chilli. Er ist schon sehr alt, aber er bewacht das Grundstück, so gut es geht.« Nathan sieht auf das riesige Holzhaus. Oskar muss seine Firma hier gut ausgeweitet haben, es stehen vier fast identische Geländewagen vor dem Haus, aber das Grundstück geht noch weiter, es muss sehr groß sein. »Chilli?« Tajo sieht auch beeindruckt auf das Gelände. »Ja, die Vorbesitzerin hat erzählt, dass er als Welpe etwas Chilli in die Nase bekommen hat und zwei Tage lang niesen musste, deswegen hat sie ihn Chilli genannt.«

Sie halten und steigen aus. In dem Moment geht die Tür auf und Oskar kommt auf sie zu. Nathan stockt. Er ist alt geworden. Natürlich sind es zehn Jahre, die er Alyssias Vater nicht gesehen hat, doch es sind mehr als die Jahre, die ihn so sehr haben altern lassen. Er muss einiges durchgemacht haben. »Nathan, Tajo, meine Güte, ihr seid ja richtige Männer geworden.« Oskar umarmt sie und Nathans Herz schlägt schneller, als er sie gleich ins Haus bittet. Sie kommen in eine große Empfangshalle. Auch wenn das Haus groß und edel eingerichtet ist, wirkt es durch das viele Holz doch etwas altmodisch.

Ein Mädchen kommt die Treppen herunter gerannt und Nathan stockt. Die Kleine sieht aus wie Alyssia, als sie Puerto Rico verlassen hat. Natürlich, die kleine Schwester war ein Baby und wird jetzt ungefähr in dem Alter sein, vielleicht ein wenig jünger als Alyssia damals, aber sie sieht ihr sehr ähnlich. »Amanda.« Das Mädchen lächelt sie schüchtern an. Nathan kann nicht anders und gibt ihr einen Kuss auf die Wange. Als er sie fragt wie es ihr geht, lacht Oskar leise auf. »Sie spricht kein spanisch, leider. Wir waren so damit beschäftigt den Kindern englisch beizubringen, dass das Spanisch zu kurz gekommen ist.«

Die Kleine antwortet Nathan, als er sie dann auf englisch fragt. Als Oskar sie dann in ein riesiges Wohnzimmer mit brennendem Kamin bringt, ist sie schon gar nicht mehr von Nathans Seite zu bekommen. »Hank habt ihr bereits kennengelernt, er bringt eure Sachen ins Gästehaus. Solltet ihr irgendetwas brauchen, gebt ihm sofort Bescheid, er wird sich darum kümmern. Ich bin euch sehr dankbar, dass ihr gekommen seid, ich wusste sonst keine andere Lösung mehr.«

Nathan betrachtet einige Bilder an der Wand. »Wir wissen nur noch nicht, um was es genau geht, Oskar.« Während er zur Wand geht, um sich sie Bilder genauer anzusehen, nickt Oskar. »Ich werde es euch erklären. Was möchtet ihr trinken?«

Während Oskar kurz weggeht, schlendert Nathan näher zu den Bildern. Sie zeigen eine Hochzeit. Oskar hat noch einmal geheiratet und das muss ziemlich schnell gegangen sein. Amanda ist auf den Bildern noch immer ein Baby und Alyssia sieht aus wie zu der Zeit, als sie Puerto Rico verlassen hat. Daneben ist ein großes Bild von Alyssia mit einem Jungen. Alyssia war auch schon als Kind hübsch, doch jetzt auf den Bildern hier sieht er eine wunderschöne Frau.

Ihre Haare sind  lang, sie trägt sie offen und glatt. Die Wellen die sie früher hatte, sind weg. Doch noch immer haben sie die schöne hellbraune Farbe, auch ihre Augen strahlen wie früher. An ihrem Lächeln erkennt er die Alyssia, mit der er früher alles geteilt hat, doch ansonsten ist sie einfach nur eine bildschöne Frau geworden.

Es hängen Bilder da mit Freunden von ihr, sie ist oft von Jungs umgeben. Nathan wundert es gar nicht, so hübsch wie sie geworden ist. Auf einem Bild hat sie sehr viel Ähnlichkeit mit ihrer Mutter. Nathan wird nie vergessen, wie auch er noch einmal zu ihr ins Zimmer durfte, zusammen mit Alyssia und sich die Mutter von ihm verabschiedet hat. Sie hat ihn mit schwachen Worten gebeten, immer auf Alyssia aufzupassen. Nathan hat es ihr versprochen, doch er hatte nicht die Chance dazu.

»Meine Schwester.« Amanda stellt sich zu Nathan und er muss lächeln. Es kommt ihm vor, als würde Alyssia wieder vor ihm stehen. »Ich weiß, ich kenne deine Schwester schon lange.« Amanda kichert leise. »Bist du ihr Freund? Alyssia hat mir letzte Woche gesagt, dass Männer nur Probleme machen.« Nathan sieht ihr in die Augen. »Deine Schwester und ich haben uns lange nicht gesehen, ich habe ihr bestimmt keine Probleme gemacht.«

»Amanda, gehst du bitte nach oben und machst deine Hausaufgaben? Wir haben etwas zu besprechen.« Amanda winkt noch einmal und rennt dann aus dem Raum. Oskar kommt nicht allein herein, neben einer Köchin begleitet ihn auch eine blonde Frau, die ihnen als Agatha, Oskars Ehefrau, vorgestellt wird. Nachdem die Frauen den Tisch eingedeckt haben, greift Tajo zu. Sie beide haben Hunger, aber Nathan kann sich nicht von den Bildern und Alyssias Gesicht losreißen.

Immer, wenn er an sie gedacht hat, hatte er sie im Alter von dreizehn Jahren vor Augen, sie jetzt als Frau wiederzusehen, fühlt sich merkwürdig an. »Das war bei ihrem High-School-Abschluss. Sie war eine der Besten der Klassen, aber auch etwas älter. Sie musste erst besser englisch sprechen und hat einiges verpasst in der Schule. Jetzt ist sie im letzten Jahr am College. Es ist alles schon gelaufen, noch ein paar Wochen und sie kann auf die Universität gehen. Sie möchte Ärztin werden.«

Nathan zieht anerkennend die Augenbrauen hoch. »Weiß sie, dass wir hier sind?« Oskar kratzt sich am Kopf. »Noch nicht, sie versteht das alles nicht so gut und wird sauer, wenn wir davon reden. Aber setz dich und iss etwas, ich erkläre euch, was passiert ist.«

Während Nathan und Tajo etwas essen, erzählt ihnen Oskar, was sich die letzten Jahre bei ihnen getan hat und Nathan vergeht immer mehr der Appetit. Oskar versucht krampfhaft zu erklären, wie schwer es für ihn war, hier alles wieder aufzubauen. Die ersten Jahre liefen sehr gut, vielleicht zu gut, so konnten sie sich all das hier leisten.

Oskar hat wieder geheiratet, doch mit dem vielen Geld kamen auch die falschen Freunde, er wurde übermütig. Vor ungefähr drei Jahren hat er angefangen, immer mehr zu trinken und viel Geld beim Spielen verloren. Oskar hat alles gespielt, alle Automaten, Roulette, Sportwetten, egal was, er hat alles mitgemacht.

Das ging fast zwei Jahre gut, kaum einer hat etwas gemerkt. Seine Frau hat etwas geahnt, doch dass es so schlimm stand, wusste sie nicht. Als bei Alyssias zwanzigstem Geburtstag das erste Mal die Kreditkarte nicht mehr funktioniert hat, kam langsam alles heraus.

Es war bereits so weit, dass er alles verspielt hatte, er war pleite, wirklich komplett pleite. Das Haus, die Autos waren ja schon bezahlt, aber sie hatten kaum mehr Geld zum Weiterleben.

Seine Frau wollte ihn zu einer Therapie zwingen und dann kam dieser verhängnisvolle Abend. Oskar war verzweifelt im Casino, er hatte seine letzten hundert Dollar in der Hand, als er zu einem Tisch gerufen wurde, an dem mehrere Männer aus Guatemala saßen. Oskar kannte sie nicht, aber sie waren sehr nett. Nach und nach stellte sich heraus, wer sie wirklich waren.

Oskar war sein Geld bereits los und mehr als betrunken, als er erfuhr, dass der Mann, mit dem er spielte, Nima war, der Anführer der Salva Miri, die über einen großen Teil Guatemalas herrscht. Ab diesem Punkt stellt Nathan den Teller weg. Er ahnt, worauf das hinausläuft und würde am liebsten laut losfluchen. Die Salva Miri ist nicht ganz so mächtig und groß wie ihre Familia, doch sie gehören auch zu den einflussreichsten Familias.

Die Los Natos hatten nie etwas mit ihnen zu tun und auch kein Problem, sie sind sich bisher immer gut aus dem Weg gegangen. Es wäre sicher besser, wenn das auch so bliebe. Nathans Befürchtungen bestätigen sich nicht nur, es ist noch viel schlimmer, als er gedacht hat. Oskar hätte gehen sollen, doch er erklärt, dass er sich damals so sicher war, an dem Tag eine Glückssträhne zu haben. Nima bot ihm an, ihm Geld zu leihen.

Oskar hat eingewilligt und hat sich von Nima gleich 15.000 Dollar geliehen. Am Anfang sah es gut aus, doch nach einer Stunde hatte er alles verspielt. Nima wollte seine Daten aufnehmen, um sicher zu gehen, dass er das Geld auch bekommt. Dabei ist ihm ein Bild von Alyssia in Oskars Portmonee aufgefallen. Nathan schließt einen Augenblick die Augen, auch Tajo räuspert sich.

Oskar war spielsüchtig, vielleicht ist er es immer noch. Doch selbst mit diesem Wissen kann Nathan die weiteren Geschehnisse nicht nachvollziehen. Nima hat ihm ein Angebot gemacht, das Oskar nicht ablehnen konnte. Sie würden noch ein Spiel machen, ein einziges. Sollte Oskar gewinnen, hätte er keine Schulden mehr,

Nima würde ihm noch 1000 Dollar geben und sie verabschieden sich mit einem Handschlag. Wenn Oskar allerdings verliert, schuldet er Nima die 15.000 Dollar und seine Tochter.

Oskar erklärte, dass seine Tochter gerade aufs College geht und Nima hat zugestimmt, dass sie es beenden könne und dann zu ihm ziehen soll. Doch ganz hat Oskar all dem nicht zugehört, für ihn war ganz klar, dass er dieses Spiel gewinnen würde. Die Sucht war so groß, dass er alles vergessen hat, seine Familie, seine Tochter, alles. Er musste gewinnen.

Nathan lehnt sich zurück, er muss nicht nachfragen, was passiert ist. Hätte er gewonnen, säßen sie nicht hier.

Das alles ist jetzt aber auch schon über zwei Jahre her. Nima hat sich nie gemeldet, Oskar hatte eine Kontonummer, auf die er das Geld zurückzahlen sollte, doch Nima ist nie wieder aufgetaucht, nicht wegen der Schulden, nicht wegen Alyssia. Oskar ist davon ausgegangen, dass er all das, was in der Nacht im Casino passiert ist, vielleicht einfach vergessen hat.

Nathan sieht dem Vater seiner früheren besten Freundin ins Gesicht. Er ist ein gebrochener Mann, es ist unverkennbar, wie sehr er sich dafür schämt. Mittlerweile hat er mehrere Therapien gemacht, seine Frau weiß über alles Bescheid, doch seinen Töchtern hat er von all dem nichts erzählt. Oskar dachte, Nima hätte ihn schlichtweg vergessen, er hat nie Geld auf das Konto eingezahlt, er hatte es einfach nicht. Der Firma geht es schlecht, sie können sich gerade so über Wasser halten, die Angestellten bezahlen und haben das Nötigste zum Leben.

»Dann vor ein paar Wochen sind das erste Mal ein paar ungewöhnliche Dinge passiert. Es wurde zuhause angerufen, aber nicht gesprochen. Meine Frau ist sich sicher, dass jemand in unserem Haus war. Einen Tag, bevor ich bei euch angerufen habe, wurden von allen Autos auf unserem Grundstück die Reifen zerstochen.«

Nathan schüttelt den Kopf. »Ich weiß natürlich nicht, wie die Salva Miri arbeitet, aber das hört sich nicht danach an. Sie würden direkt herkommen und keine … Telefonstreiche machen.« Oskars Hände zittern, er ist nicht nur ein gebrochener, sondern auch ein ängstlicher Mann. Tajo mischt sich nun auch ein.

»Das weißt du nicht genau. Ich habe irgendwann gehört, die sollen nicht mehr so mächtig sein. Vielleicht tastet sich Nima erst einmal vor, will der Familie extra Angst machen.« Oskar reibt sich müde die Augen. »Alyssia hat das College fast beendet, es würde also alles passen. Wir haben sonst keine Feinde, alle mögen uns hier. Ich mache mir jetzt am meisten Sorgen um Alyssia. Ich musste sie in alles einweihen. Sie hat es nicht verstanden, war enttäuscht, doch sie glaubt auch nicht, dass Nima hinter den Sachen steckt.

Ich habe ihr gesagt, dass ich euch um Hilfe bitten möchte. Ich musste ihr erklären, wer und was ihr seid und dass ihr meine einzige Hoffnung darstellt. Ich weiß nicht mehr, was ich sonst machen soll. Wir haben ein Auto verkauft, um euch bezahlen zu können und hoffen, ihr könnt uns helfen mit Nima zu reden, oder zumindest uns vor ihm schützen, irgendwas. Alyssia meinte, ich soll euch nicht rufen, sie versteht die Gefahr nicht, denkt, ich übertreibe. Also habe ich euch ohne ihr Wissen angerufen.«

Nathan steht auf und geht durch den Raum. Es ist doch komplizierter, als er gedacht hat. »Als Erstes werden wir herausfinden, ob es sich wirklich um Nima handelt, denn wenn nicht, wecken wir nur schlafende Hunde. Du hast recht, besonders Alyssia muss jetzt sehr bewacht werden. Sollte es wirklich Nima sein, will er sicher an sie heran. Ist sie damit einverstanden?« Oskar lächelt mild. »Nein, sie ist sehr sauer, wenn ich von all dem spreche. Sie wird wütend werden, dass ich euch doch gerufen habe. Als die Reifen der Autos zerstochen waren, hat sie aber, denke ich, auch verstanden, dass es kein Spiel ist. Aber sie will trotzdem nicht, dass jemand von der Sache erfährt.«

Tajo lacht und steht auf. Er geht zu den großen Fensterscheiben. »Tja, daran muss sie sich jetzt gewöhnen, das Grundstück ist riesig. Habt ihr eine gute Alarmanlage? Wie kann es passieren, dass die

Leute auf euer Grundstück kommen?« Oskar hebt verzweifelt die Hände. »Die Alarmanlage ist für den Müll, unser letztes Geld haben wir an euch geschickt. Der Hund jault öfter in der Nacht, würde aber niemals jemanden anfallen. Wir haben es nicht gemerkt.«

Nathan seufzt leise auf. Das wird doch mehr Arbeit, als er gedacht hat. Die neue Frau von Oskar kommt herein. »Schatz, es muss jemand Alyssia abholen.« Nun erhebt auch er sich. »Wenigstens hat meine Tochter verstanden, dass sie momentan nicht alleine fahren sollte und lässt sich zum College bringen und abholen. Richtet ihr euch schon mal im Gästehaus ein, ich bin bald zurück.« Nathan deutet dem alten Mann, hier zu bleiben.

»Ich hole Alyssia ab, sie wird sich damit abfinden müssen, dass wir jetzt da sind. Dabei kann ich mir gleich die Gegend ansehen. Ich werde Arturo Bescheid geben, er schickt dir das Geld zurück, und damit werden wir erst einmal eine richtige Alarmanlage installieren. Das ist das Wichtigste momentan, so seid ihr viel zu sehr angreifbar.«

Oskar hält ihm die Autoschlüssel hin. »Hank wird dir den Weg erklären. Danke, ihr seid unsere letzte Hoffnung.«

Nathan will ehrlich sein. »Wir werden unser Bestes geben. Ich weiß aber noch nicht, ob wir wirklich viel tun können und ob überhaupt Nima hinter all dem steckt. Lass uns später noch einmal alles genau besprechen, jetzt hole ich erst einmal deine Tochter ab, vielleicht freut sie sich ja auch, mich wiederzusehen.«

Oskar lächelt, doch irgendetwas in seinem Blick verspricht Nathan jetzt schon, dass es nicht so sein wird.

# Kapitel 6

Nathan kommt nur langsam voran. Das Navi weist ihm zwar den Weg, doch es ist alles zugeschneit. Nathan geht alles noch einmal gedanklich durch. Oskar hat wirklich alles Erdenkliche falsch gemacht. Er ruft Arturo an. Schon als er seinen Bruder am Handy und Gabriel im Hintergrund hört, bekommt er ein ungutes Bauchgefühl. Er wäre jetzt lieber in Puerto Rico, in der Wärme.

Er erklärt Arturo in schnellen Worten, was passiert ist, worum es hier geht und hält dabei vor einigen großen Gebäuden, die das College hier darstellen sollen. Sein ältester Bruder schweigt einen Augenblick, dann räuspert er sich. »Wie konnte Oskar das tun? Ich habe nicht damit gerechnet, dass es so kompliziert ist. Wen soll ich dir noch schicken, oder willst du das lieber nicht übernehmen? Wir haben mit den Salva Miri keine Probleme, und das sollte auch so bleiben.«

Nathan unterbricht ihn und überblickt dabei das College-Gelände, das ziemlich leer wirkt. Vereinzelt laufen Leute zu den Häusern. Er hält Ausschau nach Alyssia. »Ich bezweifle, dass Nima damit etwas zu tun hat. Überweise das Geld zurück! Ich werde mich hier erst einmal allein umsehen. Es ist nicht nötig, dass noch jemand kommt.« Arturo hört sich nicht begeistert an. »Geh keine unnötigen Risiken ein. Wie geht es Alyssia?«

Nathan hat schon gemerkt, dass viele, die aus den Gebäuden kommen, in Richtung einer Cafeteria gehen. Da Hank auch etwas deswegen erwähnt hat, macht sich Nathan die Jacke zu und verlässt das Auto. »Das werde ich jetzt herausfinden!« Er beendet das Gespräch.

Nathan geht schnell in Richtung Cafeteria. Er hat das Gefühl, in jeder Minute, die er draußen verbringt, friert ihm irgendetwas ab. Sobald er die Cafeteria betritt, drehen sich einige zu ihm um. Sehr voll ist der Raum nicht, doch schnell wird klar, dass er hier heraussticht und er deshalb sofort beobachtet wird. Es sind nur ein paar

Jungs hier, die aber alle eher hell und schmächtig sind. Einige Frauen sehen zu ihm und beginnen zu tuscheln. Nathan ignoriert all das und sieht sich nach Alyssia um.

Ganz hinten in einer Ecke der Cafeteria bemerkt er einige Jungs und Mädchen, die sich laut unterhalten. In dem Moment sieht eine der Frauen zu Nathan und sagt etwas zum Rest der Leute. Dann dreht sich auch eine andere Frau um, die sein Herz sofort schneller schlagen lässt, sobald er ihr ins Gesicht sieht.

Alyssia erstarrt, auch er kann einen Moment nichts anderes tun als sie anzusehen. Keines der Bilder bei ihnen im Haus wird Alyssia gerecht. Als sie ihn jetzt verwundert ansieht, saugt er ihre Erscheinung in sich auf.

Sie ist erwachsen geworden, die enge Jeans deutet ihre schlanken Beine an. Sie trägt einen weiten Pullover, der ihr von der Schulter rutscht und ihre goldene Haut zeigt. Auch wenn sie hier lebt, hat sie noch immer diesen leichten, goldenen Schimmer auf der Haut, nicht ganz so dunkel wie Puertoricanerinnen, nicht so hell wie die meisten anderen hier. Ihre Augen funkeln ihn an. Erst als ein Junge neben ihr etwas sagt, reagiert sie wieder.

Alyssia nimmt sich einen Haufen Bücher vom Tisch und krallt sich eine dicke Jacke. Als sie auf ihn zukommt, sehen die anderen ihr verwundert hinterher. Sie hat nichts zu den Leuten gesagt, sie kommt einfach nur auf ihn zu. Nathan hat sich bisher noch keinen Schritt bewegt, er lässt seinen Blick weiter auf ihr. Er bemerkt bei ihrem Näherkommen, dass sie etwas mehr als einen Kopf kleiner als er ist. Er sieht, wie sie ihre kleine Stupsnase entschlossen noch höher hält und sich dann genau vor ihm aufbaut.

Nathan kann in diesem Moment nichts sagen, er muss zugeben, dass er vieles mit Alyssia einfach verdrängt hat. Ihm kommen Bilder vor sein inneres Auge, wie sehr sie beim Abschied geweint hat. Jetzt beim Anblick ihrer schönen hellbraunen Augen mit den noch immer grünen Splittern erkennt er seine Alyssia wieder.

74

Er betrachtet alles an ihrem Gesicht. Egal wie viel älter sie geworden ist, er kennt dieses Gesicht in- und auswendig.

Als er auf den kleinen Leberfleck unter ihren Lippen sieht, muss er lächeln, bis er wieder in ihre Augen blickt. Alyssia steht genau vor ihm. Nathan rüttelt sich selbst wach. Er sollte sie in den Arm nehmen, etwas sagen, doch in diesem Moment kneift sie die Augen zusammen. »Ich fasse es nicht, dass er das wirklich getan hat!« Mit diesen Worten stampft sie wütend an ihm vorbei. Nathan schüttelt kurz den Kopf. Was war das? Sie haben sich zehn Jahre nicht gesehen und so läuft ihre Begrüßung ab?

»Alyssia!« Sie stockt im Flur und wendet sich zu ihm um. Auch für ihn fühlt es sich komisch an, sie wieder beim Namen zu rufen. Kleinigkeiten, die früher so normal waren, fühlen sich plötzlich beängstigend vertraut und fremd zur gleichen Zeit an.

Vielleicht geht es ihr auch so, denn er sieht die Verwirrung in ihren Augen. »Warte! Dein Vater hat uns um Hilfe gebeten und wir sind gekommen. Ob du es für nötig hältst oder nicht, aber einige Sachen müssen gemacht werden. Am besten, du gewöhnst dich an den Gedanken.« Sie stehen vor der Tür. Alyssia sieht ihn einfach nur an und ist stehen geblieben. Nathan nimmt ihr die Bücher aus den Händen. »Zieh deine Jacke an, es ist kalt, ich bringe dich nach Hause.«

Zwar tut Alyssia, was er ihr gesagt hat, doch sie lächelt plötzlich und nimmt ihm die Bücher wieder ab, bevor sie aus der Tür geht. »Könntest du hier vielleicht englisch sprechen? Wir alle tun das! Ich spreche schon ewig kein Spanisch mehr!« Nathan bleibt stehen, sieht sie an und lacht laut los. Erst jetzt fällt ihm auf, dass er die ganze Zeit mit ihr spanisch spricht und sie auf englisch antwortet. »Ist das dein Ernst gerade? Vergiss es, ich spreche spanisch mit dir. Miss Kanada, komm mal wieder runter von deinem hohen Ross. Und seit wann trägst du deine Haare freiwillig offen?«

Alyssia war eh schon sauer, jetzt bleibt sie vor der Beifahrertür stehen, die er ihr aufhält. »Seit ich nicht mehr zehn bin? Ich bin erwachsen geworden.« Nathan kann es nicht verhindern, dass sein Blick ihren Körper abfährt. »Hab ich schon gemerkt.«

Alyssia steigt ein und knallt die Autotür zu. Nathan muss lachen, doch dann bemerkt er, wie ein großer grauer Truck mit den Reifen quietscht, während er mit Vollgas den Parkplatz verlässt. Nathan blickt dem Auto verwundert nach, bevor er einsteigt.

Ein komischer Ort, kein Wunder, dass Alyssia hier so verrückt geworden ist.

»Kannst du mir erklären, wieso du so zickig reagierst, wenn du mich nach so langer Zeit wiedersiehst? Etwas Freude wäre doch nicht zu viel verlangt, oder? Ich wusste nicht, dass wir im Bösen auseinander gegangen waren.« Nathan fährt vom Parkplatz und in Richtung von Alyssias Zuhause. »Mein Vater übertreibt es. Er ist paranoid geworden, tut so, als wären wir in Lebensgefahr. Wir brauchen keine Hilfe und so wie ich es verstanden habe, seid ihr genau so eine … Familia. Wieso soll ich mich also freuen. Du weißt ja, was sie meinem Vater angetan haben.«

Nathan hält an einer Ampel. »Es ist nicht klar, wer hinter diesen Sachen steckt und vorsichtig zu sein, kann nie verkehrt sein. Wir sind sicher nicht wie die Salva Miri. Rede jetzt nicht so, als würdest du meine Familie nicht kennen. Ich will dich nicht aus deiner heilen Welt ziehen, aber dir ist bewusst, dass niemand deinen Vater zu irgendetwas gezwungen hat. Er ist diese Deals von allein eingegangen. Das ist nicht die Schuld der Salva Miri.«

Alyssia sagt nichts mehr dazu, vielleicht ist es auch besser so. Sie fahren auf das Grundstück ihres Hauses und Alyssia ist schneller aus dem Auto, als er gucken kann. Nathan steigt aus, er hat es nicht darauf angelegt sie wiederzutreffen, doch eine bittere Enttäuschung steigt in ihm auf.

»Tajo!« Nathan traut seinen Augen nicht, als Alyssia plötzlich seinen besten Freund entdeckt und ihn freudig umarmt. »Sieh an, wer da ist, Nathans kleiner Schatz. Meine Güte, du bist ja richtig erwachsen geworden.« Alyssia lacht und haut ihn leicht auf die

Brust. »Ich bin ja auch erwachsen. Du Spinner, du hast dich gar nicht verändert!«

Nathan schlägt so laut die Autotür zu, dass beide zu ihm sehen. »Ach, Tajo ist also ein Guter, nur ich bin böse.« Alyssia will gerade etwas antworten, da sieht Tajo verwundert zwischen ihnen hin und her. »Was ist los mit euch? Ihr habt euch früher nie gestritten.« Nathan wird das alles zu dumm. »Tja, offenbar hat das Erwachsenwerden so einiges verändert. Alyssia redet auch kein Spanisch mehr.«

Tajo denkt ebenso wenig wie Nathan daran, mit Alyssia englisch zu reden. Ohne weiter auf die beiden zu achten, geht Nathan ins Haus, wo er direkt zu Oskar ins Büro geht. Er erzählt ihm, dass Arturo das Geld zurück überweist. Sie besprechen, morgen als Erstes zu einer Firma zu fahren, die sich um Sicherheit auf großen Anlagen kümmert und zu überprüfen, was am besten und sichersten ist, um dieses große Grundstück richtig überwachen zu lassen.

Nathan geht danach in das Gästehaus, das gleich hinter dem Haupthaus liegt. Es ist ein einstöckiges Haus mit einem Fitnessraum, was Nathans Laune gleich wieder erhellt. Es gibt ein Hallenbad, zwei Schlafzimmer, ein Bad und ein kleines Wohnzimmer mit Essnische. »Hier lässt es sich aushalten.« Tajo liegt schon auf der Couch und sieht sich etwas im Fernsehen an.

»Die Köchin war hier, hat unsere Betten gemacht und die Koffer ausgepackt, danach hat sie etwas zum Essen gebracht. Hier können wir länger bleiben.« Nathan schüttelt den Kopf. »Ich hoffe, wir haben das hier schnell geklärt.« Tajo weiß, wie schwer es damals für Nathan war, die erste Zeit, nachdem Alyssia weg war. »Sie ist sehr hübsch geworden. Was ist da zwischen euch, wieso war sie so zickig?« Nathan zuckt die Schultern.

»Keine Ahnung, wer weiß, was aus ihr geworden ist, was in ihrem Kopf vor sich geht. Es ist zehn Jahre her und viel passiert.« Damit ist das Thema für ihn beendet. Er geht duschen, danach zieht er sich dick an. Tajo war sich schon kurz umsehen und ist der Meinung, dass sie sich aufteilen sollten, damit immer jemand wach ist und aufpassen kann, dass nachts nichts passiert, solange, bis hier eine richtige Sicherheitsanlage eingebaut ist.

Nathan muss sich das selbst ansehen und beginnt, das Grundstück abzulaufen. Es ist riesig. Sofort, als er aus dem Haus kommt, trottet Chilli zu ihm. Nathan streichelt den alten Kerl. Auch wenn er niedlich ist, als Wachhund ist er nicht zu gebrauchen. Trotzdem bleibt der Husky treu an seiner Seite, als er sich umsieht.

Das gesamte Grundstück wird von einem alten Zaun umgeben, der zwar stabil aber nicht sehr hoch ist. Man kann ihn also bezwingen, einige Stellen haben auch schon Löcher. Dann erkennt Nathan, dass an einer Stelle jemand den Zaun aufgebrochen haben muss. Es ist mehr als offensichtlich, dass hier jemand aufs Grundstück gekommen ist, der nicht eingeladen war.

»Wo warst du, als das passiert ist?« Nathan krault Chilli und erhebt sich wieder. Es gibt ein großes Baumhaus auf dem Grundstück. Nathan fragt sich, wie Alyssias erste Zeit hier wohl gewesen sein mag. Sie waren in Puerto Rico jeden Tag zusammen und plötzlich ist sie hier. Das muss schon ein Schock für sie gewesen sein.

Beim Tor trifft er auf Hank, der ihm erklärt, dass das Tor zwar von allein wieder schließt, sich aber nicht öffnet. Die Mechanik ist total hin, und richtig sicher ist all das schon lange nicht mehr.

Nathan geht zurück zum Gästehaus, hier muss dringend etwas passieren. Tajo hat recht, wenn sie nicht wollen, dass nachts jemand unbemerkt auf das Grundstück kommt, muss immer jemand von ihnen wach bleiben. Sie müssen sich mit dem Schlafen aufteilen in der Nacht. Sein Handy klingelt. Nando fragt, ob alles in Ordnung sei. Er erzählt ihm, in welchem schlimmen Zustand hier alles ist. »Was ist mit Alyssia?«

Er sieht zum Haus. »Sie hasst mich!« Sein älterer Bruder lacht. »Hat sie erfahren, wie viele Frauen du nach ihr hattest?« Nathan reibt sich die Augen, er ist müde. »Wir waren noch Kinder, Nando,

78

und kein Paar.« In dem Augenblick sieht er Alyssia an einer Fensterscheibe. »Ich ruf dich morgen an!« Nathan legt auf.

Alyssia sieht ihn nicht, sie hat die Gardinen zur Seite geschoben und schaut zum Gästehaus. Sie hat keine Ahnung, dass er seitlich von ihr steht und sie genau dabei beobachtet, wie sie versucht, ihn zu beobachten.

Sie trägt noch die Jeans, aber nur noch ein Top. Sie hat ihre Haare zu einem wilden Zopf nach oben gebunden, und wie sie so zum Gästehaus sieht, wirkt sie verletzt. Er betrachtet ihr hübsches Profil. Sie hat ihm gefehlt. Er spürt jetzt das erste Mal, dass er Alyssia vermisst hat. Die erste Zeit war sehr schwer für ihn, besonders als sie sich dann nicht mehr gemeldet hat. Seine Eltern sind kurze Zeit später gestorben und sie mussten die Familia leiten.

Durch all das ist er nie mehr wirklich dazu gekommen, über Alyssia nachzudenken. Doch genau hier und jetzt, wo er sie anblickt, spürt er, dass ihm, nachdem er sie verloren hatte, immer ein wichtiger Teil seines Lebens gefehlt hat. Das ist sicher auch der Grund, warum ihn die Kälte zwischen ihnen und das zickige Wiedersehen so trifft. Sie muss seinen Blick auf sich gespürt haben und sieht zu ihm.

Nathan würde am liebsten selbstsicher grinsen darüber, dass er sie dabei erwischt hat, wie sie versucht hat, ihn zu beobachten. Doch sie gucken sich beide nur ernst an, dann senkt Nathan den Blick und Alyssia schließt die Gardine. Ein schlechtes Gefühl macht sich in seinem Bauch breit.

Nathan hat sich nie wirklich ein Wiedersehen zwischen ihnen vorgestellt, aber wenn, dann sicherlich nie so. Niemals hätte er sich solch eine Kälte zwischen ihm und seiner Alyssia vorstellen können.


Alonzo betritt das Haus seines besten Freundes Nando. Er ist müde, schläft nicht mehr gut, nicht mehr, seitdem ihm wirklich bewusst geworden ist, was er getan hat. »Hi, Alonzo, ist alles in

Ordnung?« Nandos Frau Lina will gerade hochgehen und sieht ihn besorgt an. Er weiß, dass er verschlafen und müde aussieht, all das spiegelt aber nicht einmal ansatzweise wieder, wie er sich wirklich fühlt. »Ja, alles bestens, danke!« Sie nickt zwar, sieht aber nicht sehr überzeugt aus. »Ich muss los zur Firma, Nando ist im Garten.«

Alonzo kennt das Haus seines besten Freundes in- und auswendig, auch wenn Lina oft etwas verändert. Er geht von der Küche in den Garten und nimmt sich dabei einen Kaffee. Es ist zwar bereits mittags, aber er braucht etwas Koffein, um überhaupt ansprechbar zu sein. Alonzo stockt, bevor er die Terrassentür aufschiebt. Nando sitzt mit José an einem der drei Tische in dem großen Garten und beide sehen Elisa an, die mit Mateo auf dem Arm vor ihnen steht und beiden etwas erzählt.

Einen Moment überlegt Alonzo, umzudrehen und zu gehen, doch da entdeckt ihn José und grinst ihm entgegen. »Da kommt ja Hercules, deine Aktion gestern wird legendär!« Alonzo nimmt einen Schluck und macht eine gespielte Verbeugung, als José pfeift. Er spielt darauf an, dass er gestern einigen den Arsch gerettet hat, als er schneller als jeder andere bemerkt hat, dass ein paar neue Geschäftspartner doch nicht so vertrauensvoll waren und einer von ihnen heimlich eine Waffe ziehen wollte.

Nando lacht und Alonzo gibt Mateo auf Elisas Arm einen Kuss. Im selben Moment, wo sich ihre Haut berührt, bekommt Elisa eine Gänsehaut. Alonzo würde am liebsten laut losfluchen. Es bringt ihn um, sie nicht einfach in den Arm nehmen zu können, zu sehen, wie sehr sie nach allem noch auf seine Anwesenheit reagiert, wie stark auch ihre Gefühle noch für ihn sind, macht ihn verrückt.

Alonzo sieht ihr einen Augenblick in die Augen, doch sie wendet sich sofort wieder an ihre Brüder. Es wäre einfacher für ihn, wenn sie ihn einfach für all das hassen würde, was passiert ist, doch das tut sie nicht. »Also, ich finde es gut, Elisa. Du musst ja noch gar nichts weiter planen, bring die Kleine einfach mal mit.« Elisa nickt, es geht sicher um Lorin. Je mehr Alonzo erfährt, wie sehr sie bei

Toti leiden musste, umso mehr hasst er sich für alles, was er falsch gemacht hat.

»Unsere Familie kann ruhig noch mehr wachsen. Nando muss auch mal wieder nachlegen, Mateo will kein Einzelkind bleiben.« Elisa stemmt ihren Arm in die Hüfte, auf der anderen Seite sitzt zufrieden Mateo. Sie ist wunderschön, ihre Haare fallen ihr auf den Rücken. Sie trägt einen langen Sommerrock und ein einfaches Top, ihre zierliche Figur wirkt langsam wieder trainierter. Die Augen funkeln wild ihren jüngeren Bruder an.

»Ach wirklich, José? Was ist mit dir? Du hast so eine tolle Frau an deiner Seite, jemanden wie Janine wirst du so schnell nicht nochmal bekommen!« José hebt die Hände. »Ich weiß, ich liebe sie über alles, ich werde sie doch gar nicht gehen lassen. Wie kommst du darauf?« Elisa sieht ihn streng an. »Frauen wollen irgendwann etwas mehr Sicherheit. Von dir kommt aber gar nichts, kein Antrag, keine feste Planung. Janine hat nicht das Gefühl, dass du mehr mit ihr planst.«

Nando lacht und José sieht seine Schwester verdattert an. Auch Alonzo muss jetzt lachen. »Woher weißt du … ich meine, sie hat doch ihren komischen Plan für die Zukunft und ich dachte, ich warte noch …« Elisa seufzt leise auf und lässt Mateo wieder herunter. »Wenn Männer denken … So etwas muss spontan kommen, nicht geplant. Und wenn du vorhast, noch fünf Jahre zu warten, bis du einen Schritt weitergehst mit Janine, musst du mit dem Risiko leben, dass sie irgendwann mal weg ist. Ich muss los, viel Spaß noch, mein Schatz.«

Elisa gibt Mateo noch einen Kuss, sie sieht Alonzo nicht noch einmal an, als sie den Garten verlässt. Alonzo blickt ihr hinterher und dann zu José, der jetzt etwas blass ist. Nando klopft ihm aufmunternd auf den Schenkel. »Irgendwann muss jeder von uns diesen Schritt gehen.« José nickt, doch seufzt trotzdem leise auf. »Frauen … Ich muss etwas erledigen. Ab wann seid ihr bei dem Treffen?« Alonzo sieht auf sein Handy. »Wir fahren in zehn Minuten los.«

Im selben Moment, als José den Garten verlässt, kommt Lina, um Mateo mitzunehmen. Erst als etwas Ruhe ist, sieht Nando zu Alonzo, der wiederum sofort die Sorgen seines besten Freundes in dessen Augen sieht. »Wie geht es Nathan?« Nando steht all seinen Brüdern nah, doch schon immer war das Verhältnis zwischen Nathan und ihm ganz besonders. Nando hat ihm einmal verraten, dass schon immer alle von klein auf zu ihnen gesagt haben, dass Nathan Nando in klein ist. Nando hat, besonders nachdem ihre Eltern gestorben sind, sehr auf Nathan geachtet. Er liebt ihn fast schon so, als wäre Nathan sein eigener Sohn, zumindest macht er sich ständig Sorgen seinetwegen, so als wäre er es.

»Noch scheint alles in Ordnung zu sein, wir haben aber nicht damit gerechnet, dass die Salva Miri etwas damit zu tun haben könnte.« Alonzo stellt seine Tasse ab. »Ich glaube nicht, dass die da mit drin hängen. Nathan macht das schon, vertrau ihm, immerhin ist er Mini-Nando.« Sein bester Freund lächelt matt und steht dann auf. Sie müssen langsam los. »Sag mal, was ist jetzt mit dir? Du siehst aus, als hättest du Wochen nicht mehr geschlafen. Ist die Sache mit der Scheidung jetzt durch?«

Alonzo hat alles kaputt gemacht, wirklich alles, und es gibt eigentlich nichts mehr, worauf er noch bauen kann oder weswegen er noch Rücksicht nehmen sollte. Vielleicht muss er einfach endlich mal anfangen, die Wahrheit zu sagen. »Ja, die Scheidung ist beantragt. Wir beide kommen gut damit zurecht, weil ich meine Frau niemals geliebt habe. Ich habe immer eine andere Frau geliebt und mein, das Leben meiner Ex-Frau und das der Frau, die schon immer mein Herz war, zerstört. Vielleicht liegt es daran, dass ich nicht mehr schlafen kann, weil ich begreife, was ich alles angerichtet habe.«

Alonzo ist weitergelaufen, Nando ist stehengeblieben. »Von was redest du da? Ich kenne dich in- und auswendig, ich weiß alles von dir, wie ...« Alonzo dreht sich zu ihm um. »Das nicht, und genau das war mein Fehler. Hätte ich dir vom ersten Tag an gesagt, wie sehr und wie lange ich schon Elisa liebe, wäre all das nicht passiert.

Elisa ist nur zu Toti geflüchtet, weil ich sie verletzt habe, indem ich mit meiner schwangeren Frau herkam, obwohl ich sie geliebt habe und sie mich. Du hast nicht einmal eine Vorstellung davon, wie sehr wir uns geliebt haben. Doch ich wollte dich niemals so vor den Kopf stoßen und habe auf sie verzichtet. Nur weil sie so verletzt war, ist sie dann an Toti geraten.«

Alonzo kennt Nando, er hat gesehen, wie er schon nach zwei Wörtern zu beben angefangen hat. Er sieht es, könnte ausweichen oder sich wehren, aber er hat es verdient. Deswegen lässt er es zu, dass sich Nando so heftig auf ihn stürzt, dass sie beide gegen die Terrassentür prallen und diese in tausend Scherben zerbricht. »Du verdammter Bastard. Weißt du, was Toti ihr alles angetan hat? Sie ist meine Schwester, du hättest sie niemals ansehen dürfen.«

Alonzo würde Nando sagen, dass er es weiß, dass er nie vorhatte, sich in sie zu verlieben, doch dass diese Zeit, die sie hatten, die beste seines Lebens war und er diese Liebe nicht bereut. Er kann es nicht. Doch er bereut, was deswegen alles passiert ist. Er kann allerdings nichts sagen, da Nandos Fäuste in Sekundenschnelle auf sein Gesicht treffen. Er spürt die Schläge, das Blut. Doch er wehrt sich nicht, er weiß, dass er das verdient hat. Und wenn Nando ihn jetzt totschlägt, ist es seine gerechte Strafe für das, was er allen Menschen angetan hat.

Der Aufprall und das Zerschlagen der gesamten Terrassenfront muss so laut gewesen sein, dass Lina, die noch nicht ganz weggefahren sein kann, wieder ins Haus zurückeilt. Zumindest hört Alonzo ihren verzweifelten Schrei. Ein paar Sekunden später wird Nando von ihm heruntergezogen. »Seid ihr verrückt geworden?« José hält mit aller Mühe Nando. Lina tritt zu ihnen und versucht Alonzo aufzuhelfen, doch das lässt Nando nur noch mehr ausrasten.

Alonzo tut alles weh, er steht mühsam auf, er sieht Nandos Hass und dass José und Lina überhaupt nichts verstehen. »Alonzo, ich kann ihn nicht mehr lange halten, verschwinde jetzt besser erst einmal, los!« Alonzo wischt sich das Blut aus dem Gesicht, dreht sich um und geht aus dem Haus.

»Verschwinde, du elender Lügner und komme nie wieder zurück!«

Nando schreit ihm so laut hinterher, dass er diese Worte gar nicht überhören konnte. Alonzo setzt sich in sein Auto und gibt Gas. Er selbst lebt im Nato-Gebiet, doch als er dieses jetzt verlässt, weiß er, dass es für immer sein wird.

# Kapitel 7

Alyssia fühlt sich, als wäre sie hundert Meilen gerannt, dabei hatte sie gerade nur eine schlaflose Nacht hinter sich. Seit sie gestern Nathan nach zehn Jahren wiedergesehen hat, fühlt sie sich merkwürdig. Sie kann nicht einmal einordnen, was genau es ist, doch es pochert in ihren Schläfen, in ihrem Magen. Sie kann ihn kaum ansehen, zugleich kann sie ihre Gefühle nicht in Worte fassen. Ist sie sauer? Wütend? Aufgeregt? Vielleicht alles auf einmal und das entfacht das Chaos.

Sie hat sich heute viel Mühe beim Zurechtmachen gegeben. Das fiel ihr nicht schwer, da sie ja genug Zeit hatte und eh nicht schlafen konnte. Immer wieder hat sie in der Nacht nach unten geblickt. Es ist irgendwie unreal, plötzlich ihren ehemaligen besten Freund und Tajo wieder um sich herum zu haben. Nathan war die halbe Nacht wach, er ist immer wieder um das Grundstück gelaufen. Chilli hat ihn oft begleitet, doch irgendwann ist er durch die eingebaute Hundetür in der Küche ins Haus gekommen und hat sich bei ihr hingelegt.

Sie hat gesehen, wie Nathan immer wieder zu ihr nach oben geblickt hat. Auch wenn bei ihr das Licht aus war, wurde er nicht müde, zu ihrem Fenster hochzusehen, und auch sie konnte ihren Blick nicht von ihm wenden. Er war doch ihr Nathan, er war viel mehr als ihr bester Freund. Wenn Nathan bei ihr war, war alles gut. Sie hat ihm blind vertraut. Sie wusste, egal was war, Nathan würde hinter ihr stehen.

Sie war so sicher, als sie beide sich das erste Mal geküsst haben, dass sie alles gemeinsam erproben und genießen würden, doch daraus wurde nie etwas. »Alyssia! Ihr müsst los!« Ihre Stiefmutter schreit das Haus zusammen. Müde packt sie sich ihre Hefter zusammen und geht nach unten. Sie sieht aus dem Augenwinkel, wie ihr Vater langsam aus dem Bett steigt und beeilt sich wegzukommen, ohne noch einmal mit ihm reden zu müssen.

Es hat sich so viel verändert hier in Kanada, sie alle haben sich verändert, ihr Vater besonders. Mittlerweile ist sie gern hier, sie hat Freunde, ein gutes Leben, doch das, was aus ihrer Familie geworden ist, damit wird sie sich nie abfinden können. Amanda steht schon mit geflochtenen Zöpfen und ihrer Schuluniform vor Tajo, der Alyssia lächelnd entgegensieht.

Irgendwann ist Nathan ins Gästehaus verschwunden und Tajo kam immer wieder heraus. Sie scheinen sich die Nacht aufgeteilt zu haben, alles ihretwegen, wegen ihrer Familie. Jetzt ziehen sie auch noch andere in ihren ganz persönlichen Wahnsinn. Wieso hat sie dieses beklemmende, merkwürdige Gefühl, was Nathan in ihr auslöst, nicht bei Tajo? Sie freut sich ihn wiederzusehen, auch jetzt gibt sie ihm einen Kuss auf die Wange und zieht Amanda an einem ihrer Zöpfe. »Wir können los!« Ihre Stiefmutter reicht ihr ein belegtes Sandwich, in das gleiche beißt auch Tajo gerade. »Du sollst nicht immer mit leerem Magen zur Schule.«

Alyssia würde am liebsten die Augen verdrehen, gießt sich noch schnell einen Kaffee ein und geht mit Tajo und Amanda zu einem der Autos. »Mach dir nicht die Mühe, du brauchst uns nicht extra fahren, Hank macht das sonst auch immer.« Tajo hält ihnen die Türen auf. »Ja, aber ich will mich auch gleich umsehen. Also los, rein mit dir.« Alyssia kommt sich langsam wirklich wieder wie zwölf vor, als sie Puerto Rico verlassen haben. Sie ist 22 Jahre und wird wieder zur Schule gefahren, die letzten Wochen waren echt verrückt.

Vor einem Jahr war ihre Welt noch relativ in Ordnung. Alyssia hat schon gemerkt, dass es weniger Geld gab, doch sie hat sich eine kleine Wohnung auf dem Collegegelände mit Marissa geteilt. Als ihr Vater dann zu ihr gesagt hat, dass sie sich das nicht mehr leisten können, hat sie versucht, selbst dafür aufzukommen und wollte arbeiten, doch dann fingen diese komischen Anrufe und Sachen an.

Seitdem ist ihr Vater am Ausrasten, er traut sich kaum mehr vor das Haus. Alyssia versucht ihn davon zu überzeugen, dass es nicht diese komische Familia ist, die für all das verantwortlich ist. Sie hat eine Ahnung, wer dahinterstecken könnte, und bekäme sie auch nur etwas Freiraum, könnte sie dem auch auf den Grund gehen. Doch in seiner Panik hat ihr Vater jetzt Nathan und Tajo geholt und so alles nur noch schlimmer gemacht.

Alyssia wohnt jetzt seit knapp zwei Monaten wieder zuhause und könnte aus der Haut fahren. Ihr fällt es immer schwerer, vor allen zu verheimlichen, dass ihre Familie gerade total durchdreht. Dass sie zurück nach Hause gezogen ist, musste sie mit dem Gesundheitszustand ihres Vaters erklären, was nicht gelogen ist, nur, dass der Zustand eher psychisch krank als körperlich schlecht ist. Zum krönenden Abschluss bekommen jetzt Tajo und Nathan all das auch noch hautnah mit. Nun weiß nicht nur ihr gegenwärtiges Leben, sondern auch ihre Vergangenheit, dass bei ihnen in der Familie nichts mehr stimmt.

»Viel Spaß, Kleine! Ich hole dich um eins wieder ab!« Alyssia schüttelt den Kopf, sie träumt zu viel. Schnell gibt sie ihrer Schwester Amanda einen Kuss und sieht zu, wie sie zum Eingang ihrer Schule hüpft. Wieso kann sie nicht so naiv und gutgläubig wie Amanda sein? Sie wünschte, sie wäre noch mal zehn. Ihre Mutter würde noch leben und ihr einziges Problem wäre, wie sie es schafft, heimlich bei Nathan zu übernachten.

Alyssia verschluckt sich an ihrem heißen Kaffee und Tajo schlägt ihr leicht auf den Rücken. Dieser Gedanke gerade ist nicht mehr so harmlos, nicht nachdem sie jetzt weiß, was für ein Mann aus Nathan geworden ist.

»Du musst wach werden, wir sind gleich an deiner Schule.« Alyssia lehnt sich zurück und sieht zu Tajo, der das Auto etwas angestrengt durch die verschneiten Straßen fährt. »Es ist so schön dich wiederzusehen, du erinnerst mich an meine glücklichste Zeit.« Tajo lächelt und sieht zu Alyssia. »Wieso bist du so zickig zu Nathan? Ihr beide ... Ihr wart eins! Es war immer Nathan und Alyssia, ich hätte erwartet, dass es jetzt genauso ist.«

Alyssia sieht wieder aus dem Fenster. »Nathan hat mich ziemlich schnell vergessen. Wieso sollte ich jetzt so tun, als wäre das damals etwas Besonderes gewesen, wenn es für ihn offenbar nicht so war?« Tajo hält vor dem Schulgebäude und schüttelt den Kopf. »Nein, das stimmt nicht, Alyssia. Ihm ist es sehr schwer gefallen damals. Du darfst auch nicht vergessen, dass seine Eltern kurz danach gestorben sind. Natürlich hat er viele Frauen, du hast ja gesehen, wie 'groß' er geworden ist ...«

Alyssia verdreht die Augen und will die Tür öffnen, doch Tajo hält ihre Hand fest. »Aber so etwas wie mit dir hatte er nie wieder. Ich weiß nicht, wieso du so denkst, aber glaube mir, du warst ihm nie egal. Es war sehr schwer für ihn, als du gegangen bist.« Es klingelt. Tajo lässt ihre Hand los und Alyssia beugt sich noch einmal hinüber, um seine Wange zu küssen.

»Vielleicht ist es doch nicht so schlecht, dass ihr da seid.« Sie versucht zu lächeln, auch wenn seine Worte sie jetzt noch mehr verwirren. »Etwas Besseres als unsere Anwesenheit gibt es nicht.« Alyssia lacht laut mit Tajo und steigt aus.

»Hi, Süße, da bist du ja.« Marissa wartet schon auf sie. »Mich haben heute schon drei gefragt, wer der heiße Typ war, der dich gestern abgeholt hat. Ich habe dich angerufen, dein Handy war aus.«

Alyssia ist noch zu müde für so etwas. »Das ist ein alter Freund der Familie, nichts besonderes. Hast du kapiert, was wir in Bio machen sollten? Ich habe das gestern nicht auf die Reihe bekommen.« Marissa kramt in ihrer Tasche. Sie haben jetzt erst getrennten Unterricht, danach zusammen Bio. Sie hält ihr ihren Ordner hin. »Ändere es um. Also hast du nichts mit ihm? Ist er offiziell bereit, um als Beute ausgewiesen zu werden?«

Alyssia bleibt vor ihrem Kurs stehen und verzieht das Gesicht. »Er war mein bester Freund, du solltest so nicht von anderen menschlichen Wesen sprechen. Wärst du ein Mann, wäre das schon sexistisch!« Marissa geht weiter und wirft ihr einen Luftkuss zu. »Ich bin aber kein Mann und weißt du was? Ich stehe auf sexistisch.« Alyssia lacht, nippt an ihrem Kaffee und betritt gleichzeitig mit der Lehrerin den Raum.

Sobald sie sich gesetzt hat, wird sie von hinten angestupst. »Wer war der heiße Kerl gestern? Dein Freund?« Alyssia dreht sich zu Kylie um, die sonst nie viel mit ihr redet. »Nein, ein Freund der Familie.« Kylie lächelt und Alyssia ist froh, dass die Lehrerin um Ruhe bittet und sie sich umwenden kann. Es macht sie nervös, Kylie länger anzusehen, weil sie jedes Mal beginnt, nach einem Fehler zu suchen, vergeblich. Kylie ist perfekt. Blonde lange Haare, blaue Augen, eine Figur wie ein Victoria Secret Engel und ein Lachen, dass einen dahinschmelzen lässt. Sie hasst sie.

Alyssia braucht sich nichts vorzumachen. Es ist kein Wunder, dass die Frauen alle nach Nathan fragen. Er war schon immer ein hübscher Junge und ist zu einem sehr attraktiven Mann geworden. Er ist gut gebaut, hat breite Arme und Schultern, Tajo ist auch breit, aber Nathan übertrifft ihn noch einmal. Dazu kommt das hübsche Gesicht, die dunklen Haare und dunklen Augen, die gestern ständig auf Alyssia lagen. Sein freches Grinsen und die Grübchen hatte er schon immer. Wahrscheinlich gibt es kaum eine Frau, die ihm widerstehen könnte, sein bester Freund hat ja bestätigt, dass er bereits viele Frauen hatte.

Alyssia hatte auch schon Freunde. Sicher, man kann sie an einer Hand abzählen, aber das ist auch okay. Bisher hat sie immer schnell das Interesse verloren, oder sie war den Typen schnell zu langweilig und sie haben sich jemand anderen gesucht, auch noch, während sie mit Alyssia zusammen waren. Nathan ist mit Sicherheit auch niemand, der einer Frau treu ist.

Sie erinnert sich, wie damals einige Mädchen in Nathan verliebt waren. Er hat ihr immer die Liebesbriefe gezeigt, doch Alyssia hat das nie gestört. Sie wusste, dass es nichts zu bedeuten hat, nichts im Gegensatz zu dem, was zwischen ihnen war. Sobald sie anfängt, wieder in die Vergangenheit zurückzukehren, zwingt sie sich, im Hier und Jetzt zu bleiben.

Alyssia übersteht ihre Kurse nur mit allergrößter Mühe, sie braucht unbedingt Schlaf. Nachdem sie den Vormittag einigermaßen hinter sich gebracht hat und noch einmal mit Marissa zu ihrem Spind geht, wird sie so von ihrer besten Freundin eingenommen, dass sie erst beim zweiten Blick im Spind den Briefumschlag sieht. Schon wieder! Alyssia könnte sich übergeben, doch sie darf sich vor Marissa nichts anmerken lassen.

»Was ist das? Hast du jetzt wirklich einen heimlichen Verehrer?« Statt den Brief zu öffnen, zerreißt Alyssia ihn und hakt sich bei ihrer Freundin ein. »Nichts was wichtig wäre. Okay, wir können uns das überlegen mit dem Kino am Wochenende. Aber ich dachte, du willst Buchverfilmungen vermeiden?« Alyssia weiß genau, wie sie Marissa ablenken kann.

Sie treten aus dem Hauptgebäude auf den Parkplatz und Alyssia sieht direkt in Nathans Gesicht. Augenblicklich schlägt ihr Herz schneller. »Sieh an, der Familienfreund ist wieder da. Also sein Blick auf dir fühlt sich so gar nicht familiär an.« Auch wenn ihr Inneres sofort wieder in ein Gefühlschaos gestoßen wird, muss sie über ihre beste Freundin lachen.

Sie gehen auf das Auto zu, an dem Nathan angelehnt steht, neben ihm Hank. Nathan trägt eine dunkle Jeans und seine dicke dunkelblaue Jacke, dazu trägt er lässig eine Mütze. Alyssia ist sich absolut sicher, dass er noch nie solch einer Kälte ausgesetzt war. Sie hat lange genug in Puerto Rico gelebt, doch er sieht aus, als wäre er direkt vom Laufsteg in die kanadische Einöde gekommen, und es würde ihm nichts ausmachen. Hank sagt etwas zu ihm und Nathans Lachen lässt sein Gesicht erstrahlen. Alyssia blickt automatisch weg.

Sie musste den ganzen Tag an Tajos Worte denken, dass auch Nathan damals gelitten hat. Sie kann das nicht ganz glauben, doch sie hat sich trotzdem vorgenommen, nicht mehr ganz so abweisend zu sein. Er kann nichts dafür, wie schlimm all das zu dieser Zeit für sie war.

Gerade als sie an das Auto kommen, stellen sich ihnen Kylie und deren zweites Ich, Sofia, in den Weg. »Hey ihr beiden.« Alyssia würde am liebsten laut aufseufzen, während Marissa sich verdattert umsieht, so als wären sie nicht gemeint. Es kommt nicht oft vor, dass Kylie mit ihnen redet.

»Alyssia, ich habe gedacht, dass wir das neue Projekt, was wir zuhause anfertigen sollen, gemeinsam erarbeiten könnten. Was hältst du davon?« Alyssia runzelt die Stirn, im selben Augenblick stellt sich Kylie so, dass auch Nathan und Hank in das Gespräch mit einbezogen werden können. Nathan steht Alyssia genau gegenüber und sie spürt seinen brennenden Blick auf sich, auch wenn sie weiter Kylie ansieht.

»Ich wusste nicht, dass es eine Partnerarbeit sein soll.« Kylie lächelt zuckersüß. »Ist es auch nicht, aber es kann ja nichts schaden. Seid ihr noch im Tennisclub? Ich habe dich und deine Mutter …« Alyssia unterbricht sie. »Stiefmutter.« Kylie lächelt noch freundlicher, falls das überhaupt möglich ist. »Ich habe euch schon lange nicht mehr im Club gesehen. Wir könnten uns dort treffen, oder ich komme einfach mal bei euch vorbei.«

Nathan räuspert sich und Kylie wendet sich an ihn. »Wir wurden uns noch gar nicht vorgestellt. Ich bin Kylie, Alyssias Freundin.« Nathan lächelt, aber Alyssia kennt ihn gut genug, um zu wissen, dass es nicht echt ist. »Nathan und wir müssen jetzt los!«

Alyssia sieht ihn dankbar an. »Ich melde mich bei dir, Kylie, ja?« Doch als Nathan schon ins Auto steigen will und Kylie sich entfernt hat, hält sie noch einmal ein. »Nathan, das ist Marissa. Marissa, Nathan, er war früher, als wir noch Kinder waren, mein allerbester Freund.« Nathan stockt und dreht sich um, auch für sie klangen ihre Worte traurig und unsicher. Nathan gibt Marissa, verwundert über diesen kleinen Schritt auf ihn zu, die Hand und diese lächelt.

»Jetzt ist sie meine beste Freundin und ich teile nicht gerne.« Alyssia lacht und auch Nathan lächelt matt. Sie liebt Marissa dafür, dass sie solchen Situationen schnell die Ernsthaftigkeit nehmen kann. Sie muss gespürt haben, dass etwas zwischen Nathan und Alyssia liegt, auch wenn selbst sie nicht deuten kann, was genau es ist.

Sobald sie aber ins Auto eingestiegen sind, gibt Nathan Gas. Hank erzählt ihr, dass sie beide gerade bei einer Sicherheitsfirma gewesen sind, sie aber ohne ihren Vater nicht weiterkämen. Der hat aber noch ein Meeting mit den wenigen Angestellten, die seine Firma leiten. Alyssia weiß, dass ihr Vater nur darauf hofft, endlich einen Interessenten zu finden, um die Firma zu verkaufen.

Der Wagen hält und Amanda kommt aus dem Haus gerannt. »Machen wir weiter?« Sie hüpft aufgeregt vor Nathan hin und her, der sie liebevoll mustert. Als dann auch noch ihre Stiefmutter kommt, flüchtet Alyssia ins Haus. Sie nimmt sich etwas von dem Essen aus der Küche mit nach oben und schließt die Tür. Während ihr Laptop hochfährt, isst sie und sieht aus dem Fenster.

Alles was die letzten Jahre war, was sie über Nathan dachte, hat sie nie in Frage gestellt, doch wenn sie jetzt an seine Reaktionen und Tajos Worte denkt, wird sie noch unruhiger. Sie denkt an das erste Jahr zurück und an alle Erinnerungen aus Puerto Rico. Plötzlich fällt ihr etwas ein. Schnell steht sie auf und zieht sich eine Jogginghose und ein Top an. Sie wird heute das Haus nicht mehr verlassen.

Chilli kommt zu ihr und Alyssia knuddelt ihren alten Liebling durch. Langsam müssen Nathan und ihr Vater sicherlich los, wenn sie noch einmal zur Sicherheitsfirma wollen. Alyssia nimmt ihren Teller und bringt ihn in die Küche. Dabei sieht sie sich unauffällig um, entdeckt aber ihren Vater nirgendwo. Auch in der Küche ist nur die Köchin und bereitet schon etwas zum Abendessen vor.

Alyssia liebt sie. Ihr Vater kann ihr schon lange nicht mehr das volle Gehalt zahlen, doch sie hat geholfen, Alyssia und Amanda großzuziehen, seitdem sie in Kanada sind und verlässt sie nicht, egal was kommt. Sie weiß nicht, wo ihr Vater steckt, deshalb geht sie hinüber ins Gästehaus. Kurz überlegt sie anzuklopfen, doch da hört sie Amandas Lachen und öffnet die Tür.

Tajo liegt auf der Couch und schläft tief und fest, während der Fernseher läuft. Sie geht in die Halle zum Schwimmbad und entdeckt Nathan, der nur in Shorts an einem Fitnessgerät trainiert, Amanda sitzt im Schneidersitz daneben und kritzelt auf einem Blatt herum.

Nathan blickt auf, als sie die Halle betritt. Als er sich aufsetzt, sieht Alyssia schnell weg. Er hat einen unglaublich durchtrainierten Oberkörper. Sie hat an seinem Arm die Tätowierung gesehen und ist sich ganz sicher, dass sie rot geworden ist. Es ist nicht das erste Mal, dass Alyssia einen Mann nur in Shorts vor sich sieht, doch noch nie einen wie Nathan.

»Holaaaaaa, comó estas?« Amanda springt auf und sieht Alyssia aufgeregt an. »Was tust du hier?« Nathan hebt den Daumen zu Amanda. »Hört sich schon sehr gut an. Ich bringe ihr spanisch bei.« Alyssia nickt. »Sie lernt es eh bald in der Schule.« Amanda setzt sich wieder hin und schreibt weiter. »Alyssia hatte immer eine eins in spanisch.« Nathan lacht und legt sich wieder unter das Gerät. »Deine Schwester kann perfekt spanisch sprechen, vertrau mir!«

Alyssia will gerade etwas sagen, da tritt ihr Vater plötzlich zu ihnen. Sie hat ihn gar nicht kommen hören. »Ich bin so weit, Nathan. Hank kommt auch noch einmal mit, und ich habe die Umrisse des Grundstückes. Nathan steht auf. »Okay, ich dusche nur schnell.« Alyssia senkt den Blick. »Als ich in seinem Alter war, habe ich auch viel trainiert. Ich sollte mal wieder joggen gehen.« Alyssia sieht zu ihrem Vater. »Klar ‚Papa! … Also fahrt ihr alle jetzt weg, wie lange ungefähr?« Alyssia beginnt mit einer Haarsträhne zu spielen und sieht ihren Vater dabei nicht an, sie will unauffällig bleiben.

Amanda hüpft an ihnen vorbei. »Ich übe und zeige dir nachher, was ich schon kann.« Damit ist sie verschwunden und sicher die nächsten Stunden ruhig gestellt. Ihr Vater geht ihr langsam hinterher. »Wir machen das Auto schon mal startklar, müssen mal neues

Öl einfüllen.« Er sieht zu Tajo, dann zu Alyssia. »Nur Nathan, deine Mutter ...«

Alyssia hasst es. »Stiefmutter! Lass das, Papa.« Er nickt. »Entschuldige. Nathan, deine Stiefmutter, Hank und ich, wir werden den Grundriss abgeben und sagen, was wir uns ungefähr vorstellen. Dann wird er planen, was machbar ist und uns in ein paar Tagen ein Angebot machen. Wir werden sicher nicht länger als eine Stunde brauchen. Deine Stiefmutter will in der Zeit einkaufen. Brauchst du noch irgendetwas?«

Alyssia schüttelt den Kopf und ihr Vater verlässt das Gästehaus. Super, so hat sie Zeit ... In dem Moment, als sie sich noch einmal umwenden will, keucht sie schwer auf. Nathan steht genau hinter ihr. Sie dreht sich so schnell um, dass sie fast gegen ihn prallt, und er ist noch immer oben ohne. »Was hast du vor, Alyssia?« Sie weiß gar nicht, wohin sie gucken soll. Er ist so nah, sein würziger Duft, der ihr so vertraut ist, umhüllt sie. Sie kann fast die Wärme seiner Haut spüren, und seine dunklen Augen bohren sich abschätzend in ihre. »Gar nichts!«

Nathan lacht und nimmt ihre Hand von ihrer Strähne. »Es ist scheißegal, wie viele Jahre wir uns nicht gesehen haben. Ich kenne dich noch immer ganz genau. Tajo bleibt hier, was immer du planst. Sollte es dich in Gefahr bringen, lass es!« Alyssia stemmt die Hände in Hüften. Sie will etwas sagen, doch Nathan dreht sich schon um und Alyssia starrt auf seinen Rücken.

Nicht nur, dass er sehr muskulös ist, zusätzlich ist quer über seine Schultern 'Los Natos' tätowiert. Es sieht faszinierend aus. Das muss stundenlange Arbeit gewesen sein, es ist ein kleines Kunstwerk, genau wie der 'La Familia'-Schriftzug an seinem Arm. »Warte!« Nathan stoppt. »Ich will nur kurz ...« Sie tritt nah an ihn und sieht auf das Kreuz, das unter dem Schriftzug gezeichnet ist. Es beinhaltet die Initialen seiner Eltern. Alyssia lächelt und streicht vorsichtig darüber, sie hat seine Eltern sehr gemocht.

Erst als sie es schon getan hat, merkt sie, dass sie ihn hier halbnackt betatscht, doch sie merkt noch etwas. Bei ihrer Berührung

94

bekommt Nathan eine leichte Gänsehaut, worüber sie lächeln muss. Obwohl er schon so viele Frauen hatte, reagiert er auf ihre Berührungen und noch immer hält er ganz still.

»Hey, ich bin wohl eingeschlafen.« Plötzlich regt sich Tajo und Alyssia lässt die Hand wieder herunter. »Alles gut, schlaf ruhig weiter.« Sie lächelt, doch Nathan wendet sich noch einmal warnend zu ihr um. »Mach keinen Blödsinn.«

Es dauert noch einige Minuten, bis das Auto wirklich losfährt. Alyssia beobachtet alles gespannt aus dem Fenster im Wohnzimmer, wo sie Amanda einen Prinzessinnenfilm angemacht hat und sie nebenbei spanisch lernt. Alyssia geht leise ins Arbeitszimmer ihres Vaters. Die Köchin ist unten beschäftigt, also sieht sie in allen Schränken nach, doch sie entdeckt nichts.

Alyssia weiß genau, dass sie mehrere Kartons mit Sachen aus Puerto Rico noch irgendwo aufbewahren. Sie ist früher schon mal darüber gestolpert, aber sie weiß nicht mehr wo. Sie will gerade leise ins Dachgeschoss gehen, da fällt ihr ein, dass sie die Kisten das letzte Mal im Weinkeller gesehen hat. Leise schleicht sie nach unten. Sie hasst es hier, es ist feucht und kalt, doch sie findet drei Kisten.

Sie hat nie wieder hineingesehen und gar keine Vorstellungen, was da noch alles dabei ist. Sie erinnert sich aber an einen Brief von Nathans Onkel, vielleicht gibt ihr das Antworten. Ihr Vater wird das alles hier zusammen aufbewahren, sie kennt ihn, er wirft selten etwas weg. Als Erstes holt sie aus einem der Kartons ein großes Bild ihrer Eltern. Tränen steigen in ihre Augen. Ihre Mutter war so hübsch, sie fehlt ihr so sehr.

Warum hängt das Bild nicht in ihrem Haus? Wieso nennt ihre Schwester ihre Stiefmutter Mama? Weil sie gar keine Erinnerungen an ihre echte Mutter hat. Alyssia hätte das nicht zulassen dürfen. Sie findet ein paar alte Kissen, zwei selbstgestrickte Babydecken, viele Bilder. Sie muss lächeln, als sie Bilder von sich mit Nathan sieht. Wie vertraut sie waren. Auf einem Bild ist sie mit allen Brüdern von Nathan zu sehen und hat den Arm um Elisa. Es war die glücklichste Zeit, an die sie sich erinnern kann.

Als sie den nächsten Karton öffnet, stockt sie. Sie sieht in einen Schuhkarton, in dem Unmengen von Briefen gestapelt sind und starrt fassungslos auf das, was sie da entdeckt.

# Kapitel 8

Genervt fährt Elisa zurück in ihr Gebiet. Als sie Simo im Wachhäuschen entdeckt, winkt sie ihn zu sich. »Weißt du, wo er ist? Komm schon, du bist so gut mit ihm befreundet, du weißt doch bestimmt irgendetwas.« Simo schüttelt den Kopf. »Ich habe wirklich alles abgeklappert. Ich mache mir selbst Sorgen. Er soll böse ausgesehen haben, nachdem Nando so ausgerastet ist.« Elisa fühlt sich noch schlechter. »Falls du etwas hörst, gibst du mir Bescheid?«

»Ich weiß nicht, ob das so eine gute Idee ist. Vielleicht macht es all das nur noch schlimmer.« Elisa sieht nach vorn zu den Häusern ihrer Familie. »Ich bezweifle, dass es noch schlimmer geht, Nando übertreibt.« Simo lächelt matt. »Du bist seine ...« Elisa hebt die Hand. »Ich kann es nicht mehr hören. Ja, bin ich, trotzdem kann ich für mich selbst denken und handeln.«

Als sie weiterfährt, muss sie daran denken, wie sehr Nando sie angeschrien hat, nachdem er Alonzo aus dem Gebiet gejagt hat. Er war kaum zu bändigen. Auch wenn Elisa weiß, dass die meisten Worte nur aus der Wut heraus gesagt wurden, haben sie Spuren hinterlassen. Jetzt weiß jeder, was wirklich zwischen Alonzo und ihr war. Die große Bombe ist geplatzt und die Auswirkungen davon spürt man durch die Straßen fegen.

Elisa hält vor ihrem Haus und sieht, wie Nando auf seinen Balkon tritt und zu ihr hinunter sieht. Auch er hat einige Schrammen im Gesicht von den umherfliegenden Scherben. Lina und Mateo ist zum Glück nichts passiert. Sie waren aber alle unter Schock. Arturo und José haben lange gebraucht, um Nando wieder zu beruhigen.

Arturo und José waren genauso überrascht und auch etwas sauer, als sie von allem erfahren haben, was zwischen Alonzo und ihr passiert ist. Doch sie sind bei Weitem nicht so ausgerastet wie Nando. Elisa sieht beim Aussteigen zu ihrem Bruder, dann wendet sie sich weg, geht ins Haus und knallt die Tür zu.

Sie ist nicht einmal verwundert, als sie drei Minuten später hört, wie ihre Haustür aufgemacht wird. Sie sitzt auf der Couch und sieht nicht auf, als Nando sich neben sie setzt. »Ich wollte dich gestern nicht so anschreien.« Elisa blickt auf den Teppich. »Doch, wolltest du!« Nando seufzt auf. »Ich bin stinksauer, Elisa, aber ich weiß, dass du keine Schuld daran trägst. Er ist für all das verantwortlich. Ich bin sauer auf mich selbst, dass ich all das nie gemerkt habe.«

Elisa schüttelt den Kopf und sieht Nando ernst an. »Alonzo ist nicht schuld, keiner ist schuld. Wir haben uns verliebt, Nando. Alonzo war alles für mich und ich weiß, dass er mich genauso geliebt hat und ja, immer noch tut. Er hat nur deinetwegen auf uns verzichtet, weil er dich als Freund nicht verlieren wollte.« Nando steht auf und beginnt auf und ab zu laufen. »Wäre er mein Freund, hätte er seine Finger von meiner kleinen Schwester gelassen.«

Elisa könnte losschreien, doch sie versucht ruhig zu bleiben. »Nando, er ist dein bester Freund. Er hat dir mehr als einmal das Leben gerettet und du ihm. Du hast ihm blind vertraut, er müsste doch das Beste sein, was du dir für deine Schwester wünschst.« Nando bleibt stehen. »Wäre er das Beste für dich, wärst du erst gar nicht bei Toti gelandet, er hätte nie eine andere geheiratet und dir wäre all das mit Toti nicht passiert ...«

Elisa unterbricht ihn. »Ich bin selbst lange genug wegen all dieser Sachen wütend gewesen, doch letztlich weiß es keiner. Wir wissen nicht was passiert wäre, wenn ... Es bringt jetzt auch nichts mehr, sich darüber Gedanken zu machen.« Nando reibt sich über die Augen. »Ich habe mir nie etwas dabei gedacht, wenn ihr zusammen wart. Wie oft wart ihr beide mehrere Stunden verschwunden und keiner hat sich etwas gedacht. Ich hätte meine Hand für Alonzo ins Feuer gelegt und jetzt merke ich, wie sehr er mich belogen hat.«

In dem Moment erinnert Nando Elisa unbewusst an das kleine Versteck, was sie beide immer hatten, wenn sie es mal geschafft haben, sich für einige Zeit vor allen zu verstecken. »Ich muss noch mal weg.« Elisa lässt Nando einfach in ihrem Haus sitzen und fährt in Richtung des Motels am Ende der Stadt. Elisa und Alonzo haben sich ab und zu ein Zimmer für ein paar Stunden genommen, um sich ganz in Ruhe und ohne die Angst erwischt zu werden, zurückzuziehen.

Sie haben nicht miteinander geschlafen, doch sie haben sich und diese unbeschwerte Zeit immer sehr genossen. Elisa kann nur hoffen, dass er da ist, sonst fällt ihr nichts mehr ein. Sie ist schon öfter an dem inzwischen sehr heruntergekommenen Motel vorbeigefahren. Ein Wunder, dass es überhaupt noch steht. Doch als sie jetzt an der Rezeption klopft, erkennt sie den gleichen Mann wie vor einigen Jahren.

»Entschuldigen sie, ist gestern ein verletzter Mann hier gewesen und hat ein Zimmer genommen?« Der Mann zuckt die Schultern. »Ich achte nicht auf so etwas.« Elisa ist genervt. Vor Sorge hat sie die Nacht nicht geschlafen und halb San Sebastian abgesucht. Der Streit mit Nando, die Sorge um Alonzo, all das und jetzt so ein Typ. Elisa zieht einen zwanzig-Dollar-Schein aus dem Portmonee.

»Oben Zimmer 316, er ist rein und nicht mehr raus. Es gibt zwar Essen und etwas Obst auf dem Zimmer, doch so langsam muss er doch was Richtiges essen. Sah ziemlich übel aus, falls er nicht mehr atmet, schließen sie die Tür wieder und sagen sie Bescheid. Ich rufe dann die Polizei.« Elisa schüttelt den Kopf. »Haben sie einen Verbandskasten und die Nummer eines Pizzaservices?«


Sie muss die Tür mit der Kreditkarte öffnen, was für Elisa kein Problem ist, oft genug hat sie Toti in Hotelzimmern mit anderen Frauen erwischt. Schon als sie den Raum betritt, riecht sie Blut und schluckt schwer. Was ist, wenn der Mann doch recht hatte? Elisa schaltet das Licht im kleinen Bad an und sieht Alonzos Silhouette auf dem Bett.

Bereits beim Näherkommen treten ihr Tränen in die Augen. Er stöhnt im Schlaf immer wieder vor Schmerzen auf. Alonzo liegt zusammengerollt auf der Decke. Er zittert, hat kein Shirt an, nur eine Boxershorts. Elisa fasst an seine Schulter und spürt, dass er vor Fieber glüht. Sie schiebt die schwere Gardine beiseite und atmet tief ein bei seinem Anblick. Sein halber Oberkörper ist blau, überall hat er tiefe Schnitte, auch im Gesicht. Die paar Schnitte von Nando sind gar nichts, dazu ist sein Auge zugeschwollen.

»Nein ...« Elisa flüstert, geht zum kleinen Kühlschrank und holt Wasser heraus. Erleichtert sieht sie, dass Alonzo etwas getrunken hat. Sie kramt in ihrer Tasche nach einem Schmerzmittel, das auch Fieber senkt. Sie benutzt es, wenn sie manchmal sehr starke Kopfschmerzen bekommt. Elisa kann nur hoffen, dass es ausreicht. Sie setzt sich neben Alonzo und hebt seinen Kopf langsam an. »Trink, Alonzo, du musst diese Tabletten schlucken.« Alonzo öffnet schwach seine schönen Augen.

»Wieso weinst du, Engel?« Er hebt seine Hand, er ist total weggetreten, doch er hört auf sie, schluckt die Tabletten und trinkt das Wasser schnell leer. Elisa nimmt das Telefon und ordert noch mehr Sachen. Alonzo lehnt sich erschöpft zurück und stöhnt sofort wieder vor Schmerzen auf. Elisa hilft ihm, sich anders hinzulegen, deckt ihn leicht zu und sofort schläft er wieder ein.

Behutsam setzt Elisa sich neben ihn und beginnt, jede einzelne seiner Wunden zu waschen und zu desinfizieren. Es dauert lange, und sie hört erst auf, als es laut an der Tür klopft. Ein Mann vom Pizzaservice steht da mit Pizza und zwei Beuteln ihrer Extrabestellung. Elisa zahlt ihm alles. Als sie zurückkehrt, ist Alonzo wach und versucht sich hinzusetzen. »Wie hast du mich gefunden und was tust du hier?« Elisa legt ihm die Pizza hin und danach die Getränke, Joghurts und alles weitere in den Kühlschrank.

»Ich habe gehofft, dass du hier bist.« Alonzo versucht die Pizzapackung zu öffnen, doch schon bei dieser Bewegung verzieht er sein Gesicht schmerzvoll. »Warte!« Elisa gibt ihm ein Stück und setzt sich zu ihm. »Es ist nicht gut, dass du hier bist. Nando wird noch mehr ausrasten. Ich war schon aus der Stadt raus, doch dann habe ich daran gedacht, was er mit dir macht. Er war so wütend, dass er sicher einiges auch an dir auslassen hat. Ich wollte zurück, doch ich hatte keine Kraft mehr und musste hier halten.«

Elisa lächelt mild. »Er ist ausgerastet, doch du weißt, dass er mich niemals anfassen würde.« Alonzo nickt, während Elisa ihm das zweite Stück Pizza gibt. »Es tut mir so leid, Guapita, ich hätte es schon früher machen müssen, Nando hat allen Grund der Welt so auszurasten.« Elisa streicht über eine seiner Wunden. »Wir haben alle Fehler gemacht, vielleicht war deine Liebe einfach nicht stark gen ...«

Alonzo unterbricht sie hart. »Ich liebe dich mehr als alles andere. Du bist und warst immer mein Herz, das wird sich nie ändern.« Elisa will ihren Blick abwenden, doch Alonzo streckt die Hände nach ihrem Gesicht aus und umfasst es. »Nein, hör mir zu, das ist wichtig. Ich verstehe vollkommen, dass du mir all das nicht verzeihen kannst, doch du musst wissen, dass ich dich immer, jede Sekunde, geliebt habe. Ich war dumm, sehr jung und dumm, als ich glaubte, ich heirate einfach schnell eine andere und vergesse dich.

Ich bin ausgerastet, als ich von Toti erfahren habe, doch alle haben immer wieder gesagt, du bist glücklich. Ich stand zweimal am Flughafen, um dich zurückzuholen, doch ich habe fest geglaubt, dass du glücklich bist. Hätte ich auch nur geahnt, dass du es nicht bist, Guapita, hätte ich dich sofort zurückgeholt. Jedes Mal, wenn wir uns gesehen haben, wollte ich deinen Mann töten und mit dir alleine reden, doch du hast immer so gestrahlt, so zufrieden gewirkt.«

Elisa weint. »Es hat mich fast umgebracht, aber ich wollte dir unbedingt beweisen, wie gut es mir geht, um jeden Preis.« Alonzo küsst ihre Wangen. Elisa schließt ihre Augen, es ist unheimlich, wie gut seine Nähe ihr tut. »Hätte ich all das nur geahnt ...« Elisa überwindet einmal ihren Verstand und legt ihren Kopf an seine Brust. Er lehnt sich zurück, streicht über ihren Kopf und gibt ihr immer wieder einen Kuss auf die Haare.

»Ich würde diese Schmerzen dreifach so stark noch einmal auf mich nehmen, nur um dich jetzt wieder hier bei mir zu haben, auch wenn es nur diese paar Minuten sind und dann nie wieder.« Elisa lächelt an seine Brust. Sie schließt die Augen und denkt an die glücklichen Stunden, die sie früher hier verbracht haben. Wie oft hat sie sich damals vorgestellt, dass es ihre Wohnung wäre, sie frei leben würden und diese Zeit genossen.

Elisa spürt, wie Alonzo wieder zu schlafen beginnt. Als sie leise aufsteht, greift er nach ihr. Sie legt ihm zwei Tabletten auf den Nachttisch. »Nimm die später noch einmal, es ist Essen und Trinken da. Ich muss nach Hause, morgen muss ich vormittags zu Lorin. Ich habe es heute ja nicht geschafft, aber ich bin morgen Abend wieder da. Okay? Ich bringe dann neue Verbände und Essen.«

Alonzo nickt nur müde. Elisa küsst seine Wangen, bevor sie das Hotelzimmer verlässt, tief durchatmet und zu ihrem Auto geht, um zurück zu Nando und ihrer Familie zu fahren.


Janine packt ihr Notizbuch weg. »Nein, das ist kein Problem. Wenn du noch mehr brauchst, sag einfach Bescheid. Ich bringe dir alles mittags vorbei. Wenn du willst, kann ich auch wirklich meine Mutter bitten ...« Elisa unterbricht sie und winkt ab. »Nein, ich denke, das geht auch so. Falls es ihm morgen noch nicht besser geht, kann ich mich ja nochmal melden. Danke, dass du mir hilfst.« Janine drückt die Hand von Elisa. Sie stehen bei ihr im Flur. Janine ist gerade von einem mehr als anstrengenden Tag aus der Uni und der Firma zurück.

Sie ist direkt zu Elisa gegangen, nachdem sie sie vor zwei Stunden angerufen hat. »Denkst du, du wirst ihm all das verzeihen können?« Elisa lächelt matt. »Ich weiß es nicht, wir haben alle Fehler gemacht. Nando dürfte nicht so reagieren, Alonzo hat sich gegen uns entschieden. Ich hätte aber auch nicht gleich den Erstbesten heiraten sollen, es ist viel schief gelaufen und mittlerweile denke ich, dass man jedem die Schuld geben kann. Doch wem hilft es am Ende?«

Janine nickt und lächelt. »Es ist gut, dass du jetzt für ihn da bist. Weiß Nando davon? Ich meine, ich habe mich wirklich erschrocken, so außer sich habe ich ihn noch nie gesehen. Lina und er haben sich danach auch heftig gestritten, es ist aber wohl wieder etwas besser.«

Elisa nickt. »Lina war vorhin kurz da, sie haben sich wieder vertragen. Sie macht sich auch große Sorgen wegen Alonzo, fast jeder hier tut das, doch natürlich kann sie auch Nando verstehen. Sie sieht ja, wie fertig er wegen all dem ist. Weißt du, das Lustigste dabei ist, dass ich nie daran gedacht habe, wie es den beiden, Nando und Alonzo, gehen wird, wenn sie ab jetzt getrennte Wege gehen. Lina hat vollkommen recht, die beiden sind seit klein auf immer zusammen, auch deshalb ist all das nicht so ... Ach, es ist einfach alles so kompliziert.«

Janine schüttelt den Kopf. »Nein, auch wenn es heftig war, jetzt ist alles raus und eine Bombe geplatzt. Es kann ja eigentlich nur noch besser werden.« Elisa lächelt. »Du bist ein Engel, mein nerviger kleiner Bruder hat Glück, dich zu haben.« Janine lächelt. »Ich werde mal zu ihm gehen, ich konnte ihn den ganzen Tag nicht erreichen.« Elisa gibt ihr noch einen Kuss auf die Wange. »Der war den ganzen Tag schwer beschäftigt, hat Sachen ins Haus gebracht und raus. Hab auch nur kurz mit ihm geredet.«


Janine zieht ihre Schuhe schon vor der Haustür aus, sie ist einfach nur noch fertig und öffnet die Tür. Es ist dunkel, aber sie hat gesehen, dass im oberen Stockwerk zumindest gerade noch Licht gebrannt hat, also ... Sie stockt. Es ist dunkel, aber der komplette Flur wird von Kerzen ganz schwach beleuchtet.

Janine sieht auf einen kleinen Weg vor sich, auf dem tausende weißer und roter Rosenblüten gestreut sind. Sie bleibt einfach stehen und sieht verblüfft auf das schöne Bild, bis ihr einfällt, dass sie sich ja fortbewegen muss. Leise stellt sie die Tasche und die Schuhe ab. Als sie auf die vielen weichen Blätter tritt, treten ihr Tränen in die Augen. Was hat ihr Schatz da geplant?

Sie folgt dem Weg. Als sie auf die Treppen geht, bemerkt sie, dass auf die große Wand im Wohnzimmer Bilder von José und ihr projiziert werden. Die schönsten Bilder, die es von ihnen gibt. Janine wischt sich die Tränen weg, sieht sich ein paar Bilder an und geht dann schnell die Treppen hinauf, sie kann es nicht erwarten. Wo ist José?

Der Weg führt sie immer noch im Dunkeln bis in ihr Schlafzimmer. Da hier die Gardinen zugezogen sind, ist es stockdunkel, aber auch hier sind Kerzen und Rosenblätter verteilt. Ein riesiger Teddybär liegt auf dem Bett, genau wie der, den José ihr zu Weihnachten geschenkt hat, nur viel größer. Er muss größer als sie sein. In seinen Armen hat er Unmengen von rosafarbenen Rosen, ihren Lieblingsblumen. Janine sieht, wie José aus einer Ecke zu ihr tritt. Er hat ein weißes Hemd und eine schwarze feine Hose an.

»Es sind genau 856 Rosen hier im Haus verteilt, eine für jeden Tag, seit wir uns kennen, weil ich so unendlich dankbar bin, dass das Schicksal dich in mein Leben gelassen hat.« Janine weint. Bevor sie etwas sagen kann, nimmt er ihre Hand und führt sie zu ihrer verglasten Fensterfront und stellt sie genau davor.

»Ich liebe dich, mein Engel.« Als er sie die Gardinen aufschieben lässt, blickt Janine den Berg hinab auf hunderte von Fackeln, die zusammen 'Willst du meine Frau werden?' ergeben. Janine lacht leise und wischt sich die Tränen weg. Sie hat noch nie etwas Schöneres gesehen. »Das sind batteriebetriebene Fackeln, die genau fünf Tage und Nächte halten, damit du solange Zeit hast, dir zu überlegen, ob du deinen Fünfjahresplan ...« Janine stoppt ihn und fällt ihm glücklich in die Arme. »Ja, ich will, natürlich will ich. Du bist doch mein Herz.«

José schmunzelt und küsst sanft ihre Lippen. »Eigentlich muss das noch passieren.« Er nimmt ihre Hand und kniet sich vor sie, dabei holt er ein Kästchen mit einem atemberaubenden Verlobungsring hervor. »Wie hast du all das gemacht und geplant?« José lacht leise.

»Glaub mir, mein Schatz, das ist nichts im Vergleich zu dem, was ich bereit bin für dich zu machen. Ich meinte noch niemals etwas ernster, Janine. Ich liebe dich mehr als mein Leben, du bist zu meinem Leben geworden, der wichtigste Teil davon und auch ein Teil meiner Familie. Ich kann es nicht abwarten, endlich mit dir vor Gott unsere Liebe segnen zu lassen und Kinder zu bekommen. Ich will einfach alles mit dir zusammen erleben und frage dich noch einmal, ob du bereit bist, meine Frau zu werden?« Janine wischt sich wieder ihre Tränen weg, sie kann nicht anders, ihr Herz schwillt über vor Glück. »Ich will.« José steht auf und steckt ihr den Ring an den Finger. »Janine Nato!«

Sie küsst ihn und legt all ihre Liebe in den Kuss. Er will sie zum Bett steuern, doch stoppt dann. »Warte, ich muss noch Bescheid geben!« Janine sieht ihn verwundert an. »Gabriel und Arturo mussten mir helfen.« Janine lacht, als er sie zum Balkon auf der anderen Seite des Hauses bringt. »Und das in all dem Chaos, was zur Zeit herrscht?« José öffnet die Balkontür. »Es herrscht immer Chaos, von daher ist es egal!«

Sobald sie auf den Balkon treten, sehen sie Gabriel, Lina, Olivia, Arturo und Elisa vor Arturos Haus stehen. »Darf ich vorstellen, meine zukünftige Frau … Janine Nato.« Seine Brüder pfeifen und die Frauen lachen und klatschen. Auch Nando ist auf seinem Balkon mit Mateo und macht mit. Egal wie sehr sich alle in den Haaren liegen, so etwas hält sie zusammen. »Kommt noch runter, wir feiern! War das nicht süß? Ich habe es vorhin schon gesehen.« Janine kommt gar nicht dazu, Lina zu antworten, da hebt sie José auf die Arme.

»Nein, nein, nein, wir feiern nächstes Wochenende, so wie es geplant ist. Jetzt gehört meine Frau mir!«

# Kapitel 9

»Ich denke, es ist am besten so. Wenn sie morgen mit den Arbeiten beginnen, sind sie in ungefähr einer Woche fertig. Die direkte Verbindung zur Polizei ist eine gute Idee. Niemand wird mehr unbemerkt auf euer Grundstück kommen. Sobald es einer versucht, wird die Polizei alarmiert. Egal, wer jetzt dahintersteckt, die Leute werden für den ersten Augenblick abgeschreckt, und das ist der Sinn der Sache. So könnt ihr euch auf dem Grundstück frei bewegen.«

Oskar sieht auf die Broschüren, während Hank aussteigt und das Tor öffnet. Sie waren nur eine Stunde weg. Es war ziemlich schnell klar, was hier genau gebraucht wird, nämlich das komplette Paket. »Der neue Zaun ist viel sicherer, ich hätte das schon früher machen sollen.« Nathan kann ihm da nicht widersprechen. Amanda kommt aus dem Haus gerannt, zusammen mit Chilli. »Mama, Mama, hast du mir etwas mitgebracht?«

Nathan hält das Auto an und sie steigen alle aus. Er kann es nicht mit anhören, wenn die Kleine zu der Stiefmutter Mama sagt. Er fragt sich, ob sie überhaupt irgendetwas über ihre richtige Mutter weiß. Er sieht nach, ob er Alyssia irgendwo entdecken kann. Seitdem sie ihm vorhin etwas näher gekommen ist, brennt die Spur, die sie mit ihren zarten Fingern auf seinem Rücken gezogen hat, bis jetzt auf seiner Haut. Generell war sie heute etwas offener zu ihm als gestern, vielleicht war sie gestern wirklich zu überrascht.

Er versteht sie nicht, ihr Verhalten. Wenn er sie ansieht, ist es so, als wäre seine Alyssia vor ihm, doch das ist sie offenbar nicht mehr. Er wird hierbleiben, bis das Alarmsystem fertig ist und er hofft, bis dahin auch herausbekommen zu haben, wer hinter alldem steckt. Deshalb sollte er sich richtig mit Alyssia aussprechen.

Sie helfen, die Einkaufstüten ins Haus zu bringen. In der Küche sieht ihnen die Köchin entgegen. »Ich suche schon seit einer Weile nach Alyssia. Habt ihr sie gesehen?« Nathan legt die Tüten ab. Er wusste, dass sie etwas vorhatte. Wie früher immer hat sie angefangen, an ihren Haaren zu spielen. Das macht sie nur, wenn sie irgendetwas plant und nicht erwischt werden möchte.

»Hast du schon überall nachgesehen? Alyssia?« Auch der Vater macht sich gleich Sorgen. Amanda greift nach Nathans Hand. »Ich habe vorhin gesehen, wie sie runter gegangen ist ... Kann ich dir jetzt zeigen, was ich gelernt habe?« Der Gesichtsausdruck von Oskar, als die Kleine erwähnt hat, dass Alyssia nach unten ist, lässt Nathan Amanda vertrösten und dem Vater folgen. Sie gehen in den Keller. Auch wenn das Haus gut beheizt ist, wird es hier kühler.

Als sie unten ankommen, gehen sie um eine Ecke. Hier stehen viele Regale mit Wein, aber auch alte Möbel und Kisten. Sie laufen fast in Alyssia hinein. Sie kauert auf einer Kiste und sieht erschrocken auf. Nathans Magen rumort, als Alyssia sie beide verweint ansieht. Sie sitzt auf einer Kiste und hält Briefe in der Hand, dabei sieht sie vollkommen fertig und verwirrt aus. »Was ist passiert, Alyssia?« Nathan hat es schon immer gehasst, sie weinen zu sehen, doch sie beachtet ihn gar nicht, sondern starrt ihren Vater an. Der wird plötzlich ganz steif, als er auf die Briefe sieht.

»Du hast das getan, oder?« Sie hält die Briefe hoch. »Er hat meine Briefe niemals bekommen und ich bin hier eingegangen, weil ich nie verstanden habe, wieso er mir nicht antwortet. Warum hast du das getan?« Nathan geht zu Alyssia und nimmt ihr die Briefe aus der Hand. Es sind Briefe von Alyssia an Nathan, hunderte. »Ich musste das tun, Alyssia, und es ist jetzt schon so ...« Sie steht auf. »Es ist egal, wie lange es her ist, du wusstest doch ganz genau, wie wichtig er mir ist. Ich habe meine Mutter und mein Zuhause verloren. Nathan war alles für mich, ich bin hier halb verrückt geworden, weil ich nicht verstanden habe, dass er mir auf keinen Brief geantwortet hat. Ich dachte, er hat mich vergessen!«

Nathan findet mitten in dem Stapel auch den Brief, den er ihr geschickt hat. Er wurde nie geöffnet. »Es ging nicht anders, mein Schatz, es war das Beste, für euch beide damals! Du hast nichts getan hier, es war damals sehr schwer für uns mit dir. Du hast jeden Tag nur geweint und die Briefe an Nathan geschrieben. Nur so konnte ich dafür sorgen, dass du Puerto Rico vergisst und langsam anfängst, in Kanada zu leben. Es hat doch auch geklappt. Nathan wollte dich in den Ferien besuchen, aber sein Vater und ich waren der Ansicht, dass es für euch beide nicht gut ist. Wir haben euch dabei geholfen, einander loszulassen.«

Alyssia schüttelt den Kopf, sie wird lauter. »Ich wollte ihn niemals loslassen. Ich habe ihm ein Jahr lang jeden Tag geschrieben. Erst vor drei Wochen habe ich erfahren, dass seine Eltern gestorben sind. Ich habe gedacht, er hätte mich vergessen, für mich war es das schlimmste Gefühl. Und jetzt sehe ich, dass das alles nicht stimmt.«

Sie nimmt Nathan den Brief, den er geschrieben hat, aus der Hand und hält ihn hoch. »Wie konntest du mir das antun? Er war alles für mich, du hast mich dazu gebracht, ihn zu vergessen.« Ohne noch ein Wort zu sagen, beginnt sie zu weinen und geht die Treppen hoch, doch der Vater hebt die Arme. »Aber jetzt ist er wieder da!« Eine Tür knallt oben. Auch Nathan muss das alles erst einmal verdauen, deswegen ist sie ihm am Anfang so feindselig gegenübergetreten.

»Dein Vater und ich wussten damals beide nicht anders zu handeln. Ihr habt euch sehr vermisst und gelitten und wir dachten, es wäre so einfacher für alle.« Nathan kann dem alten Mann nicht böse sein, er wusste es nicht besser. Und Nathan weiß, dass sein Vater daran sicherlich auch Mitschuld hat.

»Alyssia hat sich geweigert englisch zu sprechen. Zweimal wollte sie abhauen, sie hat abgenommen, wollte zu dir ... Wir mussten das beenden, es tut mir leid.« Nathan legt die Hand auf Oskars Schulter. »Sie wird sich beruhigen, es ist lange her, da kann man jetzt nicht mehr wütend sein. Ich werde mal mit ihr reden.«

Der Vater sieht betroffen zu Boden. Nathan weiß, dass er Alyssia sehr liebt. »Ich dachte immer, dass ich das Beste für sie tue. Ich wollte ihr nie wehtun, aber ich weiß, wie viel du ihr bedeutet hast.«

Nathan lächelt matt. Er geht die Treppen hoch, und sein Gefühlschaos nimmt immer mehr zu.

Mittlerweile hat er nicht mehr das Gefühl, dass es so eine gute Idee war, Alyssia wiederzutreffen. Es verwirrt ihn alles, die Gefühle, die sie in ihm auslöst, die Gefühle, die er so lange versteckt hat, die er aber schon immer für sie hatte. Nicht nur er war alles für sie, auch sie war alles für ihn. Wie Tajo es gesagt hat, es waren immer Alyssia und Nathan, es gab nichts anderes, und gerade scheint all das mit voller Geschwindigkeit zurückzukommen.

Nathan will an Alyssias Tür klopfen, doch er hört Alyssia weinen und mit einer Frau reden. Es ist die Köchin. Still zieht er sich ins Gästehaus zurück. Soll sie sich erst einmal bei ihr aussprechen, sie beide werden dieses Gespräch noch führen. Tajo schläft immer noch.

Nathan setzt sich auf die Couch, stemmt die Arme auf die Knie und vergräbt sein Gesicht in seinen Händen. Er weiß nicht, wohin mit seinen Gedanken und Gefühlen. Bisher war immer alles so einfach, eine Frau war da, er hatte Spaß und dann kam die nächste. Er hatte nie so ein Gefühlschaos, nie hat er sich so viele Gedanken gemacht, doch jetzt kommen Bilder vor sein inneres Auge, über die er die ganze Zeit nie nachgedacht hat.

Was wäre passiert, wenn Alyssia nie gegangen wäre oder wenn er jeden Tag einen Brief von ihr erhalten hätte, er sie in den Ferien besucht hätte?

Nathan kann es nicht genau sagen, doch eine Sache ist klar. Egal, wie viele Jahre sie sich nicht gesehen haben, wäre Alyssia bei ihm geblieben, hätte niemals irgendeine andere Frau eine Chance bei ihm gehabt. Keine war auch nur annähernd auf einer Stufe mit Alyssia.

Nathan würde am liebsten irgendetwas zerschlagen. Es war keine gute Idee herzukommen. Denn auch wenn es vielleicht immer gefühllos war, war sein Leben bisher nicht so verwirrend und kompliziert.

Sein Handy klingelt, Arturo ist dran.

»Was ist mit Nando?« Nathan kommt direkt zum Punkt. Normalerweise hätte sich Nando schon längst wieder bei ihm gemeldet, er spürt, dass irgendetwas nicht stimmt. Arturo erzählt ihm eine knappe Zusammenfassung von dem Streit, den Alonzo mit Nando hatte. Für Nathan ist es keine Neuigkeit, dass er etwas mit Elisa hatte. Er hat die beiden einmal zusammen erwischt, sie haben ihn aber damals nicht gesehen. Er hat es nie als schlimm empfunden, wusste immer, dass etwas zwischen ihnen war. Doch er versteht, weshalb Nando ausgetickt ist, Alonzo ist sein bester Freund … gewesen.

Danach erzählt Arturo noch, dass José Janine einen Antrag gemacht hat und sie nächstes Wochenende die Verlobung feiern möchten. Nathan fliegt mit Tajo natürlich zurück zur Feier. Ob er danach zurück nach Kanada kommt, hängt davon ab, wie weit die Bauarbeiten sind. Doch die Aussicht, dass er bald wieder in Puerto Rico ist, lässt ihn gleich etwas klarer sehen und er erzählt Arturo, was bei ihnen los war.

Er muss hier einen klaren Kopf behalten.

Plötzlich hört er Chilli aufjaulen und sieht aus dem Fenster. Alyssia kommt im Jogginganzug, mit dickem Schal, Handschuhen und Sportschuhen aus dem Haus. »Ich muss Schluss machen, ich melde mich später.«

Er öffnet die Tür. »Wohin willst du, komm bitte mal her, wir müssen reden.« Alyssia sieht zu ihm, macht aber keine Anstalten, zu ihm zu kommen. »Ich möchte erst einmal joggen gehen, ich muss wirklich meine Wut rauslassen, Nathan, ich kann jetzt nicht reden.« Nathan sieht in den Himmel, der so aussieht, als würde es gleich wieder schneien und flucht leise. »Warte! Ich komme mit, du sollst nicht alleine raus.«

Alyssia hat Sport früher gehasst, jetzt läuft sie stur vor Nathan durch den Wald, den sie offensichtlich sehr gut kennt. Nathan könnte sie einholen, doch er hat es gar nicht vor, sie muss und soll sich auspowern und alles herauslassen. Die Kälte brennt auf Nathans Wangen. Auch wenn Nathan es gewohnt ist zu joggen, kommt er hier schneller aus der Puste. Plötzlich sind sie auf einer Lichtung, kleine Felsen umgeben alles. Jeder Millimeter ist zugeschneit und es beginnt ein kleiner Fluss. Genau als Alyssia anhält, fallen neue Schneeflocken vom Himmel. Nathan hält ebenfalls hinter ihr.

Alyssia sieht sich nicht um. »Zweimal habe ich mich hier stundenlang versteckt, ich wollte erst wieder herauskommen, wenn ich zurück nach Puerto Rico fliegen durfte.« Nathan stemmt die Hände in die Hüfte und holt tief Luft. »Ich habe zwei Briefe bekommen und dir geantwortet, dann kam kein Brief mehr. Ich wusste nicht, dass es dir so schlecht ging, ich dachte, du … hättest hier neue Freunde gefunden und keine Zeit mehr dich zu melden.«

Alyssia wendet sich zu ihm um. »Ich habe die ersten Briefe der Köchin gegeben, sie hat sie wirklich abgeschickt, dann sollte ich sie immer meinem Vater geben. Er hat mich so enttäuscht.« Nathan tritt näher zu ihr. »Alyssia, du weißt selbst, wie fixiert wir beide immer aufeinander waren, vielleicht hatten sie wirklich keine Wahl.« Alyssia sieht hoch und ihm in die Augen.

»Wie kannst du das sagen? Wer weiß, was passiert wäre, wenn wir weiter Kontakt gehabt hätten? Es lag an uns, das zu entscheiden, nicht an ihnen.« Nathan zuckt die Schultern. »Du weißt, dass ich immer alles für dich getan habe. Ich wäre sicher hergekommen, ich weiß es selbst nicht genau, aber ich hätte sicher etwas unternommen, hätte ich gewusst, wie es dir geht … Und wer weiß, ob das gut gewesen wäre. Dir geht es doch jetzt gut. Du weigerst dich, spanisch zu sprechen, bist jetzt eine Kanadierin geworden.«

Alyssia verschränkt die Arme vor der Brust. Da sieht Nathan wieder das Vertrauen in ihren Augen, so, als würde sie ihm alles sagen, ihm hundertprozentig vertrauen. »Das musste ich doch, Nathan, ich habe nie irgendwo hingehört. In Puerto Rico war ich immer anders, nicht so wie ihr, zu hell. Hier bin ich auch sofort aufgefallen, konnte kaum englisch, war zu dunkel. Ich habe alles, was mit

Puerto Rico zu tun hatte, vergessen, nachdem ich ein Jahr lang jeden Tag einen Brief an dich geschickt hatte. Ich wollte nur noch vergessen und dazu gehören, endlich einmal.«

Nathan streckt seine Hand aus und nimmt ihre zarte Hand in seine. Alyssia lässt es zu.

»Du hast immer irgendwohin gehört. Zu mir. Du warst schon immer meine Alyssia.« Sie lächelt und Nathan muss schmunzeln. »Jetzt wissen wir beide, dass keiner den anderen vergessen wollte. Kannst du mich jetzt endlich so begrüßen, wie es von Anfang an hätte sein sollen?«

Alyssia lacht leise, auch wenn sie noch immer Tränen in den Augen hat. Als Nathan sie in seine Arme zieht, ist alles Fremde und jede falsche Distanz zwischen ihnen weg. Nathan schließt die Augen und umfasst sie eng mit beiden Armen, hüllt sie ein, wie in einen warmen Kokon und inhaliert ihren süßen Duft. Alyssia legt ihren Kopf an seine Brust und krallt sich in seinen Pullover.

Eine ganze Weile stehen sie einfach so da. Der Schnee fällt auf sie herab und Nathan spürt erneut, dass er sie damals niemals hätte gehen lassen, hätte er gewusst, dass sie hier so leidet. »Du hast mir so gefehlt, ich wollte dir alles erzählen, wollte damals unbedingt zu dir ...«

Nathan küsst ihren Kopf. »Du mir auch, hör auf zu weinen, Alyssia, sieh mich an.« Als sie hoch und in seine Augen sieht, ohne sich auch nur einen Zentimeter von ihm zu entfernen, lächelt er. Sie ist ihm so vertraut, und doch trifft ihn ihre Schönheit jedes Mal, wenn er sie ansieht. »Sie haben uns damals gezwungen, uns loszulassen, daran können wir jetzt nichts mehr ändern. Aber wir sollten nicht zulassen, dass es deswegen jetzt noch irgendwelchen Streit gibt, okay?« Alyssia nickt. Es wird dunkel.

»Wir sollten langsam zurück.« Nathan merkt natürlich, dass Alyssia noch immer nicht spanisch redet. Auch wenn sie jetzt nicht mehr sauer auf ihn ist, ändert es nichts daran, wer sie jetzt ist und was sie zu verdrängen versucht. Nathan hält Alyssias Arm fest, als sie losjoggen will.

»Lass uns eine Wette machen. José gibt nächstes Wochenende eine Feier. Wenn ich gewinne, kommst du mit mir für zwei Tage zurück nach Puerto Rico, für zwei Tage zurück nach San Sebastian.«

Erst zögert sie. Nathan sieht sie herausfordernd an. Alyssia gibt ihm schließlich doch die Hand. »Ok, dann streng dich an.« Sie rennt blitzschnell los und Nathan lacht leise, bevor er auch losrennt. Er wird Alyssia zurück nach Puerto Rico bringen, wenn auch nur für zwei Tage. Er verdrängt die Kälte und holt auf, koste es, was es wolle. Sie muss unbedingt zurück in ihre Heimat.


»Nathan hat angerufen, er bringt Alyssia mit!« Elisa wackelt mit den Augenbrauen und sieht noch einmal in den Spiegel. Der Tag heute war anstrengend, nur die Zeit mit Lorin hat sie wieder voll und ganz genossen. Es ist merkwürdig, sie kennen sich kaum, doch Lorin wartet jetzt schon immer am Fenster, und wenn Elisa kommt, springt sie ihr fröhlich entgegen.

Die Heimleitung sagt, dass sie noch nie so viel gelächelt hat wie jetzt, dabei haben sie noch nicht viel unternommen. Sie waren nur in der Klinik, wo sie endlich gute Salben bekommen hat, die ihrer verbrannten Haut wirklich helfen. Es geht Lorin gut mit Elisa und sie genießen ihre gemeinsame Zeit. Das Heim fährt heute für einige Tage in ein Kloster ans Meer. Die Kirche spendiert den Kindern diese schönen Tage. Wenn sie zurück sind, wird Elisa Lorin mit zu sich nach Hause nehmen. Sie weiß noch nicht, was genau sie da tut, doch solange es sich so gut anfühlt, kann es nicht verkehrt sein.

»Ja, komisch, oder? Genau, Nathan, ich hätte nie gedacht, dass er einmal eine Frau mitbringt … Also nur eine und das zur Familie.« Janine lacht und Olivia, die auch da ist, packt ein paar Stücken Kuchen ein. »Überlege mal, bisher war ich immer die Frau, die alle am längsten kennt. Alyssia kennt alle unsere Männer von klein auf. Aber Nathan sagt, dass sich keiner etwas dabei denken soll. Es war einfach seine beste Freundin und er bringt sie mit, mehr nicht.«

Elisa lacht. »Nathan und Alyssia waren nie einfach nur Freunde, es war etwas ganz Besonderes zwischen ihnen, ein ganz festes Band, sie waren immer eins. Mag sein, dass das Band lange nicht benutzt wurde, aber es war so fest, das kann man nicht zerstören. Jede Begegnung, die die Seele berührt, hinterlässt eine Spur, die nie ganz verwehen wird. Sie ist eine sehr Liebe. Ich stelle sie euch vor, wenn sie kommt, ihr werdet sie mögen.«

Janine lächelt. »Das hört sich so romantisch an.« Elisa sieht auf die Uhr, sie muss los, Alonzo wird sicher langsam Hunger haben. Sie schaut auf die Brote und alles, was sie zusammengepackt hat. »Danke für die Medizin.« Janine winkt ab. »Danke für eure Hilfe. Ich wusste nicht, dass es so kompliziert ist, Kuchen für unsere Verlobungsfeier auszusuchen.« Sie hören Arturo und José im Garten lachen. Janine sieht sehnsüchtig in die Richtung und Elisa muss leise lachen. »Du schwebst ja immer noch auf Wolke sieben.«

Die hübsche blonde Verlobte ihres Bruders lächelt. »Ich bin sehr glücklich. Was ist mit Alonzo ... Denkst du, ihr findet wieder zusammen?« Olivia gibt Elisa die Tüte. »Ich weiß es nicht, die Gefühle waren nie weg, aber es ist sehr viel passiert, vielleicht zu viel, das wird wahrscheinlich die Zeit zeigen.« Olivia küsst Elisa auf die Wange. »Hör auf dein Herz, es wird dir schon den richtigen Weg zeigen.«

Elisa will gerade aus der Haustür hinaus, da stellt sich ihr Nando in den Weg, der offenbar auch gerade zu Arturo und José will. Es schnürt Elisa sofort den Hals zu, als er aus seinen dunklen Augen auf sie hinabblickt. Die Schrammen in seinem Gesicht tun ihr leid, aber Alonzo sieht noch schlimmer aus. »Wohin willst du so spät noch?«

Elisa hat gerade überlegt, Nando einfach in den Arm zu nehmen und alles zwischen ihnen Stehende zu vergessen. Sie stehen sich doch besonders nah, normalerweise, doch jetzt zieht sie die

Augenbrauen hoch. »Wie bitte?« Sie hört, wie es im Haus leise wird. Nando greift in ihre Tüte und zieht eine Packung Mullbinden heraus. »Ist das dein Ernst? Du bist bei diesem Verräter? Wäre er nicht, wäre all das mit Toti nicht passiert. Aber jetzt, als er sich mal eben dazu entschlossen hat, einmal ehrlich zu sein, rennst du gleich zu ihm? Du bleibst hier, vergiss es, ich lasse nicht noch einmal zu, dass du in dein Unglück rennst.«

Arturo tritt neben Elisa und sie weiß, dass auch José bei ihnen steht. »Dieser Verräter? Nando, er ist dein bester Freund, wir lieben uns, das haben wir schon immer, schon von klein auf. Der einzige Grund, wieso er auf uns verzichtet hat, warst du. Er wollte dich als Freund nicht verlieren und keiner von uns weiß doch, was passiert wäre, wenn er das nicht getan hätte. Hätte er zu uns gestanden, vielleicht wäre ich trotzdem bei Toti gelandet. Ich war so dumm, mir alles gefallen zu lassen … es … du kannst nicht nur ihm dafür die Schuld geben.

Wieso ich ihm helfe? Wieso ich ihn nicht einfach lasse? Weil ich ihn liebe, Nando. Wie kannst du mich so etwas fragen? Wie kannst du ihn jetzt so behandeln? Wie viel hat er für unsere Familie getan? Für die Familia? Er hat mehr als einmal sein Leben für dich riskiert …« Nando unterbricht sie wütend. »Ich meines auch für ihn.« Elisa blickt ihm in die Augen. Sie sieht, dass er all das gar nicht möchte, sein Stolz bringt ihn dazu. Elisa nimmt ihm die Mullbinden aus der Hand und schüttelt den Kopf. »Wenn ich über all das hinwegkommen kann, dann musst du das jetzt auch können!«

Mit diesen Worten will sie gehen, doch Nando versucht sie festzuhalten, allerdings greift dieses Mal Arturo ein. »Lass sie, Nando, sie hat vollkommen recht, ich finde es auch nicht gut, was Alonzo getan hat, doch das müssen die beiden klären. Ich werde nicht noch einmal zulassen, dass wir Elisa mit unseren Bevormundungen verlieren, sie ist alt genug. Hab genug Vertrauen in deine Schwester, sie weiß, was sie tut.«

Nando setzt an, weiter zu reden, doch Elisa lächelt Arturo dankbar an, steigt ins Auto und fährt davon. Es sind gemischte Gefühle, die sie begleiten, als sie den ihr so bekannten Weg zum Motel einschlägt. Sie achtet darauf, dass niemand ihr folgt. Was passiert mit Alonzo und Nando? Was ist mit ihr und Alonzo? Wird, egal wie sich alles auflöst, immer einer von ihnen auf der Strecke bleiben? Elisa beeilt sich, auf das Zimmer zu kommen. Statt zu klopfen, öffnet sie es wieder mit ihrer Kreditkarte.

Alonzo kommt gerade aus dem kleinen Bad, als sie eintritt. Er trägt nur eine Boxershorts. Elisa hat ihm einige Klamotten mitgebracht. Es war merkwürdig, in sein altes Haus zu gehen, wo er mit seiner Familie gelebt hat, doch ihr wurde da auch schnell klar, dass er dort schon lange nicht mehr wirklich zuhause war. »Hi.« Alonzo sieht sie unsicher an. Seine Verletzungen wirken durch die einzige Beleuchtung vom laufenden Fernseher noch schlimmer, als sie gestern den Eindruck hatte.

»Hi, geht es dir heute besser?« Alonzo wirkt müde. Er ist blass, hat Ringe unter den Augen und legt sich wieder erschöpft auf das Bett. Janine hat sie gebeten, darauf zu achten, ob sich seine Wunden entzünden und hat ihr ein sehr gutes desinfizierendes Mittel mitgegeben. »Etwas, danke für das Essen und alles. Ich hoffe, du hast keine Schwierigkeiten, weil du hier bist.«

Elisa lacht kurz hart auf beim Gedanken an Nando, verkneift sich aber einen Kommentar. Sie reicht ihm ein belegtes Brot und legt die neuen Essensvorräte und Getränke in den Kühlschrank, stapelt die Wäsche auf einem Stuhl und zieht sich dann ihre lange Strickjacke aus. Sie trägt nur noch eine Stoffshorts und ein Top, als sie sich die Medikamente nimmt und zu Alonzo ans Bett setzt.

Er beobachtet stumm jede ihrer Bewegungen, aber es fällt ihm zunehmend schwerer, seine Augen aufzuhalten, er ist noch zu schwach. »Wie geht es Lorin?« Alonzo schließt die Augen, als Elisa beginnt, ganz vorsichtig die Verbände an seiner Brust abzunehmen, die Wunden zu reinigen und zu desinfizieren und anschließend wieder zu verbinden. Sie erzählt ihm dabei von Lorin. Er beobachtet sie liebevoll, doch als sie noch die letzten Wunden an seinem Gesicht betrachtet, verliert er langsam den Kampf gegen die Müdigkeit.

Elisa fühlt, dass er noch leicht fiebert, wenn auch nicht so schlimm wie gestern. Sie legt die Medizin und das Verbandszeug zur Seite, auch sie ist erschöpft und müde.

Als sie die Decke über ihm ausbreitet, öffnet er noch einmal müde die Augen. Elisas Herz zieht sich zusammen, wie sehr sie diesen Mann liebt. »Bleib bei mir, mein Schatz, nur dieses eine Mal!« Er hebt die Decke. Elisa stockt. Ihr fallen tausend Gründe ein, warum sie das nicht tun sollte; als Erstes Nandos wütendes Gesicht, doch dann macht sie es so, wie es ihr Cassandra geraten hat.

Sie schiebt alles andere beiseite und hört auf ihr Herz. Vorsichtig legt sie sich neben ihn, bedacht darauf, ihm nicht noch mehr weh-zutun. Sein Geruch, diese ihr so vertraute und schöne Nähe, sind überwältigend. Als sie sich ihm zuwendet, fasst er mit seiner Hand an ihre Wange. Alonzo schließt die Augen und atmet tief ein. Eli-sas Herz stockt, als sie sieht, wie ihm eine Träne die Wange herun-terläuft.

»Alle Schmerzen, alles andere ... Es war es wert, wenn ich dich jetzt hier bei mir habe. Ich hoffe, dass du eines Tages begreifen wirst, wie sehr ich dich liebe, Guapita!«

Er öffnet die Augen nicht mehr. Elisa legt ihre Wange an seine nackte Brust, atmet seinen Duft tief ein, während er sie umarmt, und dann schließt auch sie ihre Augen. Sie spürt hin und wieder einen Kuss auf ihren Haaren, doch es dauert nicht lange, bis auch sie tief und fest schläft.

Egal, was war, sie schläft so gut wie lange nicht mehr, und das, weil sie in dem Moment spürt, dass sie endlich Zuhause ist.

Nicht nur San Sebastian, ihre Familie, die Los Natos bedeuten ihr Zuhause, diese Arme, diese Wärme und die Liebe von Alonzo, das ist es, was für sie auch zu ihrem Zuhause gehört. Und endlich fühlt sie sich wieder komplett.

# Kapitel 10

»Vielleicht sollte ich mir noch so ein paar Mützen holen, die stehen mir!« Tajo und Nathan steigen aus dem Auto. »Wirklich? Und was willst du in Puerto Rico damit machen? Bald hast du wieder fünfunddreißig Grad im Schatten.« Tajo lacht und setzt sich seine Mütze auf. »Ich kann es kaum mehr erwarten. Noch vier Tage und du hast uns wieder, geliebtes Puerto Rico. Trotzdem nehme ich ein paar mit. Vielleicht schneit es auch mal bei uns, man kann ja nie wissen.« Nathan schüttelt nur den Kopf, und sie gehen zur Cafeteria des Colleges von Alyssia.

Seitdem sie sich wieder angenähert haben, haben Alyssia und Nathan viel Zeit zusammen verbracht. Das Wochenende und den Montag über waren sie zusammen, Alyssia ist erst heute wieder zum College gegangen. Wie früher haben sie sich abgeseilt von allen, manchmal im Gästehaus, manchmal sind sie spazieren gegangen. Es gab vieles, was sie nachzuholen hatten. Es ist schon merkwürdig, wie fremd sie sich in der einen Sekunde noch waren, und wie vertraut und nah dann plötzlich.

Es gab für ihn keine Sekunde lang einen Zweifel, Alyssia alles zu erzählen, alles, was in seinem Leben passiert ist und wie sehr ihn vieles mitgenommen hat. Als er ihr vom Tod seiner Eltern, von Gabriel, dass er nur ihr Halbbruder ist und von Elisa und Toti erzählt hat, hat Alyssia um seine Familie geweint, sie kennt sie alle ja auch schon von klein auf. Es hat Nathan gut getan, mit ihr über alles zu reden, was während der letzten Jahre passiert ist. Sie saßen einfach stundenlang da und haben alles aufgeholt, was sie in den letzten Jahre beim anderen verpasst haben.

Alyssia hat ihm erzählt, wie sie sich hier in Kanada eingelebt hat, wie sehr sie am Anfang ihre Stiefmutter gehasst hat und wie schlecht ihr Verhältnis zum Vater geworden ist. Sie kann es nicht abwarten, wieder auszuziehen. Sobald Ruhe eingekehrt ist, will sie sich Arbeit suchen und eine eigene Wohnung. Sie verrät ihm auch, dass sie nur Medizin studieren möchte, weil sie es nicht akzeptieren kann, dass jemand wie ihre Mutter noch an einer Lungenentzündung sterben musste. Sie möchte die beste Ausbildung bekommen, um dann in ärmere Länder zu gehen und den Menschen mit ihrem Wissen zu helfen.

Alyssia war für Nathan schon immer etwas ganz Besonderes. Doch je mehr Zeit er jetzt wieder mit ihr verbringt, umso mehr spürt er, was da für eine besondere Verbindung zwischen ihnen ist. Natürlich hat Nathan ihre Wette gewonnen, also fliegt Alyssia mit Tajo und ihm in vier Tagen für zwei Tage zurück nach Puerto Rico.

Mittlerweile freut sie sich richtig. Oskar war nicht ganz so begeistert, aber da Alyssia ihm nach der Geschichte mit den Briefen eh noch aus dem Weg gegangen ist, hat er schließlich zugestimmt, auch wenn Alyssia so oder so mitgekommen wäre. Sie ist alt genug und braucht die Zustimmung ihres Vaters nicht mehr.

Die Bauarbeiten laufen, deswegen hat Nathan auch nicht sehr viel Zeit für Alyssia. Sie helfen den Arbeitern, geben Anweisungen, wie, wo, was ausgebessert werden soll. Zudem hat Nathan für Oskar und seine Firma einen Manager aufgetrieben, der es schaffen soll, seinen Umsatz wieder anzukurbeln. Mit seiner Hilfe und seiner Unterstützung wird Oskar sein Unternehmen wieder aus den roten Zahlen bringen. Nathan hat den Manager für zwei Monate Hilfe bezahlt.

Langsam aber versteht Nathan, warum Oskar sie angerufen hat. Zwei Nächte hintereinander war jemand am Grundstück, Chilli hat gejault. Da aber weiterhin noch immer einer von ihnen wach ist, solange, bis das Gebiet vollkommen abgesichert ist, sind diejenigen schnell wieder abgehauen, als sie gemerkt haben, dass jemand da und wach ist.

Nathan hat aber jedes Mal die frischen Autospuren gesehen. Ohne die Anwesenheit von Tajo und ihm wäre sicherlich irgendetwas passiert. Auch war er dabei, als vier Stunden am Stück Telefonterror auf dem Haustelefon gemacht wurde. Nathan hat Simo gebeten, die Leitungen zu überprüfen. Sie schaffen es oft, Anrufe zurückzuverfolgen, doch der Anrufer muss eine sehr gesicherte Leitung haben. Es ist klar, dass jemand hinter der Familie her ist, doch nicht wer und warum.

Nathan bezweifelt aber, dass es Nima und die Salva Miri sind. Keine Familia macht sich wochenlang die Mühe, eine Familie zu terrorisieren. Sie kommen, erledigen das, wozu sie da sind und gehen wieder, so kennt er es zumindest. Alle sind besorgt, selbst Amanda spürt immer mehr, dass etwas nicht stimmt. Nur Alyssia macht sich am wenigsten Gedanken darüber, sie sagt jedes Mal, wenn Nathan davon spricht, dass all dies nach einer gewissen Zeit aufhören wird.

Ein Motor heult auf und sie drehen sich um. Wieder rast der graue Geländewagen davon, als sie über den Parkplatz laufen. Nathan rennt ihm hinterher, versucht ein Nummernschild zu erkennen, doch der Wagen ist zu schnell. Nathan flucht, als Tajo hinter ihm auftaucht. »Glaubst du, das war die Person, die hinter all dem steckt?« Sie wenden sich und gehen wieder in die Richtung der Cafeteria.

»Zumindest habe ich ihn jetzt schon öfter hier gesehen, aber jedes Mal haut er ab, wenn ich komme.« Sobald sie die Cafeteria betreten, wird Nathan gleich wieder wärmer, besonders als er sieht, wie Alyssia mit dem Rücken zu ihnen steht. Sie ist an einen Tisch gelehnt und konzentriert sich auf einen Mann, der auf einem Stuhl sitzt und ihr lächelnd ins Gesicht sieht.

Vor den beiden liegen mehrere Blätter, auf die Alyssia jetzt auch zeigt, doch Nathan ist sich sicher, dass sich der Typ mehr erhofft, als nur ein paar Sachen erklärt zu bekommen. Ohne zu zögern geht Nathan zu den beiden, umfasst Alyssias Hüfte und gibt ihr einen Kuss auf die Wange.

Sie stellt sich überrascht auf, doch lächelt dann augenblicklich und umarmt ihn. Sie waren die letzten drei Tage so viel zusammen, dass er sie den ganzen Vormittag schon richtig vermisst hat. »Hi, seid ihr schon da?« Sie sieht auf die Uhr und verzieht ihr Gesicht.

»Mist, ich habe gar nicht auf die Uhrzeit geachtet, ich habe doch Amanda versprochen, ihr und ihren Freunden beim Kuchenbacken für die Schule zu helfen. Ich muss nur noch kurz etwas aus meinem Spind holen, es dauert nur eine Minute. Ich erkläre dir den Rest morgen, Matthias. Wenn etwas ist, ruf einfach später an.«

Der Mann mustert Nathan und der grinst ihn fröhlich an, als Alyssia sich verabschiedet und zusammen mit Nathan zu Tajo geht, der amüsiert an die Tür gelehnt dasteht und sie beobachtet. Alyssia gibt auch ihm einen Kuss auf die Wange und geht schnell hinüber ins Hauptgebäude. »Ihr seid merkwürdig, von einer Sekunde auf die andere hasst ihr euch und jetzt seid ihr wieder unzertrennlich, als wären die zehn Jahre nie gewesen. Es ist wieder da ... Nathan und Alyssia.« Nathan zuckt die Schultern. »Kann sein, vielleicht war es auch nie wirklich weg, dieses Nathan und Alyssia.«

Tajo legt den Arm um seinen besten Freund. »Dir ist schon klar, dass ihr keine Kinder mehr seid? Dass diese Nähe zwischen euch jetzt eine andere Bedeutung hat, dass ihr wissen müsst, ob ihr wirklich nur Freunde oder mehr seid?« Nathan sieht, wie Alyssia wiederkommt, zusammen mit dem Mädchen, welches sie ihm als ihre beste Freundin Marissa vorgestellt hat. »Keine Ahnung, Tajo, ich meine, wir sind jetzt hier in Kanada, sie kommt mit nach Puerto Rico. Aber was dann? Vielleicht sehen wir uns danach wieder zehn Jahre nicht. Ich habe nicht vor, irgendetwas Festes mit irgendjemandem anzufangen, du solltest mich kennen.« Tajo lacht und nimmt den Arm von ihm, als die Frauen auf sie zusteuern. »Glaub mir, du bist der Letzte, von dem ich denken würde, dass er etwas Festes anfängt. Aber wir reden nicht von irgendjemandem, wir reden von Alyssia!«

Drei Stunden später schwirren Nathan Tajos Worte noch immer im Kopf herum. Alyssia behandelt ihn wie einen guten Freund, begrüßt ihn wie Tajo. Sicherlich ist viel mehr Vertrautheit und Nähe zwischen ihnen, doch er kann nicht einmal einschätzen, ob da mehr von ihrer Seite ist oder sein könnte. Sie sind schon so eng, das Band zwischen ihnen durch ihre Kindheit so fest geknüpft, dass er es gar nicht einfach so sagen kann. Er kann nicht unterscheiden, ob die Gefühle, die er für Alyssia hat, freundschaftlich oder etwas anderes sind. Obwohl er auch früher nie wirklich nur Freundschaft zwischen ihnen gesehen hat, es war einfach immer seine Alyssia, er kann all das gar nicht mehr trennen.

Er war zwei Stunden mit den Arbeitern am Zaun. Alyssia und fünf kleine Mädchen haben Kuchen gebacken, während Tajo sich schlafen gelegt hat. Als Alyssia jetzt mit Oskar die kleinen Mädchen nach Hause bringt, geht Nathan ins Gästehaus, wo es plötzlich sehr warm ist. Die Heizung muss nochmal aufgedreht worden sein. Tajo ist wach, er steht nur in Shorts an der geöffneten Tür zum Hallenbad und sieht hinein. »Wir haben Besuch!«

Nathan folgt Tajos Blick und sieht, wie Kylie sich gerade aus dem Hallenpool stemmt und ihn anlächelt. »Hallo Nathan, ich hatte Alyssia heute gefragt, ob ich ihren Pool benutzen darf. Unserer ist zur Zeit kaputt und ich muss unbedingt für einen Wettbewerb trainieren. Hat sie euch nicht Bescheid gegeben?« Es ist offensichtlich, dass Kylie viel Sport treibt, ihr Körper ist in Topform. »Nein, sie hat nichts gesagt, aber es ist bestimmt kein Problem.«

Tajo reicht Nathan eine Flasche Cola. »Du musst noch den Leuten zeigen, wo du die Sprechanlage hin haben wolltest.« Tajo grinst und hebt die Flasche. »Bis später, Kylie!« Sobald sie alleine sind, läuft Kylie lasziv an Nathan vorbei zum anderen Ende des Pools. »Also du bist ein alter Freund von Alyssia?« Nathan nickt. Sie hat einen sehr knackigen Po, Kylie wäre das perfekte menschliche Ebenbild von Barbie. Ihr Bikini ist so knapp, dass man sich der Perfektion ihres Körpers sicher sein kann.

»Weißt du, mir ist sofort aufgefallen, dass ihr nicht von hier seid, ihr wirkt so anders … gefährlicher, aufregend.« Nathan beobachtet jede ihrer Bewegungen. »Findest du?« Sie nickt und tritt ans Ende des Pools, dann springt sie gekonnt hinein. Als sie auftaucht, lächelt sie ihn an. »Hast du nicht Lust etwas mitzuschwimmen. Wir könnten ein Spiel machen, eine Wette.« Nathan will gerade fragen, was der Einsatz ist, da taucht plötzlich Alyssia neben ihm auf und sieht verwundert in das Wasser. Er hat sie gar nicht kommen gehört.

»Was machst du hier, Kylie?« Nun kommt auch Tajo wieder. »Ich habe dich doch heute gefragt, ob ich hier üben kann.« Sie lächelt gerissen und schwimmt weiter. »Ich kann mich nicht daran erinnern, dir eine Antwort gegeben zu haben, wir wurden beim Reden unterbrochen.« Nathan sieht sofort, dass Alyssia wütend ist. Tajo stellt sich zu ihnen, auch sein Blick gleitet wieder über Kylies Körper. »Lass sie doch, uns stört das nicht.«

Kylie lächelt. Alyssia sieht zu ihnen, schüttelt den Kopf, dreht sich um und geht wieder. »Na gut, viel Spaß euch noch.« Kylie kommt wieder aus dem Pool in ihre Richtung. »Meine Güte, ich bin nicht mehr so sicher, ob Puerto Rico die schönsten Frauen hat.« Tajo ist begeistert, auch Nathan gefällt, was er sieht. Doch er blickt auch zur Tür, hinter der Alyssia gerade verschwunden ist. »Normalerweise würde sich Nathan Nato so etwas nie entgehen lassen, niemals die letzten zehn Jahre, komme was wolle …«

Nathan weiß, worauf sein bester Freund hinauswill und klopft ihm auf die Schulter. »Viel Spaß, denk dran, du hast heute Wache.« Tajo reibt sich die Hände. »Ich werde eh nicht schlafen.« Als Nathan zur Tür hinaus will, ruft ihn Tajo noch einmal. »Nathan … Das ist so ein Punkt, an dem sich entscheidet, ob da mehr als nur Freundschaft ist.« Nathan lacht leise und zeigt ihm, was er davon hält. »Du redest nur Blödsinn!«

Nathan weiß, dass er jetzt eine Menge Spaß haben könnte, doch es fällt ihm überhaupt nicht schwer, ins Haupthaus zu gehen. Unauffällig geht er nach oben und begegnet zum Glück auch keinem. Sicherlich würde niemand etwas sagen, doch es wäre ihm unangenehm, gesehen zu werden, wenn er zu Alyssia aufs Zimmer geht. Er bereut es keine Sekunde, der heißen Blondine das gemütliche Zimmer von Alyssia und sie selbst vorgezogen zu haben. Er spürt es sofort, als er ihr Zimmer betritt.

Sie sitzt am Schreibtisch und öffnet gerade einen Laptop. »Was machst du hier? Es sah so aus, als wolltest du deinen Spaß haben da unten.« Nathan schiebt den schlafenden Chilli etwas weiter nach unten auf Alyssias großes Bett und zuckt die Schultern. »Den Spaß hat jetzt Tajo. Würde es dich stören, wenn ich meinen Spaß hätte?« Nathan zieht sich seinen Pullover aus und ist sich Alyssias Blick auf sich sehr gut bewusst. Er überlegt, auch sein Shirt auszuziehen, doch dann streift er sich nur die Schuhe ab und legt die Waffe auf eine der vielen Kommoden.

Anstatt auf seine Frage zu antworten, deutet Alyssia auf die Waffe. »Ich werde mich daran nicht gewöhnen. Weißt du noch, als wir fünf waren und du eine Spielzeugwaffe hattest? Da habe ich das auch schon gehasst.« Nathan lächelt und legt sich auf Alyssias Bett. »Ich habe alle erschossen, die in deine Nähe gekommen sind.« Alyssia lacht leise und beginnt, auf ihrem Laptop zu tippen. »Ich muss noch einen Aufsatz überarbeiten, den ich morgen abgeben muss, danach können wir uns einen Film ansehen oder so etwas.«

Nathan gähnt und stellt seinen Handywecker auf die Uhrzeit, zu der er Tajo ablösen muss. Er sieht einen Anruf von Nando und einen von Arturo, doch er ist zu müde, um zurückzurufen. Die Nächte, die sie sich immer abgewechselt haben, um Wache zu halten und alles abzusichern, zeigen ihre Wirkung. Er fühlt sich einfach wohl mit Alyssia und kann gut abschalten von allem.

Alyssia steht auf und geht in ihren begehbaren Kleiderschrank. »Tajo hat mir erzählt, dass du in Puerto Rico viele Freundinnen hast.« Nathan sieht sie nicht, aber hört ihre Stimme. »Ich habe keine Freundin, ich habe meinen Spaß.« Er hört, wie eine Schublade geöffnet wird. »Sind die Frauen immer so wie … Kylie?« Nathan ahnt, worauf sie hinaus will, doch er geht auf so einen Blödsinn nicht ein.

»Du weißt doch, dass die Frauen in Puerto Rico nicht so hell sind.« Alyssia lacht leise. »Ich weiß, da waren alle viel dunkler als ich, hier sind alle viel heller. Ich bin immer so ein Mittelding, das nirgendwo richtig reinpasst.« Als Alyssia wieder aus dem Kleiderschrank kommt, trägt sie eine Jogginghose und ein weites Shirt. Sicherlich hat sie eine andere Figur als Kylie. Sie hat zwar auch schlanke Beine, aber ist oben herum nicht ganz so durchtrainiert. Sie hat keine Modelfigur, aber Nathan ist das egal. »Du bist kein Mittelding, und das warst du auch nie.«

Alyssia sieht ihn einen Moment an, dann lächelt sie und wendet sich wieder ihrer Arbeit zu. »Wenn du mich morgen abholst, wollen wir dann etwas für José und seine Verlobte als Geschenk kaufen gehen?« Nathan schließt die Augen. »Wir kommen, reicht das nicht als Geschenk?« Alyssia lacht und Nathan bekommt ein Kissen an den Kopf, lässt seine Augen aber geschlossen. »Okay, wir kaufen etwas.«


Nathan öffnet seine Augen erst wieder, als sein Handy klingelt. Er greift danach und merkt erst dann, dass er ja bei Alyssia im Bett liegt und nicht nur das, mittlerweile liegt sie neben ihm. Nathan lächelt, als er in ihr schlafendes Gesicht sieht, das ihm zugewandt ist, als hätte sie ihn beim Schlafen beobachtet. Vorsichtig, um sie nicht zu wecken, gibt er ihr einen Kuss auf die Wange, bevor er sich leise aus dem Zimmer schleicht.

Chilli, der ja eigentlich als Wachhund dienen sollte, grummelt nur etwas und dreht sich noch einmal um, bevor er weiterschläft. Nathan trifft vor dem Haus auf Tajo, der gerade das Tor schließt. »Hattest du deinen Spaß?« Sein bester Freund sieht entspannt aus. »Es war sehr gut, wir sollten öfter kanadische Frauen nach Puerto Rico holen. Kylie hat gesagt, dass sie im Sommer ihre Ferien bei uns verbringen möchte und Freundinnen mitbringt.« Nathan begleitet seinen Freund ins Gästehaus. »Da werden sich einige freuen. Leg dich schlafen, du siehst aus, als könntest du das dringend brauchen.«

Nathan geht das Gelände ab. Als er wieder zum Gästehaus kommt, ist es bereits überall ruhig, Tajo schläft auch. Nathan zieht sich die Jacke richtig zu, holt sein Handy heraus und wählt eine ihm nur zu gut bekannte Nummer. Es klingelt einige Male und

126

Nathan fällt ein, dass es in Puerto Rico nur zwei Stunden Zeitunterschied sind.

»Ja?« Nathan sieht in den Sternenhimmel, ausnahmsweise schneit es mal nicht.

»Ich bin's.«

»Das ist mir klar. Was ist los, ist alles in Ordnung?« Nathan weiß, dass Nando geschlafen hat. Er hört das Rascheln der Bettdecke. »Es ist nichts passiert, ich komme erst jetzt dazu zurückzurufen. Hast du dich wieder mit Alonzo vertragen?«

»Nein!« Das Thema sollte wohl besser erst einmal gemieden werden.

»Damals … als du Lina kennengelernt hast … wie schnell hast du aufgehört, etwas mit anderen Frauen zu haben?«

»Keine Ahnung, sobald ich gemerkt habe, dass ich mehr für sie empfinde. Das kommt ganz von allein, wenn da echte Gefühle im Spiel sind, willst du keine andere Frau mehr, nicht wirklich.«

Sie schweigen beide und Nathan sieht hoch zu Alyssias Zimmer.

»Wie geht es Alyssia?« Nathan kann Nandos Grinsen heraushören und knackt seine Schultern. »Sie schläft, die Frage hatte nichts mit ihr zu tun. Ich gehe jetzt auch schlafen.« Er hätte das Thema gar nicht ansprechen sollen und will es schnell wieder beenden.

»Natürlich nicht … Schlaf gut, ich sage dir morgen, wann euch Freitag der Jet abholt.«

Nathan bleibt den Rest der Nacht an diesem Platz sitzen. Immer wieder sieht er zu Alyssia hoch, denkt über sie beide nach, über sein Leben, wie es weitergehen soll, wie er es vereinbaren kann, dass er keine Beziehung will, Alyssia ihm aber so wichtig ist. Als er beim Sonnenaufgang zu Tajo ins Haus geht und sich schlafen legt, während dieser aufsteht, ist er noch genauso verwirrt, wie er es war, nachdem er neben Alyssia aufgewacht ist.

# Kapitel 11

Elisa sitzt auf dem Bett im Motel und sieht verträumt aus dem Fenster. Alonzos Duft liegt im Raum … Aber er ist nicht mehr da.

Nachdem sie die Nacht bei ihm geschlafen hat, ist sie am nächsten Morgen gegangen, bevor er richtig wach wurde. Sie ist an dem Tag nicht mehr gekommen, auch heute wollte sie eigentlich von Alonzo wegbleiben.

Es verwirrt sie, all das verwirrt sie. Elisa wollte das alles so nicht. Sie wollte nicht, dass es wieder zu solch einer Nähe zwischen ihnen kommt, will sich nicht noch einmal in der Hoffnung für die Liebe zwischen Alonzo und ihr verlieren, will dieses eigenständige und freie Gefühl, das sie erst seit Kurzem kennt und in sich trägt, nicht wieder aufgeben. Alonzo ist noch nicht einmal lange von seiner Frau getrennt, aber trotzdem ist Elisa jetzt am Abend doch wieder hergefahren.

Der Besitzer des Motels hat ihr gleich gesagt, dass Alonzo schon seit einiger Zeit weg ist, seine Sachen aber noch da sind. Außerdem ist auch noch für einige weitere Tage das Zimmer bezahlt. Elisa ist trotzdem aufs Zimmer gegangen, vielleicht, um zu gucken, ob er ihr eine Nachricht dagelassen hat, doch sie hat nichts gefunden.

Er muss sich einige Verbände abgemacht und geduscht haben, doch ansonsten ist hier nichts Auffälliges. Sie wartet eine Stunde, hängt ihren Gedanken und Erinnerungen hinterher, fragt sich, warum sie so dumm ist und hier im Zimmer herumhockt, wo er auch schon längst wieder bei seiner Familie sein könnte.

Nach allem, was zwischen ihnen war, wie viele Steine oder eher gesagt Felsbrocken ihnen in den Weg gelegt wurden und sie sich selbst damit den Weg zueinander versperrt haben, nach all dem kann sie doch nicht ernsthaft daran denken, dass es funktionieren könnte oder er Hoffnung für sie hat? Er wurde von ihrem Bruder krankenhausreif geschlagen. Wenn er wirklich schlau ist, wenn er auch nur noch ein wenig Verstand in sich trägt, vergisst er all das hier, lässt alles hinter sich, kehrt zu seiner Frau und Jason zurück und beginnt ein neues Leben ohne Natos, ohne sie. Wahrscheinlich hat er das bereits getan.

Genau in dem Moment, als sie das Hotel verlassen möchte, öffnet sich die Tür und Alonzo kommt mit einer Tüte herein. Elisa würde ihm am liebsten in die Arme fallen. Egal was sie die ganze Zeit über denkt und was davon auch wahr sein mag, es tut so gut, ihn zu sehen. Er sollte doch derjenige sein, der dieses letzte bisschen Verstand für sie beide und gegen eine gemeinsame Zukunft einsetzt, doch sie ist unendlich erleichtert zu sehen, dass er doch nicht für immer gegangen ist.

»Ich dachte, du wärst gegangen … für immer!« Alonzo stellt die Tüte ab und zieht den Pullover aus, der die meisten seiner Verletzungen verbirgt. Darunter trägt er nur ein Shirt. Er ist noch immer so übersät von Verletzungen, dass sich Elisas Herz zusammenzieht, doch in seinen Augen erkennt sie, dass er zwar verletzt aber nicht gebrochen ist.

Stolzer als jemals zuvor und vielleicht auch endlich etwas freier, da ja nun auch er die Last ihrer geheimen Liebe von seinen Schultern hat, lächelt er sie an und kommt näher. »Ich war mir nicht sicher, ob du noch einmal herkommst, aber ich wäre dann jetzt direkt zu dir gefahren.« Elisa schüttelt ganz leicht den Kopf. »Das hättest du nicht machen dürfen. Wer weiß, was dann passiert wäre.«

Alonzo kommt noch näher, seine dunklen Augen bohren sich liebevoll in ihre. »Nando hat seine Wut herausgelassen, es war verständlich, dass er so ausgerastet ist. Doch das bedeutet nicht, dass ich mich jetzt davon abhalten lasse, bei dir zu sein, nie wieder, Elisa, verstehst du das? Von niemandem!« Elisa spürt ihre Tränen kommen, doch sie hält sie zurück.

Alonzo nimmt ihre Hand in seine, trennt den Augenkontakt nicht und verschränkt ihre Finger miteinander. »Ich werde nicht weggehen, nicht ohne dich. Die einzige Person, die mich davon abhalten kann, bei dir zu bleiben, bist du selbst, wenn du mich wegschickst. Solange du das nicht tust, kann mich niemand davon abhalten, das zu tun, was ich schon all die Jahre davor hätte tun sollen: Für uns und unsere Liebe zu kämpfen!

Ich war gerade bei meinem Onkel. Erinnerst du dich an ihn? Ich habe dich einmal mitgenommen zu ihm.« Elisa erinnert sich. Dort steht noch immer ein leeres Haus seiner Familie. Sie wollten, dass Alonzo dort hinzieht und ihren gut laufenden Familienbetrieb weiterführt, den jetzt erst einmal der Onkel übernommen hat, da Alonzo San Sebastian nie verlassen wollte.

»Ich würde gern dorthin ziehen und neu anfangen. Du weißt, dass unser Haus am Meer liegt, es wäre perfekt für uns beide … und Lorin, wenn du das gerne möchtest. Es ist noch nah genug an San Sebastian, dass Jason zu uns ziehen kann, wenn er das möchte …« Nun kann Elisa nicht mehr, und die ersten Tränen verlassen ihre Augen. »Du musst nicht, Guapita, denk darüber nach. Aber ich würde gerne versuchen, all die Schmerzen und was passiert ist wieder gutzumachen, einfach alles Schlechte hinter uns zu lassen.«

Elisa versucht, ihre Gedanken ruhig zu sortieren, doch das Gefühlschaos in ihrem Herzen und in ihrem Magen machen das unmöglich. »Ich habe niemals … Es war für mich all diese ganzen Jahren niemals auch nur eine Option, daran zu glauben, dass wir beide eine gemeinsame Zukunft haben könnten, auch nicht, als ich zurück war. Und jetzt sagst du es einfach so, als wäre gar nichts dabei.«

»Wie sollte es nicht möglich sein, bei all der Liebe, die noch zwischen uns ist. Ich liebe dich mehr als alles andere, Elisa, und ich werde nicht müde werden, es dir zu beweisen, du musst mir nur noch einmal die Chance dazu geben. Ich bitte dich, mir diese Möglichkeit zu geben.« Elisa lächelt müde. »Wie sollte ich es nicht tun? Es hat niemals irgendjemand anderes deinen Platz in meinem Herzen eingenommen.« Die letzten Worte waren nur noch ein Flüstern, da Alonzo ihr Gesicht zärtlich in seine Hände genommen hat und sie küsst, kaum, dass ihre letzten Worte verklungen sind.

Dieses Gefühl ist unglaublich und berauschend. Wie schon am Strand schließen sich augenblicklich alle schmerzenden Wunden in Elisa. Es ist, als wären sie wieder so jung, Alonzo nie weggewesen und die schmerzhaften Jahre dazwischen niemals passiert.

Elisa ist wie berauscht von diesem Gefühl. Je intensiver Alonzo sie küsst, desto mehr reagiert ihr ganzer Körper. Sie seufzt zufrieden auf, als seine Lippen sich von ihren trennen und ihren Hals entlangfahren, während Alonzo sie zum Bett dirigiert. »Ich bete jeden Tag zu Gott, dass ich dir beweisen kann, wie sehr ich dich liebe.« Als Elisa auf dem Bett liegt, beugt sich Alonzo vorsichtig zu ihr hinunter. »Wenn wir zusammen sind, ist alles wieder gut, vielleicht bist du meine Heilung.« Alonzo lächelt. »Ich werde alles dafür geben.«

Wieder vereinen sich ihre Lippen. Je näher sie sich kommen, je intimer sie werden und je mehr auch noch die allerletzten Mauern fallen, die sie beide so krampfhaft all die Jahre zwischen ihnen zu erhalten versucht haben, desto stärker spüren sie, dass dies etwas ganz Besonderes ist, ein Neuanfang von etwas, das nie hätte enden dürfen.

Alonzo ist vorsichtig, er liebkost Elisas Narben und Verletzungen, die sie geprägt, aber nicht gebrochen haben. Elisa kann nichts mehr zwischen ihnen ertragen. Im selben Moment, als er in sie eindringt, hält auch er ehrfürchtig ein, denn sie spüren beide mit aller Gewalt, dass nun etwas zusammengefunden hat, was nie hätte getrennt werden dürfen. Elisa stöhnt auf. Alonzo küsst erst ihr Kinn und dann ihre Lippen. Seine Augen suchen die ihren, ihre Finger verschlingen sich ineinander.

»Schwöre mir, nie wieder zuzulassen, dass wir getrennt werden!« Alonzo küsst wieder ihre Lippen. »Ich schwöre es bei meinem Leben, Guapita, ich liebe dich!« Elisa küsst ihn zurück und sie lieben sich sehr lange. Sie genießen sich und ihre Liebe in dieser

Nacht immer wieder. Elisa spürt zum ersten Mal seit Ewigkeiten tief in sich das Gefühl, dass sie angekommen ist und alles gut wird.

»Meinst du, es wird ihnen gefallen?« Alyssia dreht das Ding in ihrer Hand hin und her und lässt es im schwachen Tageslicht aufblinken. Nando und Oskar waren heute in einem Waffenladen. Sie brauchen zum Schutz einige Waffen im Haus, doch sie haben hier nur Jagdwaffen gefunden. Nathan wird ihnen aus Puerto Rico welche mitbringen müssen. Anschließend ist er Alyssia vom College abholen gefahren und sie beide sind etwas für seinen Bruder und seine Verlobte besorgen gewesen.

Es hat lange gedauert, bis sie etwas gefunden haben, bei dem Alyssia verzückt aufgejauchzt und ihm ständig erzählt hat, dass dieses Symbol das Ewigkeitssymbol darstellen soll. Verziert mit vielen teuren glänzenden Steinen, sieht es auch in Nathans Augen gut aus. Er weiß, dass Janine solche Sachen auf ihrer griechischen Säule neben vielen Bilderrahmen sammelt, zusätzlich haben sie das teure Stück noch gravieren lassen.

'Auf dass eure Liebe ewig hält, Nathan & Alyssia'

»Die Gravur war vielleicht etwas zu viel, aber ansonsten bestimmt.« Alyssia lacht und schlägt ihm leicht auf den Arm.

Nathan kann es nicht genau sagen, aber vielleicht hat die Nacht gestern, auch wenn nichts weiter zwischen ihnen passiert ist, doch etwas verändert. Er spürt es an den Blicken von Alyssia, wie sie ihm heute zur Begrüßung noch freudiger um den Hals gefallen ist, ihr Kuss auf seine Wange etwas länger war. Als sie in der Shopping-Mall waren, hat sie ihn an die Hand genommen, um ihn zu einem Geschäft zu locken. Nathan hat ihre Hand noch eine ganze Weile weiter gehalten, es hat sich gut angefühlt.

Als sie jetzt auf das Grundstück fahren, merken sie sofort, dass etwas nicht stimmt. Amanda läuft unruhig umher. Als sie sie entdeckt, kommt sie sofort angelaufen. »Chilli ist weg!« Nathan und Alyssia kommen kaum dazu auszusteigen. »Was heißt weg?« Tajo kommt und beißt gerade von einem Brot ab. »Wir waren einkaufen, es waren noch einige Bauarbeiter hier, die haben aber nichts mitbekommen, doch seit wir wieder da sind, hat sich Chilli nicht mehr blicken lassen.«

Er wendet sich an Amanda, die sich zu Alyssia stellt. »Ich wette, Chilli war es zu laut, der hat sich irgendwo verkrochen und schläft, er ist alt und müde.« Alyssia sieht sich um.

»Tajo hat bestimmt recht. Komm, wir bringen das ins Haus und dann gucken wir noch einmal überall.« Als die beiden ins Haus gehen, sieht Nathan ihnen hinterher. Tajo nimmt ihm währenddessen ihr Geschenk aus der Hand und sieht es sich an.

Erst als sein bester Freund ihm an die Stirn fasst, hört Nathan auf zu träumen und geht zum Gästehaus. »Lass den Scheiß!« Tajo lacht. »Bist du krank? Das ist ja so richtiger Beziehungsscheiß, wir kaufen zusammen Geschenke und so etwas.« Nathan lacht. »Mein Bruder verlobt sich, mehr ist da nicht.« Sobald sie im Haus sind, zieht sich Nathan seine dicken Sachen aus, er will ein paar Bahnen schwimmen.

»Bei Gabriels Hochzeit haben wir Kuchen und Bier gekauft. Das machen Männer, Beziehungsmenschen kaufen ... solche Figuren.« Nathan schmeißt seinen Pullover nach seinem besten Freund. Natürlich hat er recht, doch er wird das nicht zugeben. »Ich habe Aurora ein Armband geschenkt zur Hochzeit, also mach daraus nicht so ein großes Ding.« Tajo lacht immer noch. »Ich sage gar nichts, aber ich bin gespannt auf die Kommentare und die Augen deiner Brüder, wenn sie das sehen.«

Erst als Nathan endlich in das warme Wasser springt, gibt Tajo Ruhe. Nathan schwimmt sich alles ab. Er selbst erlebt und fühlt einiges ganz neu und hat auf vieles selbst keine Antworten. Es tut gut, sich so richtig im Wasser zu verausgaben. Er hört erst auf, als plötzlich Amanda am Beckenrand steht und zu ihm hinunter blickt. »Chilli ist immer noch nicht da.« Hinter ihr taucht Alyssia auf, die etwas verlegen wegsieht, als Nathan aus dem Becken steigt.

»Er wird schon wieder auftauchen. Was haltet ihr davon, wenn ihr schneller als ich seid, helfe ich euch suchen?« Amanda rennt aufgeregt zu einem Schrank und holt zwei Badeanzüge heraus, einen wirft sie Alyssia zu und rennt in das angrenzende Bad. »Los, Alyssia, du kannst so schnell schwimmen.« Nathan lacht und sieht zu Alyssia. »Los, Alyssia.« Die schüttelt den Kopf. »Nein, ähm, lieber nicht.« Noch einmal sieht sie auf seinen Körper, sie schämt sich vor ihm. Vielleicht wegen ihres Körpers? Es gibt nichts, was ihr vor ihm unangenehm sein müsste. »Komm schon, hab dich nicht so, oder ich schmeiße dich mit deinen Klamotten rein.« Tajo stellt sich hinter Alyssia und sie lacht. »Tajo, ich kann dich bestimmt immer noch fertig machen, du wirst dich doch nicht mit mir anlegen?«

Tajo nickt. »Oh doch, los, geh dich umziehen. Ich will, dass du Nathan fertig machst, du hast ihn früher schon immer geschlagen im Schwimmen.« Sanft drängelt er sie zum Bad, aus dem jetzt Amanda gerannt kommt und ins Wasser springt. »Komm, Nathan!«

Die Kleine ist nicht besonders schnell, aber stur. Erst fordert sie Nathan heraus, aber irgendwann muss er ihre Kopfsprünge benoten. Nathan sieht aus dem Augenwinkel, wie Alyssia sich ins Wasser schleicht. Mit umgebundenem Handtuch versucht sie ihren Körper zu verdecken, bis sie ins Wasser gleitet. Erst da entspannt sie sich etwas, wohlwissend, dass man ihre Figur unter Wasser nicht genau erkennen kann. Nathan ärgert das, doch er lässt sich nichts anmerken.

Sie schwimmen vier Bahnen und am Ende sind sie gleichauf, was aber garantiert daran liegt, dass Nathan vorher schon eine Weile geschwommen ist. Tajo überredet Amanda zu einer Partie Billard und nachdem sie sich angezogen hat, verschwinden beide ins Nebenzimmer, wo der Billardtisch steht. Nathan steht in einer Ecke des Pools, Alyssia in der anderen. Sie schwimmt los, dorthin, wo am Rand ihr Handtuch liegt. »Na dann los, vielleicht ist er im Wald, er ist schon öfter mal dahin abgehauen.«

Dieses Mal lässt Nathan es nicht zu. Er ist genau in dem Augenblick bei ihr, als sie aus dem Pool will und sich das Handtuch umbinden möchte. Doch noch während sie versucht, aus dem Wasser zu kommen, hält sich Nathan so am Rand fest, dass seine Arme einen Käfig um sie bilden.

Überrascht wendet sie sich um und ist somit richtig in seinen Armen gefangen. »Was soll das?« Nathan rückt näher an sie. »Was soll das, was du da versuchst? Seit wann schämst du dich vor mir für irgendetwas?« Er sieht ihr genau in die Augen. »Ich ... schäme mich nicht, es ist doch normal. Ich meine, wir haben uns zehn Jahre nicht gesehen, wir sind keine Kinder mehr und haben uns verändert.«

Sie deutet auf seinen Oberarm. »Das interessiert mich nicht.« Alyssia legt den Kopf schief und lächelt matt. »Natürlich nicht, eigentlich interessiert das einen Mann nie. So tun zumindest alle, aber wenn dann nicht alles perfekt ist ...« Nathan löst seine Arme und legt sie auf Alyssias Hüften. Der Grund, warum sie nicht zufrieden mit ihrem Körper ist: Sie hat keinen durchtrainierten straffen Bauch. Aber das interessiert Nathan nicht. Sie hat mehr Oberweite, auch ihre Arme sind nicht ganz so zierlich, dafür hat sie die schönsten Beine und den knackigsten Po, den Nathan je gesehen hat, doch so kann er ihr das nicht erklären.

Alyssia zuckt nicht zurück, als Nathan sie so berührt. Er sieht ihr weiter in die Augen und plötzlich sind sie sich sehr nah. Nathan verliert sich in den schönen grünen Splittern, die ihre hellbraunen Augen übersähen. Er sieht auf ihre kleine süße Nase und die perfekten Lippen, dann wieder in ihre Augen, die ihm so vertraut sind.

»Es ist egal, wie lange wir uns nicht gesehen haben, Alyssia. Wenn ich dich so ansehe, ist es, als könnte ich dir direkt in die Seele blicken. Ich kenne dich in- und auswendig. Es ist, als würde dein Inneres nackt vor mir liegen und du schämst dich wegen irgendetwas an deinem Körper vor mir?« Seine Worte treffen sie, berühren sie, das spürt Nathan genau, auch er ist immer leiser geworden.

Jetzt sieht er auf ihre Lippen, auf denen noch ein verlorener Wassertropfen entlangschwimmt.

Es ist eine Sekunde, die alles zwischen ihnen ändern könnte. Er denkt nicht einmal darüber nach, als er sich vorbeugt, bis es nebenan laut wird und Alyssia und er gestört werden. Oskar sucht sie. »Alyssia, da ist ein Paket für dich angekommen.«

Alyssia schüttelt kurz den Kopf, als wäre auch sie gerade kurz in eine andere Welt eingetaucht. »Ich komme!« Nathan entlässt sie aus seinem Käfig. Er stemmt sich aus dem Pool, nimmt ihr Handtuch und hält es für sie auf. Nun hat sie keine Wahl. Nathan sieht, dass es ihr unangenehm ist, doch sie steigt aus dem Pool und lässt sich von ihm das Handtuch umlegen. Dabei sieht Nathan ihr in die Augen. Nicht, weil er sie nicht angucken will oder könnte, sondern einfach, weil es ihm wirklich egal ist, ob sie etwas mehr an den Hüften hat als andere oder nicht.

Nathan zieht sich auch etwas über. Während sie aus dem Gästehaus geht, murmelt Alyssia, dass sie gar nichts erwartet. Tajo begleitet sie hinaus und Nathan folgt ihnen. Er hat Hunger und will gleich gucken, was die Köchin vorbereitet hat. In der Einfahrt steht ein genervter Lieferant und ein riesiges rosa eingepacktes Paket mit vielen Herzen darauf. Es ist so groß wie Amanda, die aufgeregt drumherum springt.

»Alyssia, mach schnell auf, da ist bestimmt Kuchen drin.« Der Lieferant stellt sich Alyssia in den Weg. »Wird ja auch Zeit, ich hab auch noch etwas anderes zu tun.« Alyssia unterschreibt und Nathan tritt zu ihnen. »Von wem ist das?« Der Lieferant zuckt die Schultern. »Keinen Schimmer, das war eine Onlinebuchung. Wir haben hundert Dollar bekommen, das Paket an einer Haltestelle eingeladen und hergebracht, das war's. Ich muss los, viel Spaß damit und aufpassen, da läuft etwas aus.«

Nathan bekommt ein merkwürdiges Gefühl. Hundert Dollar, um ein Paket zu verschicken? »Jetzt öffne es doch endlich, Alyssia, da ist Kuchen drin.« Alyssia tritt an das Paket. »Wie kommst du darauf?« Amanda zeigt auf eine Ecke. »Da läuft etwas raus, ist bestimmt Erdbeersoße.« Nathan tritt vor, als Alyssia gerade die Schleife öffnen will. »Lass das Paket zu! Amanda, geh ins Haus!« Nun blicken alle verwundert zu ihm, mittlerweile sind auch Oskar und seine neue Frau zu ihnen hinausgekommen.

»Wieso soll ich das Paket nicht öffnen?« Alyssia lässt ihre Arme wieder herunter. Nathan tritt zu ihr und deutet auf die Flüssigkeit, die aus dem Paket kommt, auch Tajo sieht sie jetzt und zückt seine Waffe. Wer weiß, was da im Paket auf sie wartet. »Amanda Schatz, wir gehen ins Haus, komm. Ich frage nach, ob wir selbst Kuchen machen können. Was hältst du davon?« Erst als Oskars neue Frau die Kleine weggebracht hat, tritt Nathan an das Geschenk. »Geh zurück, Alyssia.« Doch dieses Mal hört sie nicht. Das verrät ihr Schrei, als sie in das Paket schaut.

Nathan flucht leise und greift nach dem Zettel, der auf dem erschossenen Chilli liegt. 'Du warst nicht da, deshalb musste dein Hund deinen Platz einnehmen, ich komme bald wieder, dann bist du an der Reihe Alyssia, grüß deinen Vater von mir!' Alyssia weint und Tajo nimmt sie in den Arm, während Oskar bedrückt in das Paket sieht. »Hank, wir müssen das hier so schnell wie möglich wegschaffen, bevor Amanda es sieht. Ich rufe sofort die Firma an, die Arbeiter müssen schneller arbeiten, das hätte nicht passieren dürfen!«

Er nimmt sein Handy und entfernt sich. Alyssia schluchzt immer noch, Nathan behält den Zettel in der Hand, schließt das Paket aber wieder. Er möchte Alyssia in den Arm nehmen und trösten, sie steht unter Schock. »Das wollte ich nicht ... ich dachte, dass er irgendwann einfach aufhört. Ich wusste nicht, dass er so weit gehen würde!«

Plötzlich ist nicht nur Nathan sondern auch Alyssias Vater ganz bei ihr. »Von wem redest du? Du weißt, wer für all das verantwortlich ist?«

Eine Stunde später sitzen sie im Auto in Richtung Innenstadt von Dawson. Alyssia sitzt hinten und ist angespannt, Nathan weiß nicht, ob er wütend auf sie sein soll oder versuchen sollte, Verständnis zu zeigen. Alyssia hat ihrem Vater und ihnen unter Tränen gestanden, dass sie weiß, wer für all das verantwortlich ist. Wie es sich Nathan gedacht hat, war es nicht Nima. Es war ein Kerl, den sie vor ungefähr zwei Monaten in einem Club kennengelernt hat. Er ist dort Stammgast und hat sie angesprochen. Sie haben den Abend zusammen verbracht und sich noch zweimal getroffen. Doch dann hat Alyssia gemerkt, dass etwas nicht stimmt. Er wurde immer aufdringlicher, sogar wütend, wenn sie in der Nähe von anderen Männern war. Er stand plötzlich vor dem College, vor ihrem Haus, hat ständig angerufen.

In der ersten Woche, nachdem sie es beendet hatte, war Ruhe. Allerdings war das zu der Zeit, als sie zurück nach Hause gezogen ist, dann plötzlich fingen die Anrufe an. Alyssia hat Briefe in den Spind gelegt bekommen, auch Blumen, sie hat komische Nachrichten erhalten, hat ihn auch einige Male am Grundstück gesehen. Er hat sie beobachtet. Zweimal hat sie ihn aufgesucht und ihn gebeten, das sein zu lassen, doch er hat sie jedes Mal überreden wollen, ihm noch eine Chance zu geben.

Bevor Nathan gekommen ist, wurde es wieder schlimmer, da wurden die Reifen der Autos zerstochen. Alyssia wollte noch einmal zu ihm und das endgültig klären, doch dann kamen sie, und Alyssia hatte nicht die Gelegenheit dazu. Sie war sauer darüber, hat es aber nicht so gefährlich eingeschätzt. Dass so etwas wie mit Chilli passiert, hätte sie niemals gedacht. Nathan glaubt ihr das, trotzdem hätte sie ihnen von Anfang an die Wahrheit sagen sollen.

Sie halten vor dem Laden. Alyssia hat ihn bisher immer nur hier getroffen. Sie selbst weiß kaum etwas von ihm, außer dass er Martin heißt und oft in diesem Club ist. »Vielleicht sollten wir doch lieber die Polizei einschalten?« Sie steigen aus. »Das wird nicht nötig sein, zeig uns einfach, wer das ist.« Sie steuern auf den Club zu. Als Nathan seine Waffe zieht, nimmt Alyssia seine Hand. »Ich will nicht, dass dir oder Tajo etwas passiert.« Nathan lächelt matt und verschränkt ihre Finger miteinander. Er lässt sie erst wieder los, als sie in dem Club auf einen Tisch zeigt und einen dunklen Kerl als Martin anzeigt.

Offenbar hat Martin etwas zu feiern. Er feiert gerade mit drei Kumpels, sie stoßen gerade an, als Nathan Alyssia loslässt und zu ihnen tritt. »Martin, schön dich kennenzulernen, würdest du mit uns mitkommen?« Nathan lächelt ihn an und Martin sieht perplex von Alyssia zu ihm. »Ich denke nicht daran. Wenn Alyssia mich alleine ...« Nathan packt Martin am Kopf und schlägt diesen so hart auf den Tisch, dass seine anderen Freunde aufspringen. »Gut, ich habe es höflich versucht!« Martin kommt gar nicht dazu, irgendwie zu reagieren, so schnell hat Nathan ihn hochgezogen und stößt ihn vor sich aus dem Club.

»Sollen wir die Polizei rufen?« Seine Freunde wirken etwas überfordert. Da Martin aber weiß, worum es geht und was die Polizei dazu sagen würde, winkt er ab, auch wenn er sich dabei den blutenden Kopf hält. Alyssia weicht ihm aus, als er an ihr vorbei geht. »Nicht nötig, ich kläre das kurz!« Martin versucht sich vor seinen Freunden nichts anmerken zu lassen. Nathan lacht leise und nimmt Alyssias Hand, um sie aus dem Club zu bringen. Dieser Martin hat keinen Schimmer, mit wem er es zu tun hat.

Ohne noch ein Wort an ihn zu wenden, nimmt Tajo ihm sein Portemonnaie weg und sagt Nathan die Adresse. Dann schiebt er Martin neben sich auf den hinteren Sitz, Nathan und Alyssia setzen sich nach vorne. Keiner sagt ein Wort während der fünf Minuten, die sie brauchen. Martin setzt einige Male dazu an etwas zu sagen, doch Tajo hindert ihn daran.

Als Nathan dann seine Waffe wieder zieht und alleine mit Martin das Auto verlässt, will auch Alyssia mit. »Blieb hier bei Tajo!« Alyssia schüttelt den Kopf. »Nein, ich lasse dich nicht allein!« Wie bei einem Déjà-vu kommen ihm unzählige Bilder vors innere Auge, als Alyssia ihm das schon früher immer gesagt hat. Sie ist nie von seiner Seite gewichen, egal was Nathan zu tun hatte. Doch dieses Mal muss er sie zurücklassen. Sie ist es nicht gewohnt, kennt diese Art von Nathan noch nicht. »Ich bin gleich wieder da, so ist es sicherer für dich.«

Er will gehen, doch sie hält ihn erneut zurück. »Für mich vielleicht, aber nicht für dich!« Nathan stockt. Er kennt es nicht, dass eine Frau sich um ihn sorgt. Er will etwas sagen, doch Tajo hilft ihm. »Lass ihn, Alyssia, vertrau mir, er weiß genau, was er tut.«

Dankbar packt Nathan Martin und schiebt ihn die Treppen bis zu seiner Wohnungstür hinauf, bevor Alyssia ihn noch mehr verwirren kann. Kaum ist sie offen, wird Nathan übel und er schlägt Martin zu Boden. Er ist ein kranker Psychopath. Martin windet sich vor Schmerzen auf dem Boden und Nathan tritt noch einmal zu. »Du kranker Bastard, macht dich das an?« Nathan entfernt die vielen Bilder von Alyssia von den Wänden und zerreißt sie. Er muss sie ständig beobachtet haben. In einer Schublade findet er zahlreiche Speicherkarten, die er alle vernichtet.

Dann sieht er sich weiter um. »Machen dich die Telefonanrufe an, dein Stalking, ihre Angst, geht dir einen ab wenn du einen unschuldigen Hund tötest?« Während Nathan alle Schubladen und Schränke nach noch mehr krankem Zeug durchwühlt, hievt sich Martin hoch. Er blutet und wischt sich alles ab. »Es tut mir leid. Ich schwöre, dass ich vorhatte, sie ab jetzt in Ruhe zu lassen und von einem Hund weiß ich nichts. Als ich das mit den Autoreifen getan habe, wusste ich schon, dass es übertrieben ist. Ich schwöre auf meine Familie, ich werde mich ab jetzt zurückhalten.«

Nathan ist fündig geworden. Er geht zu Martin und schlägt erneut zu. »Lüg nicht, wir haben heute dein Paket bekommen. Hör mir jetzt genau zu. Wir kommen nicht aus Kanada, Gesetze und alles andere interessieren uns nicht. Auch nicht dieser Polizei-Mindestabstand-Scheiß. Siehst du, was ich hier habe? Siehst du das?«

Plötzlich riecht Nathan, dass Martin sich in die Hose gemacht hat und entfernt sich. »Das ist meine Familie, meine Schwester und meine Eltern.« Nathan nickt und steckt das Adressbuch und die

Fotos ein. »Ich schwöre dir eine Sache. Kommst du noch einmal in die Nähe meiner Familie, von Alyssia, Amanda und den anderen, werde ich nicht noch einmal zu dir kommen, sondern direkt zu deiner Familie. Sieh mich an, sieh mich genau an!« Martin hebt den Blick und nickt.

»Vergiss das nicht. Ich schwöre dir, dass du es sonst bereuen wirst, du kranker Mistkerl!«

Nathan geht. Als er die verwüstete Wohnung und den blutenden Martin hinter sich lässt, macht er noch ein Bild und schickt es Nando. ' Die Sache in Kanada ist erledigt!'. Er weiß, dass Martin sich nicht trauen wird, noch einmal an Alyssia heranzutreten. Gerade als er zum Auto kommt, erhält er eine Nachricht zurück, doch er steigt ins Auto zu Alyssia, die jetzt hinten sitzt. Tajo gibt Gas. Nathan sieht, dass Alyssia geweint hat.

Als Nathan den Arm um sie legt, schmiegt sie ihren Kopf an seine Schulter. »Es ist meine Schuld, was mit Chilli passiert ist.« Nathan schüttelt den Kopf und sieht zu Tajo, der sie im Rückspiegel beobachtet. »Es ist jetzt vorbei!«

# Kapitel 12

»Hi.« Elisa lächelt, als sie zu Arturo ins Schlafzimmer tritt. Ihr ältester Bruder steht vor dem riesigen Spiegel und knöpft sich gerade sein Hemd zu. Es ist ruhig im Haus. Alle bereiten sich auf das Fest vor, das nun langsam beginnt. Olivia hat Lorin schon mit hinausgenommen zu den anderen, doch Elisa wollte erst einmal noch etwas mit ihrem ältesten Bruder besprechen.

»Du siehst sehr hübsch aus und Lorin ist ein kleiner Engel.« Elisa war während der letzten Tage nur mit Alonzo zusammen. Sie ist zwar ans Telefon gegangen, aber hat ihre Familie so gut es geht gemieden. Alonzo ist jetzt noch einmal zu seinem Onkel gefahren. Elisa hat Lorin abgeholt, die gestern erst zurückkam, und jetzt verbringen sie das Wochenende hier.

Es ist merkwürdig, wie sehr ihr die kleine Maus bereits gefehlt hat, dabei kennt sie sie noch nicht lange. Doch Lorin ist ihr jetzt schon so sehr ans Herz gewachsen, dass sie heute beim Abholen das erste Mal die Worte zur Heimleiterin gesagt hat, die sie selbst nie für möglich gehalten hätte. Sie denkt darüber nach, Lorin zu sich zu holen, für immer. Sich um sie zu kümmern, sie als ihre Tochter aufzunehmen und ihr die Liebe zu geben, die sie nie bekommen hat und die sie so sehr braucht.

Elisa spürt, wie durstig Lorin nach Liebe ist. Sie ist ruhig und schüchtern, doch bei ihr nimmt sie schon automatisch ihre Hand. Sie waren ein schönes Kleid für sie beide kaufen, dabei hat Lorin sie umarmt und auf die Wange geküsst. Als Olivia sie gerade mitgenommen hat, hat sie in Lorins Augen die Frage gesehen, ob es okay ist, ob sie auch Olivia vertrauen kann, und Elisas Herz ist aufgegangen. Dieses kleine Mädchen beginnt bereits, sich auf Elisa zu verlassen, ihr zu vertrauen. Das ist ein umwerfendes Gefühl, auch wenn es ihr ein wenig Angst macht.

»Danke, ich überlege gerade, ob ich es schaffen könnte, ihr … eine Mutter zu sein.« Arturo sieht sie aus dem Spiegel an, noch immer steht Elisa hinter ihm. Er ist der Älteste von ihnen und hat am Ende immer das Sagen. Elisa liebt ihn sehr und es fällt ihr nicht leicht, jetzt mit so etwas zu ihm zu kommen. Er knöpft sich die Ärmel zu. Arturo ist genau wie ihre anderen Brüder ein sehr hübscher Mann. Elisa muss lächeln, als er ihr über den Spiegel in die Augen sieht.

»Ich finde das sehr gut, natürlich wirst du eine sehr gute Mutter werden und das wird euch beiden gut tun, dir und der Kleinen. Wir sind ja auch da und ich würde mich freuen, wenn sie hier bei uns bleibt.« Elisa sieht zu Boden. Jetzt muss sie es sagen, doch Arturo ist schneller. »Ich möchte mit Alonzo sprechen!« Elisa kann nicht verbergen, dass sie überrascht ist. »Wozu?« Arturo dreht sich nicht um, er holt sich eine Krawatte aus dem Schrank und geht wieder vor den Spiegel.

»Alonzo ist nicht nur Nandos bester Freund gewesen, er gehört zu den inneren Kreisen, unabhängig davon, wie er zu Nando steht. Wir haben ihm in allem vertraut, ich würde ihm ohne mit der Wimper zu zucken das Leben meiner Familie anvertrauen. Das mit dir war ein Vertrauensbruch, doch natürlich kann man die Gründe nachvollziehen. Er gehört zu den Los Natos und wir müssen jetzt entscheiden, wie es weitergeht.«

Elisa schluckt schwer, ihr Herz krampft sich zusammen. »Ich glaube, dass keiner unter all dem mehr leidet als Alonzo selbst, doch mit Nando hat das schon sehr viel zu tun, wenn er ihn jedes Mal erschießen will, wenn er ihn sieht. Alonzo und ich haben … wieder zusammengefunden.« Sie sieht zu Boden und Arturo stockt in seiner Bewegung.

»Ich kann nur hoffen, dass Alonzo dieses Mal keinen Fehler macht.« Elisa blickt auf. »Du bist nicht sauer?« Arturo versucht sich weiter die Krawatte zu binden. »Nein, wieso sollte ich? Wenn ich ihm meine Familie anvertraue, dann doch auch dich. Alonzo hat einen Fehler gemacht, aber das ändert nichts daran, dass er ein sehr guter Mensch ist.«

144

Elisa lächelt, Tränen treten ihr in die Augen. »Lass mich das machen.« Sie stellt sich vor ihren ältesten Bruder und bindet ihm die Krawatte. Sie spürt seinen Blick auf sich. »Es ist gut, dass du es so siehst, aber Alonzo und ich denken daran wegzugehen, ganz neu anzufangen, mit Lorin. Es ist so viel passiert ...« Sie ist fertig und Arturo küsst ihre Stirn.

»Ich liebe dich, Elisa, und ich werde nicht zulassen, dass unsere Familie noch einmal auseinanderbricht. Ich rede mit Alonzo und mit Nando, vertrau mir. Es wird alles wieder gut, ich lasse es nicht zu, dass sich einer von uns von den anderen abwendet, keiner! Nie wieder!«


Nathan öffnet müde seine Augen. Sofort spürt er den Unterschied auf seinem Gesicht. Er lächelt, als er im Flugzeug die Sonnenstrahlen abbekommt. Tajo und Alyssia sitzen auf der Couch und spielen gegeneinander ein Spiel auf der Playstation. »Hast du gesehen?« Nathans Stimme ist noch nicht richtig da. Alyssia blickt zu ihm. »Wie kann man so viel schlafen wie du?« Nathan lacht und steht auf. »Ich habe die Nacht davor nicht geschlafen. Komm und guck aus dem Fenster.«

Alyssia kommt zu ihm an den Platz und schiebt ihn frech zur Seite. Nathan zeigt aus dem Fenster. »Deine Heimat!« Als sich vor ihnen Puerto Rico auftut, schlägt selbst sein Herz schneller. Er war nur ein paar Tage weg und hat es vermisst, deshalb versteht er, dass Alyssia neben ihm total verstummt und aus dem Fenster blickt. Nathan lehnt sich zurück und beobachtet sie.

Als sie, nachdem er die Sache mit Martin geklärt hat, nach Hause kamen, haben sie Amanda erklärt, dass Chilli verstorben sei, weil er einfach schon sehr alt war. Alyssia kennt die Wahrheit und war an dem Abend, auch wenn die Gefahr nun vorüber ist, einfach nur fertig. Sie hat sich in den Schlaf geweint. Als Nathan noch einmal nach ihr sehen wollte, hat er sich zu ihr gelegt und ist eingeschlafen. Das war bereits die zweite Nacht, die sie zusammen in einem Bett geschlafen haben.

Am Donnerstag haben sie dann die ganze Nacht mit den Bauarbeitern durchgearbeitet, sodass nun neben der Sache mit Martin auch das Grundstück fertig und komplett abgesichert ist. Als sie dann heute früh losgeflogen sind, wussten sie, dass Alyssias Familie in Sicherheit ist.

Nathan hat gedacht, dass sie es sich vielleicht anders überlegen wird, doch nicht nach Puerto Rico mitkommen möchte. Doch sie hat ihre Tasche gepackt und sieht nun auf ihre Heimat. Nathan würde nur zu gern wissen, was in ihrem hübschen Kopf vor sich geht, doch er lässt sie diesen Anblick ruhig genießen. Sie müssen sich hier im Flieger schon fertigmachen, da sie direkt zur Feier fahren. Nathan und Tajo haben sich extra neue Hosen gekauft. Zu seiner schwarzen feinen Hose trägt Nathan ein einfaches schwarzes, enges Shirt, einen passenden schwarzen Hut dazu hat er auch gefunden.

»Du siehst genau so aus, wie die Art von Männern, vor denen uns unser Mütter warnen, weil sie unsere Herzen brechen werden.« Als Nathan zurück von der Toilette kommt, geht auch Alyssia hinein und an ihm vorbei. Nathan kann sich ein Grinsen nicht verkneifen. »Ich breche Herzen und Knochen!« Alyssia lacht auch und schließt die Tür. Sie sind schon fast am Boden, als Alyssia wieder aus dem Bad kommt. Dieses Mal macht Nathan große Augen.

Sie sind keine Kinder mehr, Alyssia ist eine wunderschöne Frau geworden. Doch jetzt so zurechtgemacht, sieht sie in seinen Augen aus wie ein Engel. Alyssia trägt ein apricotfarbenes Kleid, das nicht nur viel von ihren Beinen zeigt, sondern auch ihr Dekolleté so betont, dass Nathan zweimal hinsehen muss. Nur ihre Taille ist gut versteckt, was Nathan ein Lächeln entlockt.

Alyssia ist nur leicht geschminkt, hat ihre Haare durchgelockt. Ihre Haut schimmert golden, und die grünen Funken in ihren Augen strahlen ihn an. »Guapa, was hältst du davon, wenn du heute an meiner Seite bleibst?« Tajo lacht und gibt Alyssia einen Kuss auf die Wange. Nathan kann in diesem Moment nichts sagen, es ist für ihn genau das, was wieder alles in ihm verwirrt. Wenn er sie so ansieht, weiß er nicht, wie er seine Gefühle zuordnen soll. Zum einen ist da diese tiefe Verbundenheit, die von klein auf zwischen ihnen besteht, zum anderen diese neuen Gefühle, die die Frau, die sie geworden ist, in ihm auslösen und die er so noch nicht kennt. Er weiß nicht, ob es besser wäre, diese neuen Gefühle zu ignorieren, um das sie beide verbindende Grundvertrauen nicht zu zerstören.

»Du siehst sehr hübsch aus.« Alyssia lächelt und setzt sich neben ihn, bis sie gelandet sind. Der Pilot öffnet ihnen die Tür, nachdem die Treppe angefahren wurde. Tajo steigt als erster aus, Nathan hält Alyssia kurz zurück. »Jetzt atme tief ein, das ist Puerto Rico.« Sie hört auf ihn. Als sie zusammen aus dem Flugzeug steigen, umfasst sie sofort die Wärme und der vertraute Geruch nach Freiheit und Meer.

Alyssia bleibt kurz stehen. Nando steht mit seinem Auto direkt vor dem Flugzeug. Mateo rennt bereits in Tajos Arme und Nathans Herz schlägt schneller. Er hat seinen kleinen Neffen richtig vermisst. Alyssia flüstert leise. »Oh Gott, ich wusste gar nicht, wie sehr ich Puerto Rico vermisst habe.« Nathan lacht leise. Als sie die Treppen herunterkommen, springt Mateo Tajo aus den Armen . »NATHAAAN!«

Er kniet sich hin, um seinen kleinen Neffen zu empfangen und lässt dessen stürmische Umarmung über sich ergehen. »Na, mein Großer, hast du mich vermisst?« Nathan küsst die weichen Wangen und sieht in Linas Augen. »Ja und Papa auch ganz mega doll viel!« Alyssia lacht und gibt Mateo auch einen Kuss auf die Wange, als Nathan sie vorstellt. »Der Kleine sieht aus wie du und Nando in Mini-Version.« Da sind sie schon bei Nathans älterem Bruder angekommen, der gerade Tajo begrüßt hat.

»Sieh an, wen mein Bruder da mitgebracht hat.« Nando strahlt über das ganze Gesicht. Alyssia fällt ihm freudig um den Hals und er küsst ihre Wange. Nando und all seine anderen Brüder sind wie er mit Alyssia aufgewachsen. Dadurch, dass sie immer mit Nathan zusammen war, kennen sie Alyssia auch sehr gut. Alyssia hat seine

Familie immer sehr gemocht. »Du bist so groß geworden.« Alyssia lacht, als Nando noch einmal ihre Wangen küsst. »Und du hast einen Mini-Nando bekommen, obwohl er auch als Mini-Nathan durchgehen könnte.« Jetzt erst umarmt Nando Nathan, der verwundert zu Alyssia sieht. »Auf einmal spricht sie wieder spanisch, die ganze Zeit hat sie mir auf englisch geantwortet.«

Tajo klopft aufs Dach und setzt sich schon ins Auto. »Kommt ihr mal endlich? Ich kann bis hier den Grill riechen, dale!« Alyssia lacht und nimmt Mateo auf ihren Arm. »Da waren wir in Kanada, jetzt sind wir in Puerto Rico. Ich passe mich an, verstehst du?« Nathan schüttelt den Kopf und setzt sich neben seinen Bruder nach vorn. Es ist das erste Mal, dass Alyssia ihm auf spanisch antwortet, sie hat es kein bisschen verlernt. Die ganze Fahrt über, während Tajo Nando ausfragt, was hier passiert ist, sieht Alyssia gebannt aus dem Auto, bis sie die beiden unterbricht.

»Was ist aus unserem alten Haus geworden?« Nando sieht in den Rückspiegel zu ihr. »Mittlerweile lebt da eine neue Familie drin.« Alyssia nickt und Nathan wendet sich zu ihr um. »Du kannst es dir aber angucken, mittlerweile ist das Gebiet komplett in unserem Besitz. Alle, die dort leben, gehören zu unserer Familia.« Alyssia nickt wieder und sieht weiter aus dem Fenster.

Oskar hat vieles im Haus zurückgelassen. Als damals die neuen eingezogen sind und alles entsorgen wollten, hat Nathan einige Sachen aufgehoben, sie liegen in ihrem Elternhaus im Keller. Als sie in ihr Gebiet fahren und an der Schranke vorbei wollen, kommt plötzlich Simo aus dem Wachhäuschen. »Sieh an, wer sich da wieder blicken lässt.« Keine zwei Sekunden später hat er Alyssia im Arm und lacht. »Sie sind wieder vereint. Nathan und Alyssia sind zurück.« Nando lacht auch und sieht zu Nathan hinüber. Doch der weicht seinem Blick aus. Was soll er dazu sagen? Er weiß selbst nicht, wie er all das einordnen soll.

So geht es die nächsten Stunden weiter. Alle freuen sich Alyssia wiederzusehen, José und Gabriel umarmen sie am längsten, während Arturo ihre Stirn küsst und Elisa sie gleich bei sich im Haus einquartiert. Auch die Frauen seiner Brüder mögen sie. Janine freut sich sehr über das Geschenk, auch die anderen scheinen zu spüren, dass ein Stück Vergangenheit nach Hause gekehrt ist.

Nathan hatte vor, Alyssia zu erinnern, sie zurück nach Puerto Rico zu bringen. Bald schon sieht er, dass ihm das voll gelungen ist. Die Feier, die zur Verlobung von Janine und José organisiert wurde, ist typisch puertoricanisch. Eine Band spielt, Piñatas werden von den Kindern aufgeschlagen, es wird gegrillt und wirklich alle sind da, die zu ihnen gehören. Selbst Gabriels Mutter, seine Tante aus Amerika, Janines Eltern, Linas Familie, es werden immer mehr, das Fest immer größer. Nathan spürt, wie sehr er all das hier liebt.

Er wird am Montag noch einmal für zwei Tage zurück nach Kanada fliegen, um die Waffen zu bringen und um zu überprüfen, ob auch alles in Ordnung ist. Doch Nathan weiß, dass er nicht lange dort leben kann, er weiß nicht, wie, wann und wie oft er Alyssia in Zukunft sehen wird. Er kann nicht aufhören, darüber nachzudenken, er kommt aus Josés Haus, Alyssia sitzt neben Elisa und Lorin, die mit Lina und Malik reden. Als sie beginnt zu lachen, zieht sich sein Herz zusammen.

»Hallo, mein Hübscher, auch wieder da? Wie war die Reise?« Huda ist plötzlich neben Nathan und hakt sich bei ihm unter. Es wird immer später, die ersten Familien gehen und natürlich kommen dann langsam die ersten Chicas. Nathan hat schon gehört, dass Simo angekündigt hat, dass die Party bei ihm zu Ende geht und weiß, dass bald alle, die noch mehr Spaß haben wollen, dorthin gehen werden. »Sie war kalt. Mit wem bist du hier?«

Wie immer sieht Huda zum Anbeißen aus. Sie schmiegt sich an ihn, hat nur ein Bikinioberteil und Shorts an und lächelt ihn voller Vorfreude an. »Zwei Freundinnen, wir warten bei Simo. Ich habe nur gehört, dass du hier bist und wollte dir kurz Bescheid geben, dass ich warte.« Sie beugt sich zu ihm und küsst seine Wange, dann verschwindet sie im Haus, um zu Simo zu gehen. In dem Moment legt Nando den Arm um Nathan und gibt ihm eine kalte Flasche

Cola in die Hand. »Du steht unter Beobachtung!« Nun sieht auch Nathan, dass Alyssia, seine Schwester und mittlerweile zwei seiner Schwägerinnen ihn ansehen und reden. Nando lacht, als Nathan flucht.

Er geht zu den Frauen, Nathan folgt ihm. »Das war eine der Frauen, mit denen du hier ... zu tun hast?« Alyssia sieht ihn schockiert an, verlegen trinkt Nathan einen Schluck. »Ich hatte nie eine Freundin, ich habe mit denen zu tun, mehr nicht.« Nando nickt. »Das kann ich bestätigen, so etwas hält bei Nathan nie lange.«

Nathan stellt die Flasche weg und zieht Alyssia an ihren Händen hoch. »Komm, du hast noch nicht getanzt. Vergiss die, so etwas ist nicht wichtig!« Lina lacht. »Ich glaube, das mussten wir uns alle anhören, dass diese Frauen nicht wichtig sind.« Janine lächelt und kuschelt sich an José, der nun auch zu ihnen gekommen ist. Alyssia sieht Nathan zwar forschend an, doch sie hält seine Hand weiter und geht mit ihm zur Tanzfläche, wo noch so einige tanzen.

Es wird gerade langsame Musik gespielt und Alyssia legt die Arme um seinen Nacken. »Gefallen dir diese Frauen, ich meine so dunkel wie sie sind und alles?« Nathan würde am liebsten das Thema wechseln, doch er sieht in Alyssias Augen, dass daraus nichts wird. »Mir ist es ehrlich gesagt egal, ob die dunkel oder hell sind, ich habe da keine ... bestimmte Vorliebe.« Alyssia zuckt kurz zusammen. »Also kam ich und dann ... so etwas.« Nathan umfasst Alyssia stärker und sieht ihr in die Augen.

»Alyssia, wir waren Kinder, du warst weg und ich bin erwachsen geworden. Vor drei Wochen habe ich noch nicht einmal geahnt, dass ich dich wiedersehen werde.« Auch wenn sie jetzt ihren Kopf an seine Brust legt und sie weiter tanzen, spürt Nathan ihre Enttäuschung. »Ich bin aber sehr froh und dankbar, dass du jetzt wieder hier bei mir bist!« Nathan flüstert die Worte an ihren Kopf, doch er weiß, dass sie es gehört hat, als sie sich noch enger an ihn schmiegt.

Sie tanzen zwei Lieder. Es wird immer später und es verabschieden sich immer mehr Gäste. Elisa ist schon mit Lorin nach Hause gegangen, deshalb bringt Nathan Alyssia zu Elisas Haus hinüber. Als sie ganz allein auf der Straße sind, muss Nathan an früher denken. »Wie oft habe ich dich damals nach Hause gebracht?« Alyssia lächelt ebenfalls, sie schlendern langsam zu seinem Elternhaus. »Komm morgen, wenn du wach bist, zu mir. Es ist das letzte Haus dahinten, ich muss dir etwas zeigen. Vielleicht verstehst du dann, was passiert war, als du weggezogen bist.« Er kann seine Gefühle nicht erklären, vielleicht klappt es so besser, dass sie versteht, wie er sich fühlt. Alyssia nickt und wendet sich vor der Haustür noch einmal zu ihm um.

»Weißt du, Nathan, die ganze Zeit sagen wir beide ständig, damals waren wir noch Kinder ...« Nathan nickt und sieht ihr in die Augen. »Das waren wir auch.« Alyssia atmet tief durch, dann tritt sie ganz nah an ihn heran und legt ihre zarte Hand an seine Wange. »Jetzt sind wir keine Kinder mehr.« Ihre Stimme ist nur noch ein Flüstern. Nathan weiß, was sie vorhat, trotzdem bringt ihn die erste Berührung ihrer weichen Lippen fast zum Wanken. Nathan, der schon so viel durchgestanden und erlebt hat, ihm hat noch nie etwas ins Wanken gebracht.

Alyssia küsst zweimal kurz seine Lippen, entfernt sich einen Millimeter und hält ein. Nathan überkommt plötzlich eine tiefe Sehnsucht, eine Sehnsucht, die viel mehr ist als das, was sich die letzten Tage zwischen ihnen aufgebaut hat. Dieses Mal küsst er sie, er erobert ihre Lippen, inhaliert ihren süßen Duft, als sie seinen Kuss erwidert. Er registriert ihren so vertrauten und doch süchtig machenden Geschmack. Seine Hände fahren über ihren Rücken, halten ihren Kopf.

Plötzlich ist zu viel Platz zwischen ihnen, Nathan will sie näher bei sich haben, sie noch mehr spüren. Sie erwidert den Kuss genauso sehnsüchtig, ein leises Keuchen entfährt ihr. Er trennt sich aber nur für eine Sekunde, dann finden ihre Lippen wieder zusammen. Auch wenn Nathan sich kaum zurückhalten kann, ist er doch zärtlich zu ihr. Er will sich nicht trennen. Als er es muss, sieht sie ihm in die Augen, ihr Atem geht schwerer.

»Jetzt sind wir keine Kinder mehr.« Nathan küsst ihre Wangen, ihre Nase, sein Daumen streicht über den Leberfleck unter ihrer Lippe. Ein Gefühl, was er zwar öfter gespürt und auch gesagt hat, die letzten Tage, aber nie ganz gefühlt hat, breitet sich in ihm aus, als er sie so ansieht.

Meine Alyssia!

»Bleib bei mir, wir haben die letzten Nächte eh zusammen verbracht.« Alyssia überlegt einen Augenblick. Nathan küsst sie erneut, will ihre letzten Zweifel zerstreuen, weil er sie noch nicht gehen lassen möchte. Doch als im Haus das Licht angeht, trennen sie sich. Die Tür geht auf und Elisa guckt verschlafen zu ihnen.

»Nathan! Lass Alyssia in Ruhe, du hast dich gar nicht verändert, wenn es um sie geht!« Lachend folgt Alyssia seiner Schwester ins Haus. Als Nathan die Veranda wieder verlässt und zurück zu seinen Brüdern geht, muss auch er lächeln.

Noch immer spürt er Alyssia auf und an sich, es fühlt sich gut an. Vielleicht haben beide recht. Alyssia und Elisa. Sie sind keine Kinder mehr und doch hat sich Nathan, was Alyssia angeht, kein Stück verändert!

# Kapitel 13

»Wie kann man so lange schlafen?« Nathan hat das Gefühl, gerade erst ins Bett gekommen zu sein, als plötzlich Alyssia bei ihm am Bett sitzt.

Er war noch eine Weile bei José, irgendwann saßen nur noch sie fünf Brüder da. Es ist lange her, dass sie sich dafür die Zeit genommen haben und es hat sich gut angefühlt, so zusammenzusitzen. Seine Brüder haben Nathan gefragt, ob es ihm mit Alyssia ernst ist. Nathan kann dazu nichts sagen, alles was er weiß, ist, dass sie ihm natürlich mehr bedeutet, als alle anderen Frauen bisher. Er lebt aber hier und hat sicherlich nicht vor, nach Kanada zu ziehen und sie sicher auch nicht nach Puerto Rico. Vorerst wird alles so bleiben, auch wenn sich Nathan sicher ist, dass sie sich beide jetzt öfter sehen werden. Doch ob es auf etwas Festes hinausläuft, weiß er einfach nicht.

»Irgendwie hatte ich Angst, du würdest nicht allein hier im Bett sein.« Nathan lehnt sich zurück. Trotz der Dunkelheit im Zimmer erkennt er, dass sie kurze Shorts und ein Shirt anhat. Ihre Haare hat sie wie früher zum Zopf gebunden. »Wieso denkst du so von mir?« Alyssia lächelt. »Ich habe genug gehört, du bist ja schon so etwas wie eine Legende. Dein Haus gefällt mir, nur ... wieso verschließt hier niemand die Haustür?«

Nathan versucht wach zu werden. »Weil sich sicher niemand traut hier einzubrechen.« Alyssia setzt sich nun ganz im Schneidersitz auf sein Bett. Nathan stöhnt leise auf, das hat sie früher schon immer getan. Es bedeutet, sie bewegt sich nicht vom Fleck, bis er aufsteht. »Was wolltest du mir zeigen?« Nathan beginnt langsam wach zu werden.

Er sieht zu den zugezogenen Vorhängen, hinter denen sein Balkon ist. »Damals als du gegangen bist ... Ich schätze, am Anfang war ich sauer, als ich dachte, du schreibst nicht mehr. Es war so viel passiert, ich war auf alles und jeden wütend. Ich habe nicht mehr von dir geredet und versucht, alles zu vergessen. Dann war der Unfall meiner Eltern und irgendwie begann ich dann wirklich zu vergessen, alles änderte sich. Mein komplettes Leben. Ich habe nicht sehr oft an unsere Zeit zurückgedacht. Doch manchmal, wenn ich da auf dem Balkon stand, musste ich daran denken und irgendwie wusste ich tief in mir, dass ich diese Zeit nie vergessen oder aufgegeben habe.«

Alyssia sieht ihn still an, dann steht sie auf, zieht die Vorhänge beiseite und atmet überrascht laut aus, als sie auf Tausende von lila Blüten sieht, die unter seinem Balkon den Berg hinab wachsen. Ihr Gebiet hat sich verändert, und irgendwann hat Nathan sich sein eigenes Haus am Ende ihres Gebietes bauen lassen, dort, wo das Geheimversteck von ihm und Alyssia war. Jedes Mal wenn er auf den Balkon tritt, fällt sein Blick auf die Blumen und auf den Platz, an dem sie früher Stunden zusammen verbracht haben.

Nathan hat nicht gelogen, er hat das nie bewusst gemacht, nie darüber nachgedacht, doch tief in ihm muss diese Zeit noch sehr verankert sein. Er lehnt sich ans Bett und lächelt, während er beobachtet, wie Alyssia barfuß auf dem Balkon begeistert die Blumen betrachtet. »Weißt du, wie oft ich mir gewünscht habe, hier zu sein … egal was war, wenn ich sauer war, traurig, glücklich … immer wieder musste ich an diesen Anblick denken.«

Sie kommt zurück zu ihm und gibt ihm einen Kuss auf den Mund. »Es ist so schön, dass nicht nur ich immer an dieser Zeit festgehalten habe.« Nathan streicht ihr eine Strähne hinters Ohr und sieht sie ernst an. Er muss an die Worte denken, die er so einfach zu seinen Brüdern gesagt hat, dass es nichts Ernstes zwischen ihnen ist. Wenn er ihr jetzt in die Augen sieht, weiß er, dass er sich selbst und alle anderen belügt, wenn er sich das einzureden versucht.

Nathan küsst sie langsam, dabei hebt er die Decke und schließt sie beide damit ein. Alyssia umfasst seinen Nacken und öffnet sich ihm zu einem süßen Kuss. Nathan ist ganz langsam, genießt es, sie jetzt bei sich zu haben. Als er sich löst, hat sie rote Wangen und sieht ihm in die Augen. »Du bist mir auf der einen Art so vertraut, fast … wie ein Teil von mir, aber es gibt da auch so viel Neues, was ich nicht kenne.« Sie streicht über sein Tattoo am Arm und am Rücken, den Teil, den sie einsehen kann. Dabei setzt sie sich so auf seinen Schoß, dass Nathan weiß, sie spürt, dass er bereits sehr wach ist. Doch es stört sie nicht, sie sieht ihm weiter in die Augen.

»Ich wollte damit nur verewigen, was in meinem Leben eine große Rolle spielt, was mir wichtig ist und war, was mich geprägt hat und zu dem gemacht hat, der ich jetzt bin. Meine Familie, meine Familia, Gott.« Alyssia nickt. »Ich wollte das auch immer, ein Tattoo mit einem richtigen Wert für mich, aber bisher wusste ich nie, was.« Sie legt den Kopf schief. »Wenn ich wichtig für dich war, müsste ich dann nicht auch einen Platz bekommen?« Nathan lacht leise. »Ja, das stimmt, sogar einen ganz besonderen Platz.« Da sieht er das erste Mal zur Uhr.

»Gibt es einen bestimmten Grund, warum du mich so früh geweckt hast?« Alyssia springt förmlich vom Bett, als hätte sie das selbst vergessen. »Ja, komm, zieh dich an, ich möchte gern ein paar alte Plätze besuchen. Ich merke erst jetzt, wie sehr mir alles gefehlt hat.« Nathan steht müde auf, doch Alyssias Strahlen lässt ihn nicht zögern. »Okay, aber nachher machen wir beide das, was ich möchte, versprich es mir!« Alyssia gibt ihm einen Kuss auf den Mund und drückt ihm eine herumliegende Jeans in die Hand. »Versprochen!«


Nathan hat gehofft, dass es Alyssia gut tun wird, zurück nach Puerto Rico zu kommen, doch dass sie so glücklich ist, wieder hier zu sein, hat er nicht geahnt. Sie fahren zuerst zu ihrem alten Lieblings-Eiscafé, das immer noch existiert. Zwar hat mittlerweile der Sohn den Laden übernommen, doch ihre Lieblingsorte gibt es nach wie vor.

Selbst Nathan, der viel Verständnis für Oskar hat, ist schockiert, als sie danach zum Friedhof fahren. In Puerto Rico zahlt man monatlich Geld, damit die Gräber immer gepflegt und bepflanzt werden. Es war schnell klar, dass die Familie sich nicht um das Grab der Mutter kümmern würde und Nathan hat schon immer dafür bezahlt, dass auch das Grab von Alyssias Mutter mitgepflegt wird. Für ihn war das selbstverständlich.

Alyssia weint am Grab ihrer Mutter. Man spürt, dass sie all das weit weg verdrängt hat. Nathan hat immer auch Blumen für Alyssias Mutter gebracht, doch als er ihr sagt, dass ja auch noch Alyssias Tante regelmäßig nach dem Grab sieht, erstarrt sie. Nach und nach begreift Nathan, wie heftig Oskar alle Verbindungen nach Puerto Rico für Alyssia gekappt hat.

Alyssia glaubte, ihre Tante, die einzige Schwester ihrer Mutter, wäre kurz nachdem sie Puerto Rico verlassen haben, bei einem Autounfall gestorben. Nathan versichert ihr, dass die Tante noch lebt. Er hat sie zwar nicht mehr gesehen, aber er weiß, dass sie regelmäßig hier ist. Der Besitzer des Friedhofes, den sie anschließend fragen, kann ihnen sogar sagen, wo die Tante lebt. Als sie danach zu der Adresse fahren, ist Alyssia schockiert. Sie war überzeugt, dass ihre Tante nicht mehr lebt.

Leider ist Alyssia Tante nicht zuhause. Sie sprechen mit ihrer Nachbarin, die ihnen erzählt, dass sie mittlerweile verheiratet ist und selbst zwei Kinder hat. Ein Junge und ein Mädchen, gerade sind sie im Urlaub. Alyssia und Amanda haben einen Cousin und eine Cousine und wissen von nichts. Sie kommen leider erst in einer Woche wieder.

Alyssia hinterlässt ihre und Nathans Nummer. Die Nachbarin hat Tränen in den Augen, sie erzählt, wie oft Alyssias Tante immer wieder probiert hat, Kontakt zu Amanda und Alyssia zu bekommen, doch ihr Vater hat es verhindert. Es hat ihr das Herz gebrochen. Sie bitten die Nachbarin, ihr die Nummern zu geben. Es sieht nicht so aus, als hätte die Tante das Geld, ins Ausland telefonieren zu können, deswegen lassen sie auch Nathans Nummer da.

Als sie anschließend am Strand sitzen, verspricht Alyssia Nathan, keinen Streit mit Oskar anzufangen. Wahrscheinlich war er damals mit der ganzen Situation einfach überfordert. Nathan kann sich das nur so erklären, er hat Alyssia komplett den Kontakt zu ihrer Heimat verwehrt.

Fast schon automatisch küsst Nathan Alyssia immer wieder. Sie hält seine Hand, umarmt ihn. Als sie im warmen Sand sitzen und sich den Bauch mit Hotdogs vollschlagen, gesteht Nathan Alyssia, dass er so etwas wie das, was sie gerade teilen, noch nie hatte.

Sie sieht ihn mit großen Augen an, als er ihr erklärt, dass er bisher, wenn er Frauen geküsst hat, direkt danach mit ihnen geschlafen hat. Er hat Frauen nie einfach nur so geküsst, ihre Hand gehalten oder sonst etwas, nichts von alldem, was er gerade mit Alyssia macht. Sie sagt nichts dazu, doch ihr anschließender Kuss, den sie ihm liebevoll gibt, festigt Nathans Entschluss. Am Abend entführt er sie dann dahin, wo er sie schon den ganzen Tag hinbringen wollte.

Es ist nur eine Minute, in der Alyssia verwundert ist, als Nathan sie zu seinem Tätowierer bringt. Er will etwas ganz Besonderes, etwas, das ihn für immer an seine Kindheit und die tiefe Bindung zu Alyssia erinnern wird, egal was zwischen ihnen passiert. Selbst wenn sie sich nie wiedersehen, soll das für immer Bestand haben.

Als er das Alyssia so erklärt, schreibt sie ihm ein A in die Nähe seines Herzens. Es ist ihm wichtig, dass sie ihm diese ewige Erinnerung sticht, es soll direkt von ihr kommen. Sie gibt sich viel Mühe, und Nathan sieht ihr dabei jede Sekunde ins Gesicht. Er weiß, dass dieses A und Alyssia wirklich für immer in seinem Herzen bleiben werden.

Als er dann aufsteht und Alyssia sich hinsetzt, ist er derjenige, der überrascht ist. Sie zerquetscht fast seine Hand und einige Tränen fließen. Doch als sie den Tätowierer verlassen, hat Nathan Alyssia am Herzen und sie trägt ein kleines N auf ihrem Schulterblatt und um das N schlängelt sich eine der lila Blumen von ihrem Geheimplatz. Ihre Tätowierung ist wunderschön geworden. Sie beide haben nicht eine Sekunde gezögert, diese feste Bindung zwischen ihnen, die schon immer bestand, zu verewigen.

Es ist geradezu symbolisch für sie beide. Es steht für die Zeit, die sie zusammen verbracht haben, diese enge Bindung und was auch immer die Zukunft bringt, dass wird niemals vergehen, es sind Spuren im Leben, die man nicht verwischen kann.

Sie wollen eigentlich in Alyssias altes Haus, doch als sie Kinder im Vorgarten sieht, möchte sie es doch nicht mehr. Deswegen fahren sie zu Nando und Lina zum Abendessen, nachdem sie José und Janine verabschiedet haben, die für einige Tage ins Strandhaus fahren. Später kommen auch Gabriel, Aurora und Elena vorbei.

Elisa und Lorin kommen nicht. Sie ist bei Arturo, die Stimmung zwischen Nando und ihr könnte nicht angespannter sein. Alyssia fliegt bereits morgen Mittag zurück, da sie ja am Montag wieder im College sein muss. Nathans Flieger geht erst am Montag, da er noch etwas mit Nando zu erledigen hat. Dabei will er dann auch gleich die Sache mit Alonzo klären, so ist die Stimmung unerträglich.

Alyssia ist irgendwann zu Arturo und Elisa hinübergegangen, da sie noch etwas mit Elisa besprechen wollte. Als Nathan nach Hause geht, weiß er, dass sie zu ihm kommen wird, er spürt es. Eine halbe Stunde später betritt sie dann auch sein Haus. Nathan hat gerade geduscht und kommt aus dem Bad, als sie auf seinem Bett sitzt und auf ihn wartet.

»Was passiert jetzt mit uns? Wenn ich wieder zurück in Kanada bin und du hier?« Nathan wirft das Handtuch auf die Couch, er trägt nur noch Boxershorts und sieht auf sie hinab. »Ich weiß es nicht … Ich meine, ich kann oft zu dir kommen und du zu mir. Ich hatte nicht vor, den Kontakt wieder abzubrechen.« Alyssia sieht zu ihm auf. »Natürlich nicht. Aber bedeutet das, dass du in der Zwischenzeit andere Frauen sehen wirst? Ich andere Männer date? Sind wir Freunde? Ein Paar? Ich bin etwas durcheinander.«

Genau das weiß Nathan auch nicht, doch er braucht nicht zu antworten, Alyssia redet weiter. »Ich meine, eigentlich sollten wir uns nichts vormachen. Eine Beziehung, wenn man sich vielleicht alle paar Wochen oder Monate sieht? Du wirst sicherlich weiter andere

Frauen sehen. Aber ich weiß ja auch, dass das, was du mit denen hast, nie das ist, was wir beide hatten oder haben oder … ich weiß auch nicht.«

Nathan lächelt, hält ihr die Hand hin und zieht sie auf die Beine, sodass sie auf dem Bett steht und er die Arme um sie legen kann. »Was hältst du davon? Wir warten es erst einmal ab. Ich komme Montag zu dir und bleibe vielleicht doch noch ein paar Tage länger, und wir sehen einfach Schritt für Schritt, was sich ergibt. Vertraust du mir?«

Alyssia lächelt, sie zeichnet das A auf seiner Brust nach. »Ja, das tue ich.« Nathan hat noch nie viel von Gefühlsdingen gehalten, doch jetzt sieht er Alyssia ernst in die Augen. »Das zwischen uns beiden ist viel fester als alles, was kommen könnte. Ich schwöre dir, dass ich dich niemals belügen oder hintergehen werde. Ich werde nichts mit einer anderen Frau anfangen, wenn, dann sage ich es dir. Doch ich habe es nicht vor und ich hoffe, du hältst das mit den Männern auch so.« Alyssia nickt und umfasst sein Gesicht zärtlich. »Ich weiß nicht, was kommen wird, doch du warst und bist meine Alyssia, darauf sollten wir jetzt die nächste Zeit vertrauen!«

Sie küsst ihn und er reagiert sofort darauf. Nathan dachte einen Augenblick daran zu versuchen, seine Erregung und das, was Alyssias Nähe in ihm auslöst, zu verbergen. Sie sollten vielleicht nicht noch weiter gehen, da sie, was ihre gemeinsame Zukunft angeht, so unsicher sind. Doch je intensiver Nathan sie küsst, desto mehr schmiegt sie sich an ihn und spürt, wie stark sein Verlangen nach ihr ist.

Da Alyssia nun noch enger an ihn herantritt und sie leise in den Kuss hineinstöhnt, wird Nathan mutiger. Seine Hand wandert unter ihre Shorts und er umfasst ihren festen Po, dabei trennen sich ihre Lippen nicht. »Ich wünschte, wir hätten nicht nur unseren ersten Kuss geteilt, sondern alle ersten Male zusammen erlebt.« Alyssias Finger wandern seinen Hals entlang, noch nie hat er auf die Nähe einer Frau so intensiv reagiert wie bei ihr.

Nathan zieht ihr langsam die Shorts von den Beinen. »Wir werden etwas zum ersten Mal haben, was wir mit keinem anderen geteilt haben.« Alyssia lächelt, begibt sich in seine Hände, doch als Nathan sie weiter auszieht, verkrampft sie sich schnell. Sie legen sich aufs Bett und Nathan küsst sie weiter.

Er zieht ihr auch noch ihr Shirt und ihren Slip aus. Als er sich von ihr löst und auf sie hinabblickt, erfüllt sich seine Brust mit Gefühlen, die er so nicht kennt. Es ist Stolz, es ist ein Beschützerinstinkt, es ist ein altes, fast schon animalisches Gefühl .... Mein, das alles gehört mir, meine Alyssia! Und dann ist da noch etwas, das sich ausbreitet, neben dem Urvertrauen, der tiefen Bindung … Vielleicht ist es Liebe, eine Art von Gefühl, das er bisher bei einer Frau nicht kannte. Es lässt ihn tief einatmen und ihren Anblick in sich aufnehmen.

Alyssia ist wunderschön, ihre Augen funkeln ihm entgegen. Nathans Blick fällt auf den Leberfleck unter ihren Lippen, die roten, erhitzten Wangen und die feuchten Lippen. Ihre schönen vollen Brüste senken und heben sich bei jedem Atemstoß, ihre Haut am Bauch ist weich ... Nathan spürt, dass sich Alyssia unwohl fühlt. Er legt sich neben sie, seine Hand verweilt auf ihrem Bauch. »Lass mich dir zeigen, wie wunderschön du für mich bist!«


Und das tut Nathan. Er liebt Alyssia lange, sie erkunden sich gegenseitig mit Neugierde und trotzdem auch einem Grundvertrauen, das er vorher noch nie gespürt hat. In dem Moment, als Nathan dann in sie eindringt, spürt er, wie recht er hatte: Das, was sie teilen, ist für beide das erste Mal.

Noch nie hat es sich für ihn so angefühlt, mit einer Frau zusammen zu sein. Er sieht Alyssia in die Augen, als er sich langsam zurückzieht. Sie umfängt ihn komplett, ist mehr als bereit für ihn. Ihre Lippen suchen atemlos die seinen und ihre Hände krallen sich an seinen Schultern fest, als er erneut zustößt und sie beide so eng es nur geht ineinander vereint.

Es fühlt sich gut an, richtig, kein Zweifel, keine Zukunftsgedanken. Es gibt nur Nathan und seine Alyssia.

Nachdem sie sich immer wieder geliebt und sich von der Außenwelt abgeschnitten haben, verlassen beide das Haus erst am nächsten Mittag wieder. Leider haben sie dann nur noch Zeit, um bei Arturo zu frühstücken, dann muss Nathan sie schon zum Flughafen zu ihrem Privatjet bringen, der sie nach Kanada fliegt. Nathan hat nicht viel geschlafen, beide nicht. Er hat sie die halbe Nacht im Schlaf beobachtet, kann immer noch nicht richtig glauben, dass sie jetzt nach all den Jahren wieder bei ihm ist, hat sie immer wieder in seine Arme gezogen und versucht zu verstehen, was sie da gerade mit ihm und seinem Leben anstellt. Ist es das, was seinen Brüdern bei ihren Frauen passiert ist und er nie verstanden hat?

Nathan fährt allein mit ihr zum Flughafen. Nachdem sie sich von allen verabschiedet hat und er sie vor dem Jet im Arm hält, weiß er auch, warum. Er will nicht zeigen, wie weit er Alyssia doch schon verfallen ist, wenn er seinen Brüdern noch immer sagt, dass es nichts Ernstes ist. Nicht solange er selbst nicht weiß, wohin all das führen wird. »Bis morgen!« Alyssia gibt ihm noch einen langen Kuss. Seitdem sie sich noch näher gekommen sind, hat keiner von ihnen mehr von dem geredet, was kommen wird, es war zu spüren, dass dies nicht das Ende ist. Nathan hat es geschafft, ihr in den letzten Stunden das Vertrauen in sie beide so tief unter die Haut zu setzen, dass er jetzt in ihren Augen weder Angst noch Zweifel sieht.

»Bis morgen. Schreib mir, wenn du angekommen bist!« Alyssia lächelt und geht die Treppen zum Flieger hoch, doch dann stockt sie. »Weißt du noch, als du mir damals versprochen hast, immer für mich dazu sein, auch wenn ich nicht mehr in Puerto Rico wohne, dass du mich immer beschützen wirst?« Nathan nickt, er kann sich noch sehr gut an ihren Abschied damals erinnern.

»Ich habe immer gedacht, dass du dein Versprechen gebrochen hast. Wenn ich mal Streit mit jemandem hatte, oder sonst etwas passiert ist, habe ich jedesmal daran gedacht. Aber jetzt, wo wirklich etwas passiert ist und ich das erste Mal in richtiger Gefahr war, warst du wirklich da. Du hast dein Versprechen gehalten und du wirst auch alle anderen halten. Ich vertraue dir!« Mit diesen Worten dreht sie sich und geht in den Jet.

Sie vertraut ihm, das ist gut, das soll so sein, und doch spürt Nathan gleich eine noch größere Last auf sich. Alyssia ist ihm zu wichtig, zu wertvoll. Er darf es nicht versauen und muss sich wirklich anstrengen, damit das klappt. Die ganze Zeit denkt er darüber nach, Nathan erkennt sich selbst kaum wieder. Von dem Nathan, der lustlos ins Flugzeug nach Kanada gestiegen ist, ist kaum noch etwas übrig.

Er holt Nando ab und sie fahren zu den Geschäftspartnern, mit denen sie gemeinsam Geschäfte begonnen haben und nun auch zusammen über neue Konditionen verhandeln. Nando beobachtet Nathans Verwirrtheit mit einem wissenden Lächeln. Als sie am Abend zurückfahren, sind alle bei Gabriel versammelt, der gerade den Grill vorbereitet, alle außer Elisa. Als Nathan Nando darauf anspricht, merkt er schnell, dass es nichts bringen wird, er ist zu stur und zu sauer, so wird das nichts. »Ich bin gleich wieder da!« Als Arturo hinaus zu seinem Auto geht, folgt Nathan ihm. Er ahnt, dass er die Situation so nicht belassen wird. »Fährst du zu ihnen?« Nathan folgt ihm.

Sein älterer Brüder nickt. »Wir müssen das beenden.« Er deutet ihm einzusteigen. Nathan muss fünf Minuten auf seine Schwester einreden, damit sie ihnen endlich sagt, wo sie sind. Er verspricht ihr hoch und heilig, dass sie nur zum Reden kommen. Als sie dann an dem Motel ankommen, wissen sie, dass sie sich gerade auf sehr dünnes Eis begeben. Sie dürfen niemandem in den Rücken fallen, weder Elisa noch Nando.

Nathan ist froh, dass dann Arturo das Reden übernimmt, als sie bei Alonzo und Elisa im Raum sind. Nathan sieht auf die vielen Verletzungen, die Alonzo noch immer hat. Er kann nicht glauben, dass das wirklich Nando war. Arturo stellt klar, dass Alonzo, unabhängig von Nando, zu den engeren Kreisen der Familia gehört, dass sie ihm vertrauen. Dieses Vertrauen hat er sich verdient und nicht bekommen, weil er Nandos bester Freund war. Ihr Vertrauen hat sich nicht geändert, und sie möchten ihre Schwester nicht wieder verlieren.

Alyssia meldet sich zwischendurch. Sie schreibt, dass sie zuhause ist, noch etwas lernt und dann schlafen geht. Nathan verspricht ihr, sie morgen vom College abzuholen. Wenn er früh genug losfliegt, müsste er das schaffen. Dann konzentriert er sich wieder auf das Hier und Jetzt. Alonzo erklärt sich. Er hat nicht vor, Elisa zurückzulassen. Er möchte ab jetzt für sie und Lorin verantwortlich sein und endlich zu ihrer Liebe stehen. Er bedankt sich bei Arturo und Nathan für diesen Schritt, dass sie gekommen sind. Aber solange solch ein Streit zwischen Nando und Alonzo steht, wird es nicht möglich sein, dass er wieder mit ihnen zusammenarbeitet.

Er hat recht. Als Elisa zu weinen beginnt, merkt Nathan, wie sehr die beiden all das belastet und steht auf. »Alonzo, komm mit uns! Elisa, bleib erst einmal mit Lorin hier.« Elisa will etwas sagen, doch Nathan sieht sie bittend an. »Vertrau uns einfach, wir bekommen das schon wieder hin.« Arturo steht auch auf, Alonzo folgt ihnen. »Denkst du, das wird klappen?« Selbst sein älterer Bruder ist etwas skeptisch, er ahnt, was Nathan vorhat. Nathan steigt nach hinten und lässt Arturo und Alonzo vorn sitzen. »Es muss klappen!«

Keine zehn Minuten später fahren sie vor Gabriels Haus vor. Nathan hat angerufen und Nando gebeten, vor dem Haus zu warten. Als sie jetzt aussteigen und er Alonzo sieht, will er sich wieder abwenden, doch Arturo hält die Hand hoch. »Warte, Nando!« Jetzt erst sieht Nathan, dass Mateo und Lina auch vor dem Haus sind. Mateo rennt zu Alonzo, nachdem dieser ausgestiegen ist. »Onkel Alonzooooooo.« Ohne dass jemand etwas sagen kann, rennt er in seine Arme.

Nando und Alonzo waren beste Freunde, immer zusammen, natürlich liebt Mateo Alonzo sehr und hat ihn vermisst. Egal was war, Alonzo lächelt und küsst Mateos Wangen. Nando sieht wütend zu seinen Brüdern. »Was soll der Scheiß?« Lina kommt vor und sieht erschrocken zu Alonzo und dessen Wunden. Wahrscheinlich hat sie nicht damit gerechnet, dass er noch immer so mitgenommen aussieht, doch dann umarmt sie Alonzo und Nando wird immer wütender.

Arturo will ansetzen etwas zu sagen, doch Nathan greift ein. Nando und er haben eine besondere Bindung und das will er nutzen. »Wir haben ihn hergeholt, Nando, weil eine Lösung gefunden werden muss. Du bist mein Bruder und ich liebe dich. Wenn es hart auf hart kommt, stehe ich hinter dir, egal was deine Entscheidung ist, doch so weit sollten wir es gar nicht erst kommen lassen. Elisa sitzt gerade weinend in irgendeinem Motel auf gepackten Sachen. Alonzo und sie lieben sich. Es war ein Fehler, uns das nicht früher zu sagen, da hast du vollkommen recht. Alonzo hat es aber nur wegen eurer Freundschaft versucht ungeschehen zu machen. Es ist schlimm, was dadurch passiert ist, aber wenn sie damit leben und einen Neuanfang beginnen, müssen wir das akzeptieren. Willst du mir erzählen, dass du genau jetzt, in dem Moment, nicht hundertprozentig Mateos Leben Alonzo anvertrauen würdest? Egal was passiert ist, daran ändert sich doch nichts.«

Nando sieht zu Alonzo, der Mateo auf den Boden lässt. »Das hat doch damit nichts zu tun.« Dieses Mal sagt Alonzo etwas. »Hör zu, Nando, ich habe es mir auf dem Weg hierher gut überlegt. Elisa und ich lieben uns. Es tut mir leid, wie alles gekommen ist, aber es tut mir nicht leid, dass ich deine Schwester liebe. Sie ist das Beste, was mir je passiert ist und ich werde sie nicht mehr gehen lassen. Eigentlich wollten wir woanders neu anfangen und vielleicht wäre es auch klüger, doch Nathan und Arturo haben recht. Ich gehöre hierher und Elisa auch, sie sollte nicht wieder ihre Brüder verlassen müssen. Wir kommen zurück und ich arbeite weiter in der Familia. Wenn du damit nicht klarkommst, geh mir aus dem Weg, aber ich werde deine Schwester nicht verlassen.«

Nathan räuspert sich, ganz so hart hätte Alonzo das jetzt nicht formulieren müssen, doch zumindest reden sie wieder miteinander.

Nando nimmt Mateo auf den Arm und sieht zu ihnen. »Wisst ihr was? Von mir aus! Elisa soll nicht weggehen und du hast recht, du gehörst zur Familia und hast viel für sie getan, mehr habe ich dazu nicht zu sagen. Falls du aber denkst, dass das irgendetwas zwischen uns ändert, hast du dich getäuscht!«

Er geht, doch Nathan ist erleichtert. Auch Lina kommt schnell noch einmal, gibt Alonzo einen Kuss auf die Wange und lächelt aufmunternd. »Das wird schon, gib ihm Zeit!« Nathan sieht seinem sturen Bruder zufrieden hinterher. Er hätte auch noch einmal auf Alonzo losgehen oder ihn endgültig rausschmeißen können, doch auch wenn es noch nicht gut ist, ist es ein kleiner Schritt in die richtige Richtung.

Arturo klopft Alonzo auf die Schulter. »Dann lass uns mal Elisa wieder hierher holen!«


In der Nacht kann Nathan nur sehr schwer einschlafen. Er sieht, dass Alyssia vor Stunden das letzte Mal online war und sicher schon schläft. Er war jetzt so viel mit ihr zusammen, dass es sich komisch anfühlt, ohne sie zu sein. Sein Bett riecht noch nach ihr. Als er es dann endlich schafft und einschläft, verschläft er am nächsten Tag so sehr, dass er erst drei Stunden später als geplant losfliegt. Noch immer war Alyssia nicht online. Nathan schreibt ihr, dass er später kommt, doch sie scheint es nicht mitbekommen zu haben, denn als er in Kanada ankommt, wartet niemand auf ihn. Er kann nur hoffen, dass dies nicht zum ersten Streit zwischen Alyssia und ihm führen wird, doch er bezweifelt es, er wird sie schon wieder milder stimmen können.

Nathan lässt sich von einem Taxi fahren, davor kauft er noch einen großen Strauß Rosen und lässt sich einen ganz kleinen für Amanda binden. Er gibt die Adresse des Hauses an, da Alyssia schon wieder zuhause sein müsste. Sobald sie allerdings Dawson durchquert haben und wieder verlassen, sind einige Straßensperren aufgestellt. Ein Polizist hält sie an und fragt, wohin sie möchten. Als Nathan ihm die Adresse sagt, sieht er ihn betroffen an. »Sind sie mit der Familie verwandt?« Nathan wird unruhig. »Kann man sagen, wieso? Ist etwas passiert?« Der Polizist tritt zur Seite. »Fahren sie durch und sprechen sie mit dem Chief.«

Nathan sieht sich unruhig um und erstarrt, als sie ankommen und er auf das Grundstück von Alyssias Familie sieht. Es ist nicht mehr da.

Er drückt dem Taxifahrer einen Schein in die Hand und steigt aus. Sofort brennt Rauch in seiner Nase. Nathan spürt seine Knochen nicht mehr. Er kann sich nicht fortbewegen, als er auf das sieht, was einmal das Grundstück war. Es ist nichts mehr da, es ist alles, wirklich alles abgebrannt. Nicht einmal mehr die neu gezogenen Zäune stehen noch, nicht das Gästehaus, nichts, kein Baum. Es ist nur noch ein riesiges, verbranntes Loch.

Er ist so schockiert, dass er gar nicht spürt, wie jemand zu ihm tritt. »Es tut mir leid, es konnte nichts mehr getan werden. Da es sich hier um ein Holzhaus gehandelt hat, hat sich das Feuer innerhalb von Minuten so stark verbreitet, dass jede Hilfe zu spät kam.« Nathan sieht zu den Polizisten. Er spürt, dass seine Augen durch den Rauch tränen. »Wann ist das passiert?« Er muss sofort ins Krankenhaus und nach allen sehen. »Gestern am Abend, wir konnten das Feuer aber erst heute morgen unter Kontrolle bekommen.«

Nathan wischt sich über die Augen, sein Handy klingelt. Die Blumensträuße in seiner Hand scheinen plötzlich Tonnen zu wiegen. »Wo sind sie, wo sind Alyssia und Amanda?« Der Mann sieht ihn überrascht an, blickt auf die Rosen, dann nimmt er die Mütze ab. »Es tut mir leid, ich dachte, sie wüssten es ... Es gibt keine Überlebenden. Die Köchin des Hauses hat zehn Minuten, bevor der Brand ausgebrochen ist, das Haus verlassen, um noch schnell Besorgungen zu machen. Es waren zu dem Zeitpunkt der Besitzer, seine Frau, seine zwei Töchter und ein Hausangestellter da. Keiner hat es raus geschafft, es ging zu schnell.

Die Sicherheitsfirma, die hier gerade erst am Haus gearbeitet hat, meinte, dass ihnen die vielen alten Stromleitungen aufgefallen seien, doch der Besitzer hatte kein Geld, sich darum zu kümmern. Es war einfach nur … ein schrecklicher Unfall. Geht es ihnen gut? Soll ich sie zu der Köchin bringen? Sie liegt mit Schock im Kranken …«

Nathan registriert nichts mehr, er sieht zu dem verbrannten Grundstück. Alyssias und Amandas Gesicht kommen vor sein inneres Auge. Er spürt, wie jemand ihn an der Schulter packt, ihn etwas fragt, die Rosen auf den Boden fallen und ein leises »Nein!« seinen Mund verlässt.

# Kapitel 14

Nathan rast den Berg hoch und hält knapp vor der Schranke, zu knapp. Alle Männer seiner Familia, die gerade für die Wache eingeteilt waren, kommen aus dem Häuschen. »Scheiße, Nathan, bist du betrunken?« Nathan reibt sich müde die Stirn. »Leider nicht oder zu wenig.« Die Schranke geht auf und Nathan fährt zu seinem Haus, ohne ein Wort zu seinen Freunden und den Mitgliedern seiner Familia zu sagen. Die Sonne ist gerade erst aufgegangen. Normalerweise ist jetzt kaum jemand wach, doch Nando steht auf seinem Balkon und sieht zu ihm hinunter. Er sieht bei Arturo im Haus die zur Seite geschobene Gardine und Elisa kommt aus ihrem Haus.

Nathan kann all das jetzt nicht gebrauchen. Ohne auf einen von ihnen zu achten, geht er in sein Haus. Er weiß, dass keine zwei Sekunden später Elisa hinterherkommt, doch er ignoriert das alles. Nathan geht direkt in seine Küche, gießt sich ein Glas Wodka ein und geht in den Garten. Er atmet tief ein und sieht auf das Gras. Seine Augen brennen. »Wir haben uns Sorgen gemacht, wo warst du die ganze Nacht? Nicht einmal Tajo wusste, wo du stecktst.« Seine Schwester setzt sich neben ihn, nachdem er Platz genommen und die Beine weit von sich gestreckt hat.

Er ist müde, kann aber nicht schlafen. Vor zwei Tagen war er in Kanada, hat das verbrannte Grundstück gesehen. Er war noch bei der Köchin im Krankenhaus, die ihm nur das bestätigt hat, was die Polizisten ihm bereits versucht haben zu sagen: Alyssia, Amanda, der Vater, die Stiefmutter und Hank sind verbrannt.

Die Worte dringen zu ihm, aber er kann sie nicht begreifen. Die Köchin hat ihm erzählt, dass ihr aufgefallen war, wie glücklich Alyssia aus Puerto Rico wiedergekommen ist und dass sie am Abend zu ihr ins Zimmer gegangen ist, um das Geschirr herauszuholen. Da hat sie sich, statt zu lernen, ein Bild von Nathan und ihr am Strand angesehen. Eine Stunde später ist sie verbrannt.

»Nathan, es tut mir so leid, von ganzem Herzen. Ich wünschte, ich könnte dir etwas von diesen Schmerzen nehmen, wir machen uns alle Sorgen um dich. Du schläfst nicht, du isst nicht und tigerst nur herum. Es ist, als würden alle nur auf die Explosion von dir warten. Ich hatte ... Aly ... sie auch so lieb und ... Es war einfach ein schrecklicher Unfall!«

Nathan schließt einen Moment die Augen, er kann es nicht mehr hören. Als er dann zu seiner Schwester sieht und die Tränen, die sie seinetwegen weint, wendet er den Blick wieder ab. »Mir geht es gut, ich bin kein Kind mehr, ich komme schon klar.« Elisa wischt sich die Tränen weg, sie geht in die Küche und bringt zwei Croissants und Kaffee heraus. »Iss bitte wenigstens etwas und versuche zu schlafen, ich gehe gleich einkaufen und mache dein Lieblingsessen. Bis gleich!«

Nathan will ihr hinterherrufen, dass sie das alles sein lassen soll, er will einfach nur seine Ruhe, doch er weiß, dass seine Beschwerde nichts bringen würde. Er lehnt sich zurück und schließt die Augen. Sofort kommt ihm Alyssias Gesicht in die Gedanken. Er kann es nicht glauben, will es nicht wahrhaben, sie haben sich gerade wiedergefunden. Es ist alles vorbei, bevor es überhaupt richtig angefangen hat? Einfach nur ein grausamer Unfall? Seine Brust brennt noch an der Stelle, wo sie ihm das A tätowiert hat, so grausam kann das Schicksal gar nicht sein.

Nathan hat niemandem etwas gesagt, als er zurückgeflogen ist. Erst als er vor ihnen stand, hat er gemerkt, dass er sich nicht umgezogen hatte. Obwohl er noch weit weg von der Brandstelle stand, waren seine Klamotten und sein Gesicht voller Ruß und Rauch. Er wird nie vergessen, wie geschockt seine Familie ihn angesehen hat, als er so vor ihnen stand und erzählte, was er in Kanada vorgefunden hat.

Nathan hat seinen Brüdern gesagt, dass er nicht daran glaubt, dass dies ein Unfall war. Er wollte etwas machen, etwas tun, irgend etwas, doch sie haben ihn daran gehindert. Sie denken, dass es einfach ein Unfall war, doch alles in Nathan sträubt sich dagegen, dies zu glauben.

Sie haben versucht ihn zu beruhigen, doch je mehr sie auf ihn zugegangen sind, umso mehr ist er weggewichen, weil sie es nicht verstehen. Sie spüren dieses Gefühl im Bauch nicht, das Nathan nicht zur Ruhe kommen lässt. Er kann nicht trauern, weil er nicht das Gefühl hat, dass es vorbei ist, er hat das Gefühl, irgendetwas Wichtiges übersehen zu haben. Dass da etwas ist, was er tun muss.

Wieder geht er die letzten Stunden in seinem Inneren durch, überdenkt jedes Detail, wie schmerzlich die Erinnerung an Alyssia und das, was sie geteilt haben, auch ist.

Erst als er spürt, dass jemand ihm sein Glas aus der Hand nehmen will, öffnet er die Augen blitzschnell und zieht seine Waffe. Nando steht neben ihm und seufzt leise auf. Nathan steckt die Waffe weg und nimmt Nando sein Wodkaglas wieder aus der Hand. »Das ist gefährlich, was du tust!« Nando sieht auf ihn hinab und deutet auf die Croissants, doch bevor er dazu kommt etwas zu zeigen, hebt Nathan seine Hand. »Fang nicht auch noch an!«

Nando setzt sich zu ihm. »Du musst schlafen, Nathan, damit du wieder klarer sehen kannst. Tajo hat mir gesagt, dass du immer noch denkst, die Salva Miri hätte etwas damit zu tun. Wie kommst du darauf? Ich glaube, du fängst langsam an, dir Dinge einzureden, um die Wahrheit nicht akzeptieren zu müssen.«

Nathan leert sein Glas in einem Zug. »Wirklich? Was ist die Wahrheit? Waren du oder ich dabei?« Nando schüttelt den Kopf. »Nein, aber die Köchin hat gesagt, dass alle im Haus waren, die Polizei hat Knochen von verschiedenen Menschen gefunden. Es wird dauern, bis raus ist von wem genau. Aber sollte Alyssia wirklich nicht im Feuer umgekommen sein, hätte sie sich doch schon gemeldet.«

Nathan kennt die Fakten, es gibt keine Minute, in der er sich darum keine Gedanken gemacht hat. »Ich spüre, dass irgendetwas faul an der Sache ist. Oskar hat mich extra dahin kommen lassen wegen der Salva Miri. Und jetzt ist es so abwegig, wenn ich darüber nachdenke, dass sie etwas damit zu tun haben?« Nando reibt sich die Augen.

»Nathan, du hast doch diesen Martin selbst geschnappt, du warst in seiner Wohnung, er war es. Das ist es, was ich mit Schlafmangel meine. Ich bin mir sicher, dass wenn du dich ausruhen würdest, du klarer ...« Nathan steht auf, er schleudert das Glas wütend gegen die Hausmauer. »Es ist verfickt nochmal egal, wie viel ich schlafe oder nicht. Dieses Gefühl, dass etwas nicht stimmt, bleibt!« Als Nando Martins Namen erwähnte, hat Nathans Herz gleich schneller geschlagen. Er denkt an den Abend zurück, als er ihn zur Rede gestellt hat.

»Ich sage nicht, dass ich dich nicht verstehe. Ginge es um Celina … ich würde es auch nicht akzeptieren wollen. Weil wir so viel hier erleben, fällt es uns noch schwerer, so einen Unfall zu akzeptieren, etwas, wo niemand etwas für kann oder schuldig ist, doch manchmal ist das einfach so.« Nathan geht hoch in sein Schlafzimmer. Nando folgt ihm, doch bevor er ins Schlafzimmer geht, stockt er und Nando rennt fast in ihn hinein. Nathan hat es nicht mehr betreten, wollte den Geruch von Alyssia, der noch in seinem Bett hing, nicht verwischen. Jetzt erst merkt er, dass dieser immer schwächer wird, sein Herz zieht sich schmerzhaft zusammen.

Wütend zieht er sich sein Shirt aus und nimmt ein neues aus dem Schrank. Dabei ignoriert er Nandos Blick auf seinem neuen Tattoo, dem A. »Wann hast du das machen lassen?« Nathan holt die Reisetasche hervor, die noch immer gepackt ist, für Kanada. Er hat sie ja nie ausgepackt. »Alyssia hat das gestochen!«

Nando nickt und senkt den Kopf. Nathan stopft noch mehr Sachen in die Tasche und legt drei Waffen dazu, dann ruft er am Flughafen an und sagt, dass der Privatjet bereitstehen soll. Als er auflegt, steht Nando noch am Türrahmen. »Ich fliege noch einmal nach Kanada, vielleicht habe ich etwas übersehen!« Er will an Nando vorbei, doch dieser stellt sich genau vor ihn. »Sieh mich an, Nathan!«

Er hält ein. Es bringt nicht viel, sich jetzt mit seinem älteren Bruder anzulegen. Lieber sollte er ihn beruhigen, so kommt er schneller hier weg. »Flieg noch einmal hin, vielleicht brauchst du das, nimm Tajo mit! Aber du musst ganz klar denken und handeln. Du kannst nicht einen Krieg mit der Salva Miri beginnen, nur auf eine bloße Vermutung hin. Das sind keine Kleingangster, die vor uns kriechen. Wenn wir etwas mit ihnen klären müssen, dann nur, wenn wir auch hundertprozentig sicher sind. Wir können keinen Krieg beginnen aufgrund einer Vermutung, hörst du? Bei allem Schmerz und bei aller Trauer darfst du keine Fehler begehen. Keine Fehler, die unsere ganze Familie in Gefahr bringen.«

Nathan nickt, am liebsten würde er Nando einiges dazu sagen, doch dann käme er hier nie weg. So sieht sein Bruder nur besorgt zu, wie er erneut zum Flughafen fährt, zusammen mit Tajo, der ihn auch als Einziger die letzten zwei Tage in Ruhe gelassen hat. Ihm ist bewusst, dass jeder hier denkt, Nathan würde übertreiben und sollte sich wieder einkriegen, da er es eh noch nie mit einer Frau ernst gemeint hat und bald wieder die nächste kommt. Auch seine Brüder erwarten sicherlich, dass Nathan das alles nicht so ernst nimmt, doch dann hat keiner von ihnen jemals verstanden, was Alyssia schon immer für ihn war.

Die letzten Tage zusammen haben die letzten zehn Jahre nicht vergessen lassen, aber gezeigt, dass dieses Band zwischen ihnen stärker ist als sie dachten. Nathan weigert sich, in der Vergangenheitsform zu denken, wenn er an Alyssia denkt. Er will sich nicht mit dem Gedanken abfinden, dass sie tot ist. Er ist sich absolut sicher, dass, ginge es um eine Frau seiner Brüdern, es keine Frage gewesen wäre, ob sie etwas unternommen hätten.

»Ich habe die letzte Nacht von Amanda geträumt.« Tajo sieht aus dem Fenster des Jets, als sie starten. Auch ihn hat all das mitgenommen, da er wie Nathan die ganze Familie einige Tage begleitet hat. Nathan denkt an die kleine Schwester von Alyssia. Dass sie im Feuer gestorben ist, steht außer Frage, sie haben einige Knochen eines elfjährigen Kindes gefunden. Nathan dreht sich um, er kann nicht darüber reden und Tajo belässt es dabei. Hier im Flugzeug hat Nathan keine andere Möglichkeit, als sich etwas auszuruhen. Vor zwei Tagen ist er erst diese Strecke geflogen und seitdem ist nichts mehr wie es war. Er kann nur hoffen, dass dieser Flug etwas Licht ins Dunkel bringt.

Letztlich hat sein Körper die Kontrolle übernommen und es fällt Nathan sehr schwer, sich aus dem Flieger zu bewegen, nachdem er nun doch einmal eingeschlafen war. Doch seine Unruhe setzt sofort ein. Sie fahren noch einmal mit einem Mietwagen zu dem Grundstück. Dieses Mal sieht auch Tajo es mit eigenen Augen und ist schockiert. »Ich habe es mir nicht so schlimm vorgestellt!« Sie betreten das verkohlte Gelände. Ab und zu entdecken sie im Schwarzen etwas Farbe, ein Teil eines Bildes, den Fetzen eines Kleidungsstückes, doch ansonsten ist alles verbrannt.

Nathan sucht alles ab. Er weiß nicht, wonach er sucht, doch vielleicht findet er einen kleinen Hinweis, irgendetwas, was ihn diese Nacht verstehen lässt. »Wie kommt es eigentlich, dass das Gästehaus auch ganz abgebrannt ist? Ich meine, es hat keine Verbindung zum Haupthaus, es muss doch lange dauern, bis das Feuer darauf übergreift, oder?« Sie stehen jetzt auf dem Platz, auf dem das Gästehaus stand, in dem sie beide geschlafen haben.

Tajo hat recht und Nathan ist sich immer sicherer, dass er nicht ohne Grund eine solche Unruhe verspürt. Das Gästehaus kann doch gar nicht so viel abbekommen haben wie das Haupthaus. Die Feuerwehr hätte doch versuchen können, das Feuer davon wegzuhalten. Sie fahren direkt ins Krankenhaus, in dem noch immer die Köchin liegt. Zwar fehlt ihr körperlich nichts, doch offenbar weiß die arme Frau nicht, wo sie nun hin soll. Sie hat die letzten zehn Jahre für Alyssias Familie gearbeitet und dort gewohnt.

Nathan sagt ihr, dass sie gerne jederzeit zu ihnen kommen kann, sie werden schon Arbeit für sie finden bei sich. Er schreibt ihr die Adresse auf. Sie will noch warten, bis sie hier alle Formalitäten geklärt hat und sich dann melden. Dann fragt Nathan noch einmal alles ab. Es fällt ihr genauso schwer, wie es ihm schwerfällt, all das zu hören, doch es muss sein.

Der Köchin fällt allerdings leider nicht Neues an. Als Nathan und Tajo wegen des Gästehauses nachfragen, ist sie sich aber sicher, dass, als sie angekommen ist, beide Häuser gebrannt haben. Der Brand wurde allerdings auch erst ungefähr eine halbe Stunde später bemerkt, als er begonnen haben muss. Da sie ja keine direkten Nachbarn haben und das Haus sehr abgelegen ist, hat niemand das Feuer bemerkt. Allerdings kam eine Polizeistreife vorbei, und da wird Nathan hellhörig.

Sie haben das Sicherheitssystem so eingestellt, dass die Polizei automatisch verständigt wird, sobald jemand auf das Gelände einzudringen versucht. Dieses Signal ist bei der Polizei angekommen. Als Nathan dies sofort als Bestätigung dafür aufnimmt, dass etwas nicht stimmt, versuchen die Köchin und auch Tajo ihn wieder zu beruhigen. Das Signal kann auch durch den Brand verursacht worden sein. Keiner weiß, was zuerst war, das Feuer oder das Signal.

Nathan hat noch immer einen Gedanken, der ihn nicht loslässt. Nach dem Krankenhausbesuch bei der Köchin und ihrem Versprechen, bald nach Puerto Rico zu kommen, fahren sie direkt in die Wohnung zu Martin. Sie erwischen ihn zum Glück auch zuhause. Er ist dabei neue Bilder anzuhängen, diesmal von einer anderen Frau. Ein kranker Mistkerl. Nathan geht ohne Vorwarnung auf ihn los, ohne dass Tajo eingreifen kann. Er ist viel zu fertig mit der Welt, um noch klar denken zu können.

Erst als Tajo Nathan von Martin heruntergezogen hat, sieht er Martin ernst an. Er nimmt seine Waffe und hält sie dem blutenden Mann an den Kopf. »Ich frage dich das jetzt einmal und ich schwöre bei Gott, wenn ich herausfinde, dass du mich verarscht hast, komme ich wieder, hörst du mich?« Martin nickt. »Das mit dem Hund, du hast gesagt, dass du das nicht warst. Hast du gelogen?« Der Mann schüttelt sofort den Kopf. »Nein, ich schwöre, von einem Hund weiß ich nichts. Ich habe die Anrufe getätigt, ihr Briefe geschrieben und war hin und wieder an ihrem Haus, habe vor dem College gewartet und habe auch einmal aus Wut die Autoreifen zerstochen Aber ich schwöre, dass ich niemals jemanden verletzt und schon gar nicht irgendetwas mit ihrem Hund gemacht habe, ich schwöre es!«

Nathan glaubt ihm, auch Tajo sieht etwas unsicher aus. »Kapierst du es jetzt? Es war nicht nur Martin an ihrem Haus!«

Die Nacht verbringen sie in einem Hotel. Während Tajo schläft, plant Nathan alles, was er tun muss. Er ruft alte Kontakte an und macht einige Buchungen, geht noch einmal einige Dinge besorgen und eine große Menge an Bargeld abheben. Er weiß, dass dieser Schritt sein Leben für immer ändern, es vielleicht sogar beenden wird. Doch er muss diesen Schritt gehen, er könnte mit dieser Ungewissheit und dieser Wut im Bauch nicht weiterleben. Er weiß auch, dass er diesen Schritt ganz bewusst und radikal gehen muss, um alle anderen zu schützen. Als er sich dann ins Bett legt, kann er einschlafen. Er weiß nicht, was genau die Salva Miri damit zu tun hat, doch er wird es herausfinden und auch, was genau mit der gesamten Familie passiert ist.

Am nächsten Tag fliegen sie zurück nach Puerto Rico. Schon während sie landen, wird Nathan klar, wie schwer ihm die nächsten Schritte fallen werden. Er zieht den Ring aus seiner Tasche, den er als kleiner Junge Alyssia gekauft hat. Als er zurück aus Kanada kam, hat er ihn aus der Box geholt und trägt ihn seitdem in seiner Hosentasche. Egal wie schwer die nächsten Schritte werden, es ist klar, er muss sie gehen.

»Vielleicht bedeutet es ja auch etwas Gutes, dass er nur so kurz in Kanada war, du musst Geduld mit ihm haben. Ich habe Nathan noch nie so ... zufrieden und verliebt gesehen, wie die paar Tage, als Alyssia da war. Es muss schwer für ihn sein.« Nando küsst die Nase seiner Frau, die ihn gerade im Bad aufgehalten hat. »Alyssia war immer etwas ganz Besonderes für Nathan, aber ich weiß auch, dass er einfach unberechenbar ist und wir die nächste Zeit sehr aufpassen müssen.« Lina lächelt und küsst ihn. »Ich finde es so süß, wie sehr du besonders an Nathan hängst. Du liebst ihn sehr, oder?« Nando muss nicht antworten, natürlich tut er das. »Kommst du danach wieder her? Ich bleibe heute zuhause, Janine und Olivia sind in der Firma.«

Nando greift in die langen dicken Haare seiner Frau und umfasst gleichzeitig ihre Beine, um sie auf das Waschbecken zu setzen. Celina lacht, als er sich ihren Lippen nähert. »Da du ja heute Nacht bei unserem Sohn verbracht hast, musst du eh noch einiges wieder gut machen.« Seine Lippen streifen die ihren. Sein Verlangen und seine Liebe für sie sind niemals auch nur ein bisschen zurückgegangen, im Gegenteil. Wenn, dann ist alles nur fester geworden und noch mehr gewachsen.

Celina keucht leise auf, als seine Hände ihren Weg über ihre Brüste nach unten wandern. »Dein Sohn hatte einen Alptraum und ich bin bei ihm eingeschlafen.« Nando küsst ihren Hals und Celina beugt sich ihm entgegen. »Aber heute Nacht ...« »MAMIIIITA, PAPPIII.« Nando lacht und lässt von seiner schönen Frau ab, als Mateo zu ihnen ins Bad kommt. »Ich finde mein Auto nicht, das blaue mit dem Tatütata.« Nando nimmt seinen Sohn auf den Arm und reicht ihn Celina, davor küsst er noch seine weichen Wangen. »Mein Sohn, eines Tages wirst du verstehen, dass die Natos nicht mit der Polizei spielen. Du solltest lieber mit dem Ferrari spielen, den José dir geschenkt hat.«

Er bekommt ein Handtuch von Celina an den Kopf, gibt beiden noch einen Kuss und geht dann schnell die Treppe hinunter. Er will Nathan vom Flieger abholen und muss sich beeilen. Als sein Handy klingelt, stellt er fest, dass ihn heute schon einige Geschäftspartner angerufen haben. Er muss nachher alle mal zurückrufen, jetzt ist der Anführer einer anderen Familia am Apparat und Nando hört verwundert den Anrufbeantworter ab, als er es nicht mehr schafft das Gespräch anzunehmen.

'Hallo Nando, wir haben gerade gehört, dass sich euer Bruder von eurer Familia losgesagt hat. Es tut uns leid, das hören zu müssen. Solltet ihr Ersatz brauchen, gebt uns Bescheid, wir haben hier gute Männer und das würde unseren Geschäften mehr Stabilität geben. Meldet euch'

Bevor er in sein Auto steigt, sieht Nando verwundert auf sein Handy. José kommt auf ihn zu. »Ich habe heute schon drei merkwürdige Anrufe gehabt. Wie kommen die darauf, dass jemand sich von uns lossagt?« Langsam beginnt Nandos Magen zu rumoren. »Steig ein!«

Sie sind schnell am Flughafen. Eigentlich sollte der Flieger noch gar nicht gelandet sein, doch als Nando sieht, dass er auf ihrer Landebahn steht und offen ist, ahnt er, dass Nathan ihm die falsche Flugzeit durchgegeben hat. Er rennt zum Jet, findet Tajo und den Piloten schlafend vor, daneben ein Tuch. Er wird sie mit Chloroform ausgeschaltet haben, langsam werden sie aber wach.

Nando sieht auf den Tisch und flucht. Nathans Portemonnaie, sein Ausweis, sein Handy, seine Karten, alles liegt da und zusätzlich ein Zettel.

'Ich weiß, dass ihr mich nicht verstehen werdet. Ich musste diesen Schritt gehen, weil ich so nicht weitermachen kann und nichts unternehmen möchte, was euch und eure Frauen gefährden könnte. Sagt Elisa, dass ich sie liebe, gebt den Kleinen einen Kuss von mir und auch euren Frauen. Ich werde nicht zurückkommen und sage mich von den Los Natos los, um euch zu schützen. Passt auf euch und auf alle anderen gut auf. Es tut mir leid, ich weiß, dass ich für euch mehr eine Last als ein guter Bruder war und wünschte, ich hätte einiges anders gemacht. Nathan'

Nando setzt sich auf die Couch, vor seinen Augen beginnt es schwarz zu flimmern. Er würde den Zettel am liebsten zerreißen, doch das geht nicht, sie brauchen ihn noch. José nimmt ihn und sieht dann fragend zu Nando. »Was bedeutet das?« Nando reibt sich die Augen. Ein Schmerz durchfährt seine Brust und droht ihn zu ersticken. Er hat nicht damit gerechnet, dass Nathan so etwas tun würde.

»Er hat alles zurückgelassen, wahrscheinlich sitzt er gerade in irgendeinem Flieger, wer weiß wohin. Er hat sich von uns losgesagt und auch schon allen Bescheid gegeben, sodass es offiziell ist. Daher die Anrufe. Er hat dafür gesorgt, dass er nicht mehr zu den Los Natos gehört. Das bedeutet, dass, egal was er tut, keiner zu uns deswegen kommen kann und egal was ihm jemand antut, wir nichts dagegen tun dürfen. Mit dem, was er getan hat, ist er quasi für uns nicht mehr da, existiert nicht mehr für die Los Natos.«

Nandos Handy klingelt, es ist Arturo. Nando ist sich sicher, dass Arturos Handy nicht mehr still stehen wird. Es wird sich sehr schnell verbreiten, dass Nathan sich von ihnen losgesagt hat. Nando steht auf, Tajo regt sich auch und gähnt. José nimmt Nathans Handy in die Hand. »Wieso zur Hölle sollte er so etwas tun?« Nando steht auf, geht an die Tür des Jets und sieht in den Himmel zu einem Flugzeug, welches gerade über seinem Kopf aufsteigt.

»Weil er irgendetwas vorhat und er nicht möchte, dass wir, die Familia und die Familie, damit etwas zu tun haben« Nando tritt wütend gegen die Jettür. Noch nie hat er sich so hilflos gefühlt wie in diesem Moment, als er dem Flugzeug hinterher sieht.

Er flucht laut auf, sie haben ihren kleinen Bruder verloren.

# Kapitel 15

»Danke für die Informationen. Wenn dir der Kontakt gelungen ist, melde dich bitte sofort, du wirst es nicht bereuen, wenn du dich beeilst!« Nathan steckt hundert Dollar und die Nummer des neuen Handys, welches er gerade gekauft hat, über den Tisch, nimmt seine Tasche und verlässt das kleine Café in der Hauptstadt Guatemalas wieder.

Er hat hier nicht viel, nur das Geld, das er in Kanada noch abgehoben hat, was ihm aber einige Zeit weiterhelfen wird. Gleich nach seiner Landung hat er sich ein kleines Auto gekauft, zu nicht mehr viel zu gebrauchen, doch er muss sich sein Geld einteilen und im Kofferraum war ein Werkzeugkasten, also hat er zugeschlagen. Als er sich jetzt mit seinem Informanten hier getroffen hat, wusste er noch immer nicht viel von Nima und der Salva Miri. Jetzt hat er wenigstens schon einen kleinen Einblick bekommen.

Er weiß, wo das Haupthaus liegt, in dem Nima lebt und die Geschäfte abgeschlossen werden. Der Informant hat ihm berichtet, dass Nima selbst nur selten da ist, da er die meiste Zeit seine Geschäfte in der Dominikanischen Republik und auf Kuba ausweitet. Deswegen wird es auch schwer, Kontakt zu ihm aufzubauen. Nathans Plan ist es, Nima dazu zu bekommen, ihn zu treffen. Er tut so, als wäre er an einem großen Handel interessiert. Wenn er ihn erst einmal vor sich hat, wird er schon alle Informationen herausbekommen, die er braucht. Und dass es etwas zu erfahren gibt, weiß Nathan nun ganz genau. Der Informant wusste, dass Nima vor etwas mehr als einer Woche in Kanada war, zu dem Zeitpunkt, als das mit Chilli passiert ist. Er weiß aber nicht, wie lange er dort verbracht hat. Doch allein die Tatsache, dass er dort war, genügt Nathan, um zu wissen, dass er auf der richtigen Spur ist.

Er kann nicht anders. Seine Hoffnung, dass doch nicht alles in Kanada so gelaufen ist, wie es auf den ersten Blick aussieht, ist noch zu groß. Sollte er sich jedoch täuschen und die gesamte Familie ist lebendig verbrannt worden, werden sich Nima und seine Familia dafür vor ihm verantworten müssen. Wenn das für ihn bedeutet, sein Leben dabei zu verlieren, dann wird es so sein. Aber er wird denjenigen, der dafür verantwortlich ist, nicht entkommen lassen.

Nimas Grundstück befindet sich abseits der Hauptstadt, es soll ziemlich abgelegen sein. Erst als er drei Stunden später in dieses Gebiet einfährt, merkt er, wie abgelegen es wirklich ist. Er dachte, er hätte irgendwie die Möglichkeit, das Haus und das Gebiet zu beobachten, hat sich extra noch ein Fernglas besorgt, doch es führen nur zwei Straßen zu dem Gebiet. Beide sind abgesperrt, das Grundstück ist so riesig, dass man nicht einmal erahnen kann, wo es anfängt und endet.

Nathan will sich bereits etwas Neues ausdenken, da bemerkt er auf der einen Seite einen Berg. Man kann den Berg nicht ganz einsehen von hier unten, Nathan ist sich aber sicher, dass man von dort oben einen guten Einblick ins Grundstück bekommt.

Es dauert eine weitere Stunde, bis er auf kleinen abgelegenen Straßen den Berg hochgefahren ist. Er ist noch nicht ganz oben, doch eine kleine Hütte, die man von der Straße kaum sieht und die er nur zufällig entdeckt hat, als er wegen des qualmenden Motors eine kleine Pause machen musste, sticht in sein Auge. Er fährt mit seinem Auto ein Stück auf der Wiese des Berges zu der Hütte.

Es ist eine kleine Holzhütte. Sie ist nur durch ein einfaches Schloss gesichert. Als Nathan das knackt, ahnt er, dass es eine Hütte für die Männer ist, die hier oben die Schafe hüten und dann die Tage hier verbringen müssen, bevor sie die Tiere wieder ins Tal führen.

Die Hütte ist schlicht. Es gibt eine Toilette, eine Badewanne zum Waschen, eine kleine Kochnische und drei Betten. Da er einen Schlafsack hat, reicht es Nathan vollkommen aus.

Er geht nach draußen und bemerkt, dass gerade keine Schafe auf den Wiesen sind, also müsste er Ruhe haben. Sein Herz schlägt schneller, als er etwas weiter vorn an dem kleinen Hang vor der Hütte erkennt, dass er direkt auf das riesige Grundstück von den Salva Miri sehen kann.

Nathan holt sein Fernglas. Er hat Glück, von diesem Punkt kann man wirklich alles überblicken. Drei Häuser stehen auf dem Grundstück, deshalb ist es so groß. Er entdeckt ein Haupthaus, umgeben von viel Rasenfläche, und eine große Terrasse mit Pool. Dann gibt es noch ein kleines einstöckiges, längliches Haus am Ende des Rasens.

Nathan kennt diese Häuser, meistens sind darin die Küchen, Waschräume usw. und die Hausangestellten leben dort. Dann gibt es noch ein etwas größeres Haus, vor dem gerade drei Männer sitzen und Karten spielen. So wie es aussieht, leben vielleicht die Mitglieder der Familia darin, das Haupthaus ist sicherlich nur für Nima gedacht.

Es wirkt alles sehr ruhig. Nathan versucht ins Haupthaus zu sehen, doch das gelingt ihm nicht. Er erkennt weiter vorn noch eine Garage. Sehr hohe Mauern umschließen alles, fast wie eine kleine Festung. Es passiert nicht viel die nächste Zeit, die Sonne brennt immer erbarmungsloser, nur ein weiterer Mann kommt aus dem kleineren Haus und springt in den Pool, um sich zu erfrischen. Nathan geht zurück zur Hütte. Er packt seine Tasche auf den Tisch, isst etwas von den Lebensmitteln, die er besorgt hat, kocht Wasser auf, sodass er wenigstens ein lauwarmes Bad bei der Hitze nehmen kann. Er legt sich alle Waffen zurecht und geht dann wieder vor die Hütte.

Während er immer wieder das Grundstück der Salva Miri beobachtet, beginnt er, sich das Auto genauer anzusehen. Er wird es jetzt öfter brauchen. Von seinem Vater hat er alles über Autos erfahren, es hat ihm schon immer Spaß gemacht, an ihnen herumzuschrauben. Auch jetzt bringt es ihn wenigstens etwas auf andere Gedanken. Er stellt sich leise das Radio an, holt sich etwas zu trinken, repariert das Auto und sieht immer wieder nach, was auf dem Grundstück vor sich geht.

Nathan versucht, die Gedanken an Alyssia und seine Familie weit wegzudrängen. Er wird Nima zur Rede stellen und genau erfahren, was passiert ist. Was dann geschieht, wird er entscheiden, wenn es soweit ist. Er kann mit dieser Ungewissheit kaum atmen, er muss endlich genau wissen, was passiert ist.

Er sieht auf die Uhr. Morgen hat Pablo Geburtstag. Er will sich gar nicht vorstellen, wie Nando und alle anderen darauf reagiert haben, dass er sich von den Los Natos losgesagt hat, doch er hatte keine andere Wahl. Was er jetzt auch tut, es wird nicht auf sie zurückfallen, keiner von ihnen ist in Gefahr durch seine Entscheidungen. Sie werden sicherlich denken, dass er nicht an sie gedacht hat, egoistisch und unüberlegt gehandelt hat. Doch Nathan hat sich noch niemals so viele Gedanken über andere gemacht, wie, als er diese Entscheidung treffen musste.

Es wäre so viel einfacher gewesen, sich einige Männer zu schnappen, hier aufzukreuzen, sich Gewissheit zu verschaffen und wieder abzuhauen. Doch die Salva Miri ist auch nicht irgendeine Familia. Es hätte bedeutet, dass jemand von ihnen hätte verletzt werden können, dass sie danach bei ihnen auftauchen, vielleicht noch so ein mieser Anschlag wie damals, als die Autobombe bei ihnen hochging.

Seine Brüder haben nicht unrecht, er handelt hier nur auf einen Verdacht hin. Er kann und will nicht riskieren, dass irgendeiner von ihnen, eine der Frauen oder der Kinder in Gefahr gerät, also muss er das alleine machen und zu ihrer Sicherheit ab jetzt Abstand zu ihnen halten.

Als er eine Pause macht und sich am späten Nachmittag auf die Wiese setzt und das Grundstück beobachtet, sieht er aus dem länglichen Gebäude eine ältere Frau kommen. Sie stellt mehrere Pfannen auf einen großen langen Tisch, insgesamt sieben Männer setzen sich an den Tisch. Alle tragen sie Waffen, sie gehören garantiert zur Salva Miri, sind Nimas Männer. Doch wo sind die anderen? Nathan weiß, dass diese Familia ähnlich groß sein müsste wie ihre.

Nach dem Essen geht einer der Männer in das längliche Haus, alle anderen gehen ins Haupthaus. Er kommt mit einer blonden Frau wieder. Die Frau trägt kurze schwarze Shorts und ein schwarzes Top, sie hat ihre Haare zu einem Zopf hochgebunden. Auch sonst sieht sie ganz normal aus, nicht wie eine, der es schlecht geht. Nur an der Art, wie der Mann sie vor sich herschiebt, sich dann auf einen Stuhl setzt und sie ganz genau dabei beobachtet, wie sie sich im Garten hin- und herbewegt, deutet an, dass die Frau dort gefangen gehalten wird und sich nur jetzt unter seiner Aufsicht frei im Garten bewegen kann.

Sie läuft umher, setzt sich an den Pool und lässt die Beine in das Wasser. Als sie sich immer wieder ängstlich umsieht, schüttelt Nathan den Kopf. Er hasst es, wenn Familias solchen Frauenhandel betreiben, obwohl, wenn es nur eine Frau ist, wird es kein Handel sein. Wer weiß, was da unten Krankes passiert. Nathan hat schon viel gehört und gesehen, schockieren kann ihn so leicht nichts mehr.

Die Frau bleibt eine halbe Stunde draußen, dann wird sie zurück gebracht und ein anderer Mann kommt in den Garten. Es dämmert bald und nichts weiter geschieht auf dem Grundstück. Nathan muss unbedingt mehr Informationen bekommen. Warum sind da nur so wenige Männer? Er schreibt seinem Informanten, dass er ihn morgen noch einmal sehen will und Antworten braucht, dann zieht er sich in die Hütte zurück, nachdem er sicher ist, dass nichts mehr passiert.

Als er auf dem Bett liegt, denkt er wirklich eine Minute darüber nach, seine Familie anzurufen, doch er hat diesen Weg gewählt und muss jetzt damit leben, dass er sich wahrscheinlich niemals wieder mit ihnen in Verbindung setzen darf.

»Wie konnte er all das so schnell planen?« Arturo läuft in seinem Haus auf und ab. Nando, José und Gabriel beobachten jeden seiner Schritte. »Keine Ahnung, vielleicht hat er es gar nicht richtig durchdacht. Ihm muss doch klar sein, wie gefährlich das ist. Denkt er daran, dass jetzt jede Familia, die noch eine Rechnung mit uns offen hat, mit ihm machen kann, was sie will und wir dürften deswegen nicht einmal mit der Wimper zucken?«

Nando sieht zu José, genau in dem Augenblick kommt Alonzo herein. Er ist seinem ehemaligen besten Freund bisher erfolgreich aus dem Weg gegangen, seitdem er und Elisa wieder hier sind. Alle helfen ihnen gerade, ihr zukünftiges Haus neu einzurichten. Sie bemühen sich darum, Lorin zu sich zu holen, doch Nando geht all dem aus dem Weg. Auch jetzt sieht er weg. Alonzo gehört zu den inneren Kreisen und hat ein Recht hier zu sein. Das bedeutet aber nicht, dass ihm das gefallen muss.

»Ich habe mich umgehört, bisher ist aber nichts Auffälliges irgendwo passiert!« Nando lehnt sich zurück, er hat sich schon um jeden seiner Brüder Sorgen gemacht, doch Nathan ist noch einmal etwas anderes. Und wenn er jetzt daran denkt, dass dieser für immer gegangen ist, zieht sich alles in ihm zusammen.

»Es ist doch Quatsch. Jeder von uns weiß, dass er wenn, dann unterwegs zu Nima ist. Wir müssen die Salva Miri kontaktieren und ganz klar warnen. Sollte einer von ihnen ...« Arturo hebt die Hand. »Tajo sagt, er ist sich nicht sicher, sie haben kein Wort mehr von Nima und den Salva Miri geredet, und selbst wenn es so ist ... Solltest du sie jetzt kontaktieren, wissen sie Bescheid und somit bringst du Nathan und seinen Plan, falls er denn einen hat, in Gefahr ... Du machst ihn noch angreifbarer. Es ist alles so ...«

Ein Tritt und der große Spiegel in Arturos Wohnzimmer ist Geschichte. Nando zuckt nicht einmal zusammen. Er sieht Gabriel nervös am Türeingang stehen, sieht zu José, der neben ihm sitzt und den Kopf hängen lässt, zu Arturo, der hinaus in den Garten schaut und dann in Alonzos Augen. Da er immer Nandos engster Vertrauter war, weiß er genau, wie viel Nathan Nando bedeutet.

»Wir können nichts tun! Auch wenn es mich umbringt, aber Nathan hat alle Wege zu sich abgeschnitten, wir können wirklich gar nichts tun!«

Arturos Worte treffen Nando tief, er wird seinen kleinen Bruder nicht aufgeben. Als er aufsteht, wenden sich alle zu ihm um. »Ich werde nach Kanada fliegen und seine letzten Schritte verfolgen, vielleicht entdecke ich ja etwas. Erwartet nicht von mir, dass ich Nathan aufgebe, nicht solange ich noch atme!.« Als er hinaus will, stellt sich Alonzo ihm in den Weg.

»Ich komme mit dir!« Es kann zwischen ihnen gewesen sein was mag, Alonzo weiß, wie sehr Nando Nathan liebt. Noch immer würde Nando seine Hand für Alonzo ins Feuer legen. Er weiß, er kann auf ihn zählen, auch wenn diese Sache mit Elisa zwischen ihnen steht. Deswegen nickt er nur, bevor er durch die Tür geht und sich auf die Suche nach seinem jüngsten Bruder macht.


Es wäre nicht verwunderlich, wenn Nathan lange schlafen würde. Er spürt selbst, dass sein Körper Schlaf nachzuholen hat, doch er schläft unruhig und schlecht. Als Erstes geht er am Morgen joggen, erst nachdem er fast zwei Stunden gerannt ist, ist er so kaputt, dass er zur Hütte zurückkehrt. Er macht sich einen Kaffee und bricht sich etwas vom Baguette von gestern ab. Dann setzt er sich wieder auf die Wiese vor dem Haus und beobachtet mit dem Fernglas das Grundstück unter sich.

Auch dort frühstücken gerade die Männer, wieder bedient sie die alte Frau. Es sind aber nur drei Männer anwesend, ansonsten ist wie gestern nichts los. Irgendwann kommt ein kleiner Transporter angefahren. Er hupt, woraufhin einer der Männer das riesige Tor öffnet. Eine Frau und ein Mann steigen aus. Sie begrüßen sich, aber das Tor bleibt offen. Während der Mann und die Frau ins Haupthaus laufen, geht einer der Männer danach wieder in das längliche Haus, die anderen zurück ins andere Haus.

Nathan will gerade das Fernglas absetzen, da er annimmt, die blonde Frau von gestern erhält wieder Ausgang und er sich anziehen möchte, da sieht er noch einmal genauer hin und sein Herz schlägt augenblicklich schneller. Dieses Mal wird eine andere Frau mit hinaus gebracht.

Auch wenn es zu weit entfernt und die Personen nur schemenhaft zu sehen sind, erkennt Nathan in der ersten Sekunde sofort, dass das da unten Alyssia ist. Seine Hände beginnen zu zittern, als er das Fernglas noch schärfer zu drehen versucht. Der Mann setzt sich und Alyssia hockt sich auf die Wiese. Es ist schwer, Nathan reibt sich immer wieder die Augen, doch dann erkennt er sie genau, sogar, dass sie tiefe Ringe unter den Augen hat.

In diesen wenigen Sekunden, seitdem Alyssia zusammen mit dem Mann das Haus verlassen hat, hat sich in Nathan soviel Chaos abgespielt wie schon lange nicht mehr. Zum einen Freude, dass sie noch lebt, unbändige Freude, vielleicht hat er es gehofft, all das hier nur für diese winzige Hoffnung getan, doch sie jetzt zu sehen, löst einen dicken Knoten in seinem Magen. Zum anderen hat er sofort das Bedürfnis, sich schützend vor sie zu stellen.

Nathan flucht, reibt sich nochmal die Augen, sieht wieder hin. Sie lebt, er spürt, wie sich Tränen in seinen Augen bilden, genau wie in der Situation, als er vor dem abgebrannten Grundstück stand. Er hat es gewusst, er hat gespürt, dass etwas nicht stimmt.

Er nimmt das Fernglas von seinen Augen, atmet tief durch, reibt sich die Augen und sieht noch einmal durch. Es war richtig herzukommen, so verdammt richtig. Alyssia trägt genau wie die andere Frau nur schwarze Shorts und ein schwarzes Top. Sie schlingt die Arme um ihre Knie und umarmt sich selbst. Nathan ist sich sicher, dass sie weint.

Er nimmt wieder das Fernglas ab, rennt in die Hütte, holt seine Waffen, sieht wieder durch das Fernglas auf Alyssia, die sich nicht vom Fleck gerührt hat. Er rennt zum Auto, steigt ein, doch bevor er Gas gibt, hält er ein.

Er kann sie so nicht befreien. Wenn er jetzt da auftaucht, sind sie beide sofort tot. Nathan flucht, steigt aus, nimmt das Fernglas und beobachtet weiter ganz genau. Alyssia bleibt ungefähr eine halbe Stunde draußen. Auch wenn es Nathan quält, sie da zu sehen, bemerkt er doch, dass ihr nichts fehlt. Ein Mann kommt noch zu den anderen mit irgendetwas zum Essen und bietet Alyssia auch davon an. Zwar nimmt sie nichts, doch die Männer scheinen ihr nichts anzutun.

Als sie zurück ins Haus gebracht wird, überlegt Nathan krampfhaft, wie er am besten an sie herankommt. Der Mann und die Frau aus dem Haupthaus kommen in den Garten, gehen zuerst in das längliche Gebäude, eine halbe Stunde später in das Haus, in dem die Männer leben. An ihren Beuteln, die sie bei sich tragen, wird schnell klar, dass sie hier sind, um sauber zu machen. Sie steigen eine halbe Stunde später wieder in den Transporter und fahren weg. Zwei andere Männer holen sich ebenfalls ein Auto aus der Garage und verlassen das Gelände, danach passiert nichts mehr.

Nathan starrt stur auf das Häuschen, in dem Alyssia untergebracht ist, dann flucht er erneut und steckt das Fernglas weg. Es bringt nichts, so kann er sie nicht befreien, er braucht einen Plan. Nathan zieht sein Handy aus der Tasche. Wie gerne würde er jetzt Nando anrufen, sich mit ihm besprechen, doch er steckt es wieder weg. Jetzt ist klar, dass er etwas tun muss, dass er die Salva Miri angreifen muss und er will niemanden da mit reinziehen.

Auch wenn es ihm sehr schwer fällt, fährt Nathan noch einmal zurück in die Hauptstadt, um seinen Informanten zu treffen. Er hat mittlerweile Kontakt herzustellen versucht und erfahren, dass Nima gar nicht im Land ist. Er und die meisten aus seiner Familia sind nach dem Kanada-Besuch direkt weiter nach Europa geflogen, um in Spanien und Italien Geschäfte abzuschließen. Er soll in fünf Tagen zurückkommen.

Nathan weiß zwar jetzt, dass er noch ein paar Tage Zeit zum Eingreifen hat, doch muss er es auch in diesen Tagen wirklich schaffen, Alyssia da herauszubekommen. Danach erfährt er auch noch, dass die Salva Miri die letzten Jahre immer schwächer geworden sind. Die Männer sind nicht mehr so motiviert, die Geschäfte laufen schlecht, deswegen hat Nima nun auch diese große Reise auf sich genommen, um neue Kontakte zu knüpfen.

Nathan lässt den Informanten in dem Glauben, dass er Nima nach wie vor treffen möchte. Er kauft ein und fährt auf dem schnellsten Weg zurück zur Hütte. Nathan hat nicht nur Lebensmittel gekauft, auch noch einige Dinge, die er für das Auto braucht. Es ist jetzt schon schneller und sie brauchen es dringend für ihre Flucht. Also arbeitet Nathan weiter am Auto, beobachtet das Grundstück und entwickelt Stück für Stück einen Plan.

Es läuft alles gleich ab. Nathan sieht noch, wie die blonde Frau eine halbe Stunde herumläuft. Irgendwann kommen drei Frauen mit den Männern wieder, die vorher weggefahren sind, sie verschwinden in dem Haus. Nathan fällt es bei fortschreitender Dämmerung sehr schwer, das Fernglas wegzulegen und schlafen zu gehen, doch er muss sich immer wieder sagen, dass es so nichts bringt. Er muss das ganze überlegter angehen.

Den ganzen nächsten Tag bleibt er auf der Wiese und beobachtet das Grundstück, es ist genau wie gestern. Der Transporter kommt mit dem Mann und der Frau, die hier putzen sollen, Alyssia wird herausgebracht. Er kann sie wieder schlecht erkennen, erkennt aber den lila Farbton auf ihrer Schulter, die Blume, die sich um sein N schlängelt. Zu gerne würde er sie wissen lassen, dass er da ist, alles tun wird, um sie zu befreien, doch Nathan bleibt ruhig. Er beobachtet die Männer beim Essen, wie die andere Frau herausgebracht wird. Als es langsam dunkel wird, weiß er, dass er jetzt handeln muss.

Vielleicht hätte er noch ein paar Tage Zeit, aber man weiß ja nie, ob die anderen Männer nicht doch früher kommen können, dann hätte er keine Chance mehr. Deswegen packt er seine Sachen am Abend zusammen, lädt seine Waffen nach und setzt sich ins Auto. Er fährt so nah wie möglich an das Grundstück heran. Bei einer kleinen Abbiegung zu einem Feld parkt er das Auto. Es ist gut versteckt und wird nicht sofort bemerkt werden. Seine Tasche lässt er drin, auch was er sonst noch besorgt hat. Nur mit seinen Waffen am Körper läuft er dann zu Fuß in Richtung Hauptstadt. Es dauert fast eine halbe Stunde, bis jemand vorbeikommt, doch wenigstens nimmt ihn diese Person dann mit.

Es ist ein Bauer. Nathan fragt ihn während der Fahrt, an wen man sich wenden kann, wenn man außerhalb wohnt und jemanden braucht, der sich um die Sauberkeit im Haus kümmert. Der Mann erwähnt gleich den Namen des Familienbetriebes, der auch auf den Transportern steht, die jeden Tag in das Grundstück der Salva Miri einfahren können. Da er sowieso in die Richtung muss, lässt der Bauer ihn auch einige Zeit später vor dem Grundstück der Familie nieder.

Es ist für Nathan nicht schwer, in die Garage zu kommen, sodass niemand es bemerkt. Es stehen wegen der Hitze genügend Fenster offen, die Autos sind nicht abgesperrt. Das Problem ist, dass zwei Transporter in der Garage stehen und beide sehen identisch aus. Nathan flucht leise auf. Er entscheidet sich dann für den Wagen, der weiter vorn steht, nun muss er einfach Glück haben, wenn nicht, muss er noch eine weitere Nacht warten.

In dem Transporter liegen zu seinem Glück hinten in der Ecke mehrere Planen. Es dauert eine Weile, bis er es geschafft hat, sich so zu verstecken, dass er nicht gesehen wird und er es trotzdem einigermaßen bequem hat, da er ja so einige Zeit verharren muss.

Für Nathan fühlen sich die nächsten Stunden wie eine Ewigkeit an. Immer wieder nickt er ein, aber nicht lange. Sobald er Stimmen hört, wird er aufmerksam und greift an seine Waffen.

Die Tür wird geöffnet, irgendetwas hineingeschoben und wieder geschlossen. Der Wagen bewegt sich, er hört leise Musik und leise Stimmen. Irgendwann hält der Transporter kurz und Nathan macht sich bereit. Dann fahren sie kurz weiter und als er dann mehrere Stimmen hört, weiß er, sie sind da. Der Transporter wird aufgemacht. Es hört sich so an, als würde etwas herausgenommen werden.

Nathan bekommt mit, wie ein Mann sagt, dass es gestern doch etwas wilder wurde und die Zimmer im Extrahaus heute eine zusätzliche Reinigung brauchen. Daran, dass das Gelächter leiser wird, erkennt Nathan, dass sie sich entfernen, dann ist es wieder ganz ruhig. Nathan weiß, dass er jetzt handeln muss.

Vorsichtig schiebt er die Plane beiseite. Die Tür des Transporters steht offen. Er lädt die Waffen durch und steigt schnell aus. Als er sieht, dass das Tor auch noch offen steht, atmet er tief ein. Dann rennt er blitzschnell an der Hauswand entlang auf das offene Stück des Geländes zu, wo auch die anderen Häuser stehen.

Es sind Sekundenbruchteile. Er tritt auf den Rasen, genau in dem Augenblick, als ein Mann aus dem Haus kommt, in dem Alyssia gefangengehalten wird. Hinter ihm muss sie sein, doch er kann nicht so lange abwarten, er schießt.

Alyssias Schrei, als der Mann vor ihm zu Boden geht, durchfährt Nathans Körper.

Es sind nur weitere Millisekunden, in denen Alyssia panisch zu ihm blickt, ihn erkennt und alles von ihr abfällt. »Nathan!« Sie will zu ihm rennen, doch genau jetzt kommen zwei weitere Männer aus dem anderen Haus. Sein Vorteil ist, dass sie nicht wissen, was los ist und er schneller als sie ist. »Duck dich!« Alyssia wirft sich auf den Rasen, als er auf die beiden Männer schießt, eine Kugel schlägt knapp neben ihm ein, doch beide Männer fallen zu Boden. »Komm schnell!« Nathan rennt zu Alyssia und hilft ihr auf. Als er vor ihr kniet und sie ihn panisch ansieht, durchfährt ihn trotz all der Geschehnisse ein unglaubliches Glücksgefühl.

»Was machst du hier? Woher ...« Alyssia weint, Nathan umfasst ihr Gesicht. Egal in was für einer Situation sie gerade sind, er dachte, sie wäre tot, nun fällt diese Last endgültig von ihm. Nathan gibt ihr einen kurzen Kuss. »Jetzt nicht, wir müssen hier weg, sofort!« Er nimmt ihre Hand, doch in dem Moment, als sie wieder aufstehen, kommt ein weiterer Mann aus dem Haus. Nathan sieht ihn zuerst, stellt sich vor Alyssia, ist schnell, doch der Mann leider auch. Ein Schmerz durchfährt ihn, auch wenn der Mann zu Boden geht.

Nathan zieht Alyssia zu sich. »Komm!« Sie rennen auf direktem Weg zum Transporter. Als sie dort ankommen, fallen weitere Schüsse. Nathan zieht Alyssia hinter das Auto, umfasst ihr Gesicht. »Ist alles okay? Hast du etwas abbekommen?« Sie schüttelt den Kopf, Tränen laufen ihre Wangen entlang. »Du blutest, Nathan!«

Er deutet ihr dort zu bleiben, geht an die Seite und schießt auf die beiden Männer, die versuchen zum Transporter zu kommen. »Alyssia, ich halte sie auf, lauf! Renn weg! Weiter unten …« Alyssia stellt sich zu ihm. »Du bist gekommen und bist bereit für mich zu sterben und jetzt denkst du, ich lasse dich zurück? Vergiss es, entweder wir beide schaffen es zusammen oder gar nicht.«

Die Antwort ist nicht gut, sie sollte nicht so dumm sein und jetzt sofort ihr Leben retten. Nathan dreht sich zu ihr um und küsst sie. Dann sieht er, dass der Schlüssel noch im Zündschloss des Transporters steckt. »Schnell, mach das Auto an, ich habe vorhin Benzin hinten gesehen, verteile es auf dem Motor und den Sitzen!« Nathan hält die mittlerweile letzten vier Männer, die jetzt alle versuchen näher zu kommen, in Schach. Er schießt auf sie, nicht in der Hoffnung, sie zu treffen, einfach nur, um sie aufzuhalten. Sein Arm brennt, doch er weiß, dass er sich jetzt keinen Fehler erlauben darf.

Währenddessen handelt Alyssia blitzschnell. Sobald Nathan den stechenden Geruch von Benzin in der Nase hat, dreht er sich um. Sie nickt und entfernt sich vom Auto. Nathan hört auf zu schießen. Er muss schnell sein. Er holt sein Feuerzeug aus der Hosentasche, schleudert es brennend ins Auto, und Alyssia und er rennen los. Sie müssen schnell sein und drehen sich nicht um, als sie eine laute Explosion hören. Nathan greift nach Alyssias Hand, als sie sich beide umdrehen und sehen, dass ein großer Feuerball vom Grundstück kommt.

»Nicht schon wieder!« Alyssia zittert bei dem Anblick des Feuers, Nathan hält weiter ihre Hand. »Komm!« Sie müssen hier weg, das bedeutet nicht, dass die Männer ihnen nicht folgen. Nathan rennt mit Alyssia an der Seite zu seinem versteckt geparkten Auto. Sobald beide sitzen, rasen sie los und sehen von Weitem auch, wie zwei Autos das Grundstück mit hoher Geschwindigkeit verlassen. »Schnell, sie kommen!«

Nathan gibt Gas, gleichzeitig kramt Alyssia in der Tasche auf dem Rücksitz und zerreißt eines von Nathans T-Shirts. Sie haben Glück, dass sie schnell auf eine Autobahn kommen, die direkt in die Hauptstadt führt. Doch Nathan biegt ab, er sieht auf einem Schild den Richtungsanzeiger zum Meer und fährt in diese Richtung. Nathan wird etwas langsamer und Alyssia verbindet seinen Arm. »Das ist nur ein Streifschuss, wir müssen das aber bald reinigen.« Sie sieht sich um. »Denkst du, sie sind weg?«

Nathan hofft es, auch wenn er weiß, dass die Salva Miri nach dieser Aktion niemals aufhören werden, nach ihnen zu suchen. Sie fahren an einem großen Parkplatz vorbei. Bei einer kleinen versteckten Abzweigung fährt Nathan auf einen Feldweg und hält. Er lehnt den Kopf nach hinten und atmet tief ein, dann streckt er die Arme aus und Alyssia klettert auf seinen Schoß. »Komm her, mein Schatz.«

Nathan verliert sein Zeitgefühl. Alyssia weint an seiner Brust, auch er zittert, als er sie jetzt wirklich wieder bei sich hat. »Ich dachte, du wärst tot.« Nathan küsst immer wieder ihre nassen Wangen, doch irgendwann beruhigen sich beide mit dem Herzschlag des anderen. Alyssia küsst ihn und Nathan streicht ihre Haare nach hinten. Er sieht ihr ins Gesicht, sieht nach, ob ihr irgendetwas fehlt, doch er sieht nur die Wunden der letzten Tage in ihren schönen Augen.

»Es wird alles wieder gut, mein Engel.« Alyssia nickt. »Jetzt ja. Ich dachte, dass ich dich auch niemals wiedersehen werde. Bleib ab jetzt bei mir, Nathan. Verstehst du jetzt, dass sich unsere Wege einfach nicht trennen dürfen?« Nathan lächelt. »Ich schwöre es, ab jetzt trennt uns nichts mehr. Du musst mir genau erzählen, was passiert ist, aber wir müssen jetzt unbedingt hier weg. Sie werden uns suchen.«

Alyssia will von seinem Schoß rutschen, doch noch einmal treffen sich ihre Lippen. »Wohin fahren wir jetzt? Fliegen wir nach Puerto Rico?« Alyssia legt ihre Stirn an seine und Nathan schließt einen Augenblick die Augen. Wie sehr wünschte er sich, er könnte sie jetzt nach Hause bringen, sicher bei ihnen im Los Natos-Gebiet verstecken, doch er schüttelt den Kopf.

»Wir können nicht zurück, es ist zu gefährlich. Vertrau mir, Alyssia, ich lasse nicht zu, dass dich jemand findet und du noch einmal in Gefahr bist.« Alyssia rutscht unsicher auf den Beifahrersitz, verschränkt aber ihre Hände miteinander, während Nathan rückwärts aus dem Feldweg auf die Autobahn zurückfährt. »Das weiß ich doch, aber was machen wir denn jetzt?«

Nathan stoppt noch einmal kurz vor der Abfahrt zur Autobahn, holt ihren Ring aus seiner Tasche und steckt ihn ihr an den Finger. Alyssia atmet tief ein, als sie auf den Ring sieht und ihn erkennt. Nathan umfasst ihre Hand wieder mit seiner und sie lächelt ihn zuversichtlich an. Dann hebt ihre verschränkten Hände an seine Lippen und küsst ihre Hand.

»Wir fangen jetzt ein neues Leben an!«

# 6 Monate später

»Dankeschön, meine Liebe, meine Schwester war begeistert von dem Salat, du hast wirklich ein Händchen dafür. Hier, das habe ich heute gebacken. Lasst es euch schmecken.« Alyssia bedankt sich bei ihrer netten Nachbarin und geht zurück in ihren Garten. Sie ist müde, doch sie will nicht schon wieder schlafen. Langsam hat sie das Gefühl, die Kontrolle über ihren Körper zu verlieren.

Ein Schmetterling lässt sich auf den vielen Gurken nieder, die sie gerade frisch geerntet hat. Alyssia lächelt, setzt sich einen Augenblick, hört dem Rauschen des Meeres zu und schließt die Augen. Sie ist glücklich. Trotz der schwierigen Situation, haben sie sich hier ein neues Leben aufgebaut. Einfach, aber schön.

Alyssia hat Nathan, das ist alles, was sie braucht. Sie liebt ihn über alles, er ist für sie der wichtigste Vertraute, ihr Herzschlag. Sie kann kaum in Worte fassen, was er ihr bedeutet. Es war sehr schwer für sie, diese Nacht zu verarbeiten, zumindest so zu überwinden, dass sie wenigstens wieder schlafen konnte.

Am Anfang ging es nicht, sie hat jede Nacht davon geträumt, wie sie an diesem Abend in ihrem Zimmer saß. Eigentlich hätte sie lernen müssen, doch ihre Gedanken sind immer wieder zu Nathan und ihrer gemeinsamen Zeit in Puerto Rico zurückgekehrt. Irgendwann hat sie unten einen Schrei gehört, plötzlich ging alles sehr schnell, zu schnell. Alyssia ist aus ihrem Zimmer gegangen, unten stand ein Mann mit ihrer Stiefmutter. Im ersten Augenblick hat sie gar nicht gesehen, dass er eine Waffe in der Hand hielt, erst als sie unten war, bemerkte sie, dass irgendetwas nicht stimmte.

Sie konnte nicht einmal etwas sagen, sie war zu überrascht. Im selben Augenblick kam ihr Vater mit einem anderen Mann aus der Richtung seines Büros. Der Mann stopfte noch Geld in eine Tasche, das aus dem Tresor ihres Vaters stammen musste. Sie wird das Gesicht ihres Vaters nie wieder vergessen können. Er war weiß, zitterte, ihre Stiefmutter schluchzte. Alyssia kam gerade dazu zu fragen, was los sei, da zeigte der eine Mann auf sie. »Das ist deine Tochter, oder? Nimm sie mit, sie gehört Nima. Wir sollen sie auch mitnehmen.« Da erst begriff Alyssia, doch zu spät und dann roch sie es auch schon: Rauch. Eigentlich war es gut, dass Amanda schon oben in ihrem Bett lag und schlief, bis dahin nicht von den Männern entdeckt wurde, doch genau von da breitete sich in dem Moment dicker Rauch aus. »NEIN! AMANDA!«

Alyssia wird dieses Gefühl nie wieder vergessen. Einer der Männer packte sie am Arm, schleifte sie am erschossenen Hank vorbei. Sie hörte zwei Schüsse und schrie noch mehr. Alyssia bekam einen Schlag ab und wurde auf den Rücksitz eines Geländewagens geworfen. Als sie aus dem Grundstück fuhren, stiegen noch zwei weitere Männer ein, die nach Rauch rochen. Und als sie dann losfuhren, sah Alyssia, dass bereits alles brannte. Sie konnte nichts tun.

Die nächsten Stunden sind verschwommen für sie, vielleicht haben die Männer ihr etwas gegeben. Richtig wach wurde sie erst wieder in Guatemala, in diesem kleinen Haus, wo sie mit einer Köchin und einer weiteren Frau leben musste. Die andere Frau erzählte ihr dann auch, was sie wusste. Dass Nima in Kanada war und seine Schulden eintreiben wollte, da er langsam knapp bei Kasse sei. Er war da, als außer Chilli, niemand im Haus anwesend war. Er schickte die Botschaft, seine Männer hatten noch in einer anderen Stadt einige Sachen zu erledigen. Er flog schon nach Europa und befahl ihnen, vor ihrem Rückflug das Geld und Alyssia einzutreiben.

Die Frau war bereits zwei Jahre dort, für den Fall, dass Nima mit ihr Spaß haben wollte. Sie war nicht sehr unglücklich über ihr Leben dort, ihr Mann hatte sie an Nima verkauft. Bei den Salva Miri schien es ihr besser zu gehen als damals bei ihrem Mann. Alyssia hat die Tage in dem Haus kaum gegessen, sie konnte nicht schlafen, der Geruch des Rauches und die Bilder haben sich in ihren Kopf gebrannt. Es hat ihr das Herz gebrochen, jedes Mal wenn sie an Amanda denkt. Bis heute schlägt dieser Schmerz stumpf in ihrem Herzen.

Sie hat geweint, irgendwann hatte sie keine Tränen mehr. Ständig hat sie an Nathan gedacht, sich gefragt, was er jetzt denkt. Ihr war klar, dass er sie für tot halten könnte. Je näher der Tag rückte, an dem Nima zurückkommen sollte, desto sicherer war Alyssia, dass sie so nicht mehr weiterleben möchte. Sie hat nur auf den passenden Augenblick gewartet, darauf gelauert, dass sie an eines der Messer kommen kann oder an eine Waffe, doch alle haben sie beobachtet.

Dann kam Nathan. Auch jetzt noch muss sie sich selbst daran erinnern und diese schrecklichen Erinnerungen mit einem Lächeln vertreiben. Er hätte sein Leben für sie gegeben und hat es auf eine andere Weise getan. Sie sind einige Stunden von Nimas Grundstück auf diese kleine Stadt am Meer gestoßen. Nathan hatte noch etwas Geld und sie konnten das Haus anmieten. Es ist klein, hat nur ein Schlafzimmer, ein Wohnzimmer, ein Bad und eine Küche, dafür aber einen großen Garten und sie hören das Meer.

Sie haben sich eine ganze Weile einfach nur ins Haus zurückgezogen. Nathan hat mit ihr die schlimmen Nächte durchgestanden, in denen sie vor Schmerzen um den Verlust ihrer Vaters, der Schwester, Hank und ihrer Stiefmutter kaum atmen konnte. Sie hat sich um seine Wunde gekümmert. Erst nach und nach ist ihr bewusst geworden, welches Opfer Nathan für sie gebracht hat, dass er sein ganzes Leben aufgeben musste, um sie zu retten und seine Familie zu schützen.

Er hat seine Entscheidung nie in Frage gestellt, nicht ein einziges Mal.

Alyssia wird nie vergessen, wie sie sich das erste Mal wieder geliebt haben. Nathan hat sie danach fest in seinen Armen gehalten, hat versucht ihr zu erklären, wie er sich gefühlt hat, als er dachte, sie wäre tot. »Ich habe es so bereut, diese zehn Jahre nicht nach dir gesucht zu haben, dass wir nur so wenig Zeit gehabt haben. Immer wieder musste ich daran denken, wie wir an Josés

Verlobung getanzt haben. Ich dachte nur daran, wieso ich dich nicht noch fester gehalten habe, nicht noch länger, dich nicht einfach bei mir behalten habe.«

Sie haben sich geschworen, sich nie wieder zu trennen und haben begonnen, ihr neues Leben aufzubauen. Alyssia hat das Haus so gemütlich es geht eingerichtet. Das Geld war schnell verbraucht, doch Nathan hatte einem Nachbarn geholfen seinen Truck zu reparieren, der hat ihn weiterempfohlen. Jetzt hat Nathan eine kleine Garage gemietet, die er sich mit einem anderen Mann teilt. Die Leute kommen mittlerweile schon aus der Nachbarstadt, um ihr Auto reparieren zu lassen.

Alyssia weiß, dass es nicht Nathans Traumberuf ist, aber es macht ihm Spaß und sie haben Geld zum Leben. Irgendwann hat sie begonnen, den Garten zu bepflanzen, am Anfang für sich, um Geld zu sparen. Bald schon hatten sie so viel, dass sie Nachbarn etwas abgegeben haben. Jetzt sind ihr Gemüse und ihr Obst so beliebt, dass sie zweimal die Woche auf dem Markt einen kleinen Stand hat, den Nathan ihr zusammengebastelt hat.

Alyssia war es schon länger gewohnt, mit weniger Geld auszukommen, doch sie spürt, dass es für Nathan schwer ist. Es ist schwer für ihn, ihr nicht alles bieten zu können, nicht alles kaufen zu können. Alyssia hat gesehen, in was für einem Luxus er gelebt hat, doch er würde sich nie beschweren, er versucht all seine Sorgen vor ihr zu verbergen. Doch das Allerschlimmste ist, dass er seine Familie vermisst. Mittlerweile kann sie etwas besser schlafen, doch er immer schlechter.

Sie merkt, wie oft er wach wird, sieht ihn gedankenversunken da sitzen. Wann immer sie versucht, mit ihm über seine Brüder oder Elisa zu reden, blockt er ab. Sie spürt, wie schmerzhaft das Thema für ihn ist. Wenn sie eine Lösung zu finden versucht, wie sie Kontakt haben können, ohne eine Gefahr für jemanden zu sein, wird er wütend.

Sie können es nicht. Schon einen Monat, nachdem sie in das Haus gezogen sind, haben sie von einem der Kunden, der sich etwas auskennt in Guatemala, erfahren, dass Nima zur Zeit einen Mann sucht, der es gewagt hat, sich mit ihm anzulegen. Nathan und Alyssia verhalten sich mehr als ruhig, niemand weiß, wer sie wirklich sind. Doch langsam merken sie, dass sie sich nicht ewig verstecken können. Und das ist es, was ihr jetzt wieder schlaflose Nächte bereitet.

»Mein Herz, wieso legst du dich nicht rein?« Alyssia schreckt auf, sie muss doch eingenickt sein. Als sie in die schönen, dunklen Augen von Nathan sieht, beruhigt sie sich sofort wieder. Alyssia kann sich nicht vorstellen, dass es jemals mehr Vertrauen zwischen zwei Menschen geben kann als zwischen ihnen.

Alyssia setzt sich auf und küsst ihn, dabei wischt sie etwas Öl auf seiner Wange weg. »Ich wollte noch etwas im Garten arbeiten, aber momentan entscheidet jemand anderes über mich.« Nathans große Hände schieben ihr T-Shirt hoch und umfassen liebevoll ihre kleine Kugel. »Du musst auf unsere Tochter hören, sie weiß schon, wann sie Ruhe braucht.« Als er ihren Bauch küsst, lacht Alyssia leise. Wie sehr sie diesen Mann liebt.

Sie ist jetzt gerade am Anfang des vierten Monats schwanger. Sie können nicht oft zum Arzt, da das viel Geld kostet, doch vor drei Tagen waren sie da und haben erfahren, dass es ein Mädchen wird und alles sehr gut aussieht. »Ich habe etwas für dich … euch. Komm!« Er hilft ihr auf die Beine. Alyssia nimmt noch eine Zucchini und Tomaten mit ins Haus. Sie will gleich anfangen zu kochen.

Nathan hält ihr die Augen zu und bringt sie ins Schlafzimmer. Auch wenn es nicht sehr groß ist, liebt Alyssia diesen Raum am meisten. Als er jetzt die Hand von ihren Augen nimmt, stockt Alyssia. »Oh mein Gott!« Neben ihrem Bett steht eine weiße Babywiege. Sie ist wunderschön. Nathan hat ihr erzählt, dass er einmal eine für Nando angefertigt hat. Er hat dieses Geschick mit Holz und auch mit Autos umzugehen von seinem Vater geerbt.

Mateo hat die ersten Monate in dieser Wiege gelegen und Gabriel wollte auch so eine. Sie war schon halb fertig, doch jetzt konnte Nathan das Baby seines Bruders noch nicht einmal sehen. Er weiß nicht einmal, wie es ihnen allen geht. Alyssia streicht über das weiß lackierte Holz, die vielen Schnörkel, die Kleinigkeiten, die mit soviel Liebe entstanden sind. Ihr kommen die Tränen, als sie eine Gravur am Kopfende entdeckt, die mit rosa Farbe abgehoben ist: 'Princesa'

»Es ist wunderschön, wie hast du das geschafft und wann?« Nathan bleibt am Türrahmen gelehnt stehen. »Ich habe damit angefangen, als du gemerkt hast, dass wir ein Baby bekommen.« Alyssia streicht weiter über das Holz. »Wunderschön.« Nathan lacht leise. »Du bist wunderschön.« Alyssia blickt sich zu ihm um. Sie steht barfuß vor ihm, mit einem knielangen Rock und einem T-Shirt, das nicht mehr vollständig ihren Bauch verdeckt. Ihre Haare gehen ihr inzwischen bis zu den Ellenbogen und sie hat das Gefühl, dass sie ständig im Stehen einschlafen könnte. Sie ist momentan sicherlich alles andere, aber nicht wunderschön.

»Hör auf zu spinnen, ich bin eine rollende Kugel und das Ende dieser Kugel ist noch nicht in Sicht.« Nathan tritt zu ihr, ihr geliebtes Grinsen im Gesicht, die süßen Grübchen auf den Wangen. Alyssia genießt diesen Anblick, sein Lächeln ist selten geworden. »Du bist für mich das Schönste auf der Welt, du und unsere kleine Princesa.« Alyssia legt ihm die Arme um den Hals. »Wir beide lieben dich über alles.« Nathan sieht ihr lächelnd in die Augen. »Ihr seid mein Leben!«

Als Nathan sie küsst, weiß sie, dass seine Worte wahr sind. Sie drei, das ist jetzt ihr Leben, ihre Zukunft. Und doch können sie es nicht genießen, weil sie nie sicher sind. Seit dem Tag, als sie beim Arzt waren, hat Nathan einen Plan gefasst, der Alyssia nicht mehr schlafen lässt. Als sie ihm jetzt über seinen Rücken streichelt, seinen Hals küsst und seine Arme entlangfährt, wird sie wieder an den Plan erinnert. Sie spürt die Narbe des Schusses, den er ihretwegen abbekommen hat und zuckt zurück.

»Hast du noch einmal über meine Worte nachgedacht?« Nathan küsst ihre Nase und hebt sie ohne Probleme auf ihre Kommode. Sie schlingt ihre Beine um seine Hüften und er streicht über ihre Beine. Auch wenn er hier keinen Fitnessraum wie in Puerto Rico zur Verfügung hat, ist er noch immer sehr durchtrainiert, vielleicht sogar mehr als früher. Die Arbeit in der Werkstatt fordert viel Kraft und er joggt jeden Morgen am Strand.

»Es muss sein, Alyssia. Ich dachte, du hättest es verstanden?« Alyssia nimmt sein Gesicht in ihre Hände. »Du hast dein Leben für meines aufgegeben, warst bereit für mich zu sterben. Als du mir damals gesagt hast, ich soll wegrennen, habe ich es nicht getan. Erwartest du jetzt von mir, dass ich zusehe, wie du dein Leben noch einmal riskierst? Ich möchte nicht mehr ohne dich leben, wir beide brauchen dich! Das ist doch wichtiger als alles andere.«

Nathan streicht über ihren Bauch. »Eben, deswegen. Du hast selbst mitbekommen, dass die Leute der Salva Miri anfangen, alle Städte abzufahren um Schutzgeld einzunehmen. Es ist nur eine Frage der Zeit, wann sie hier auftauchen werden. Nima wird uns auf die Flugverbotsliste gesetzt haben. Wir kommen nicht aus Guatemala raus und selbst wenn, wie oft wollen wir noch fliehen?

Wie soll das Kind aufwachsen? In ständiger Angst? Ich bin als Nato geboren. Auch wenn ich jetzt nicht mehr zu ihnen gehöre, kann ich das einfach nicht länger, Schatz. Ich bin nicht dazu geboren, mich zu verstecken und ständig zu fliehen. Ich werde zu Nima gehen und diese Sache ein für alle mal aus der Welt schaffen. Du hast auch gehört, dass er immer mehr Männer verliert, deswegen bin ich mir sicher, dass alles gut ausgehen wird. Ich werde nicht zulassen, dass unser Kind sich vor irgendjemandem verstecken muss, hörst du?«

Alyssia weiß, wie festgefahren Nathan in diesem Punkt ist, sie versteht es ja. Es ist schrecklich, ständig mit dieser Angst im Nacken zu leben, doch das bedeutet den sicheren Tod für Nathan. Sie kann nicht verstehen, warum er das nicht so sieht. »Ich kann das einfach nicht. Ich kann nicht ohne dich leben, ich will dieses

Kind nicht ohne dich bekommen!« Nathan lächelt. »Das wirst du nicht, Schatz. Ich verspreche dir, dass ich alles für uns klären werde und ich zu euch zurückkomme.«

Als Nathan sie jetzt küsst, verliert sich Alyssia in diesen Kuss, in den Gefühlen für Nathan, die so unglaublich stark sind. Ein Hupen unterbricht sie. »Oh, das ist Marco, ich sehe mir kurz seinen Motor an.« Alyssia nickt. »Ich mache Essen.«

Anstatt in die Küche zu gehen, bleibt Alyssia aber im Schlafzimmer und streicht über die Wiege. Sie holt den Zettel aus der Schublade, den sie schon gestern hier versteckt hat. Sie haben nichts mehr aus ihrem alten Leben, keine Bilder, keine Handys, keine Nummern, nichts. Alyssia sieht durch das Fenster, wie Nathan mit Marco dessen Auto öffnet. Sie liebt ihn und wird nicht zulassen, dass auch er ihr noch genommen wird. Sie bekreuzigt sich und betet, dass sie jetzt nicht alles noch schlimmer macht.

Das Einzige, was Alyssia in ihrer Panik eingefallen ist, nachdem sie lange über einen Weg nachgedacht hat, ist, dass Nathan ihr von einem Club erzählt hat, in dem sie sich oft aufhalten. Die Los Natos stehen leider nicht im Telefonbuch, der Club schon. Alyssia wählt mit ihrem neuen Handy die Nummer auf dem Zettel. Als es anfängt zu klingeln, betet sie innerlich, dass es klappt, sie hat keine andere Nummer oder Idee mehr.

»Black Butterfly, Josy, mit wem spreche ich da?«


Celina schaut liebevoll auf den schlafenden Mateo, momentan hält er sie ganz schön auf Trab, doch schon jetzt vermisst sie ihn wieder. Sie lehnt die Tür an und geht hinüber in ihr Schlafzimmer. Gerade war Aurora mit dem kleinen Sergio da. Der Sohn von Gabriel ist zu süß, er hat jetzt schon die wilden Locken seiner Mutter, die aber so hell sind wie die Haare seines Vaters. Wenn er einen ansieht, denkt man, ein Engel strahlt einen an.

Gabriel und Nando waren länger weg, als sie wiedergekommen sind, war auch Alonzo dabei. Celina würde nicht behaupten, dass es zwischen Nando und Alonzo ganz wie früher ist, doch sie haben sich verziehen. Es hat gedauert, doch die Liebe zwischen Elisa und Alonzo und wie glücklich sie jetzt zusammen mit Lorin sind, hat Nandos Herz dann doch erweicht. Sie wollen heiraten, und als Alonzo Nando gefragt hat, hat er zugestimmt, der Trauzeuge zu werden.

Lorin hat sich ganz gut eingelebt. Cassandra, Elena und sie sind jetzt schon ein unzertrennliches Team und werden ihren Vätern mal graue Haare wachsen lassen. Pablo, Mateo und Sergio sorgen für die Zukunft der Familia. Wenn es so weitergeht, wird diese Zukunft sehr gesichert sein. Celina streicht müde über ihren Bauch. Als sie ins Schlafzimmer eintritt und Nando nachdenklich auf ihrem Sofa sitzen sieht, durchfährt auch sie wieder dieser Schmerz.

Es ist alles in Ordnung hier bei ihnen, und doch ist gar nichts in Ordnung. Sie haben jemanden verloren, und diese Lücke wird sich nie wieder schließen. Nando, Arturo, alle waren unterwegs, haben Nathan gesucht, doch sie haben kein Lebenszeichen von ihm. Es ist jetzt ein halbes Jahr her. Celina erinnert sich, wie es damals bei Gabriel war, da waren schon alle verzweifelt, aber er war nach ein paar Wochen wieder da. Nun sind Monate vergangen, kaum einer wagt es jedoch, diesen wunden Punkt anzusprechen.

Es ist ein Messer, das tief in den Herzen der Brüder steckt, in ihrer aller Herzen. Doch die Bindung der Brüder war und ist einfach etwas ganz Besonderes. Letzten Monat war die Hochzeit von José und Janine. Es war ein tolles Fest, doch es war nicht das gleiche, es hat etwas gefehlt, was niemals ersetzt werden kann. Neben den Brüdern am Traualtar hat jemand gefehlt. José wollte die Hochzeit verschieben, doch irgendwann meinte Arturo, dass es nichts bringen wird. Sie wissen nicht, ob sie jemals wieder etwas von Nathan hören werden und das quält sie alle am meisten.

Am Anfang war Nando wütend, dann hat er es versucht zu verdrängen, doch Nathan ist zu tief in Nandos Herz gewachsen. Er kann nicht verbergen, wie weh ihm der Verlust seines jüngsten Bruders tut. Keiner kann das. Gabriel wacht oft nachts auf, dann findet Aurora ihn mit einem Bild von Nathan in der Hand im Wohnzimmer vor.

José hat Janine erzählt, dass er sich nie verzeihen wird, die letzten Wochen vor Nathans Verschwinden zu streng zu ihm gewesen zu sein. Er hatte den Eindruck, Nathan hat sich gefühlt, als würde er hier nur stören. José macht sich große Vorwürfe.

Elisa weint oft um ihren Bruder. Auch wenn Arturo diese Tränen nicht offen weint, weiß Celina, dass es auch den Ältesten sehr nahe geht. Olivia erzählt ihr immer, wie sehr Arturo darunter leidet.

Nando ist seitdem oft mit seinen Gedanken abwesend. Celina hat das Gefühl, dass ein Teil in ihrem Mann gestorben ist. Mehr als einmal hat sie gesehen, wie er in Nathans Haus gegangen ist, einmal ist er dort auf der Couch eingeschlafen. Bei der Hochzeit hat Cassandra die Wunde wieder bluten lassen, als sie gefragt hat, wo Nathan bleibt.

Alle Kinder fragen nach ihm, vermissen ihren Onkel und keiner der Erwachsenen bringt es übers Herz, ihnen eine Antwort zu geben.

»Ich habe die alten Kindersachen durchgesehen und dachte …« Celina hat sich gleich gedacht, dass es eine dumme Idee ist. Nando steht auf und streicht über die weiße Wiege, die Nathan damals zur Geburt von Mateo angefertigt hat. Celina liebt diese Wiege. Für sie symbolisiert sie die starke Bindung die immer zwischen Nathan und Nando bestanden hat. »Es ist okay, das Baby sollte darin schlafen.« Nando dreht sich zu ihr und streicht über ihren Bauch. Celina ist im dritten Monat schwanger. Noch wissen sie nicht, was es wird, doch es geht dem Baby gut und das ist die Hauptsache.

»Ich wünschte mir, dass ich einmal wieder dein Lachen hören könnte.« Celina lehnt sich an Nando und er umarmt sie. Einen Moment ist es still, dann räuspert sich ihr Mann leise. »Er fehlt mir …« Celina schließt die Augen an Nandos Brust. »Ich weiß, er fehlt uns allen.«

In dem Moment klingelt Celinas Handy auf dem Bett, Nando greift danach und reicht es ihr. »Es ist Josy.«

# Kapitel 17

Nathan rollt unter das Auto. Eigentlich wollte er langsam Feierabend machen, doch er sollte zumindest einmal einen Blick unter das Auto geworfen haben, um einzuschätzen, wie lange er morgen dafür brauchen wird. Er möchte die nächsten Tage so viel Zeit wie nur möglich mit Alyssia verbringen. Gestern hat er ihr gesagt, dass er nächste Woche zu Nima gehen wird, seitdem ist sie unruhig und nervös.

Sie hat recht und er weiß es, er kann nicht einmal einschätzen, was wirklich passieren wird, aber er kann sich auch nicht ewig verstecken. Sein Kind soll frei aufwachsen, sie können ja nicht einmal das Land verlassen. Er muss versuchen, das mit Nima zu klären oder damit rechnen, dass es eskaliert. Doch wenn er nichts tut, werden sie immer auf der Flucht sein.

Jedes Mal, wenn in die kleine Stadt ein Auto einfährt, das er nicht kennt, macht er sich Sorgen um Alyssia. Wenn auf der Straße nachts zu viel Lärm ist, wird er wach und spürt jedes Mal, dass sie nie frei sein werden, wenn Nathan diese Sache nicht erledigt, ein für allemal. Vielleicht schafft er es ja auch, es so hinzubekommen, dass er wirklich zu seiner Familie kann, zumindest sie einmal besuchen.

Nathan hat sich oft über seine Brüder geärgert, doch mittlerweile sieht er vieles mit anderen Augen. Er versucht vor Alyssia zu verbergen, wie sehr ihm Puerto Rico, seine Familie und die Familia fehlen, doch auch das fällt ihm immer schwerer.

Weil Nathan so in Gedanken war, hört er erst jetzt, dass die Tür zu seiner Garage quietscht. Er rollt unter dem Auto hervor um nachzusehen, wer jetzt noch kommt und stockt. Vor dem Auto stehen Nando, Gabriel, José und Arturo. Nathan sieht fassungslos zu seinen Brüdern. »Was ...?«

Keiner sagt einen Moment ein Wort. Nathan steht auf und sieht in die Gesichter seiner Brüder, spürt, wie sehr sie ihm gefehlt haben. Wortlos tritt Arturo zu ihm und nimmt ihn in den Arm. Tausend Fragen gehen Nathan durch den Kopf, sein Herz schlägt viel zu schnell, und doch schließt er einen Augenblick einfach nur die Augen und umarmt seinen ältesten Bruder zurück.

»Mach das nie, niemals wieder, hörst du!« Als Arturo ihn loslässt, sieht er ihn mahnend an. Nathan hat seine Brüder sehr vermisst, José umarmt ihn und zerdrückt ihn fast. »Ich weiß, dass es euch gegenüber nicht fair war, aber ich musste es tun. Alyssia lebt und ...« Nathan sieht José fragend an. »Wie habt ihr uns hier überhaupt gefunden?« Nun ist Gabriel dran, er haut Nathan kräftig gegen den Arm. »Sie hat uns angerufen und wage es nicht, deswegen sauer auf sie zu sein.« Gabriel umarmt ihn und Nathan muss leise lachen. Er hätte nicht gedacht, dass es ihm so gut tut, sie alle wiederzusehen.

»Sie hat Angst, dass du deswegen wütend wirst. Alyssia macht sich Sorgen, wir waren gerade bei euch im Haus. Es ist beeindruckend, wie du sie befreit hast, und die Salva Miri ist auch wirklich nicht mehr sehr mächtig, doch allein dahin zu gehen, ist Selbstmord.«

Nathan steht nun vor Nando und alle anderen werden ruhig. Nando hat bisher keinen Ton gesagt, sondern schaut ihn einfach nur an. Er war immer am strengsten zu ihm, gleichzeitig hat er ihn am meisten geliebt. Die Beziehung zwischen Nando und Nathan war immer am engsten. Er musste das tun und wollte ihm niemals damit wehtun. »Es tut mir leid ... aber meine Meinung steht, ich werde nicht zulassen, dass ihr euch da einmischt. Ich könnte es nicht ertragen, wenn einem von euch, Mateo, Cassandra egal wem ... etwas wegen mir und meiner Entscheidung passiert. Versteht ihr das nicht?«

Nathan geht einen Schritt auf Nando zu. Als er ihn umarmt, atmet Nathan tief aus. Es fallen ihm in diesem Moment so viele Gefühle vom Herzen ab, dass er sich räuspert, um nicht wie ein kleiner Junge loszuweinen. Er spürt auch, dass Nando etwas zittert und dass sie sich am längsten umarmen. Dann erst räuspert sich

Nando. »Oh doch, Nathan, ich verstehe dich vollkommen, du hast absolut recht!«

Etwas verwundert sieht Nathan ihn an. Nando legt den Arm um ihn und sie sehen die anderen Brüder an. »Du willst unsere Familie schützen, deswegen ziehen wir dir jetzt auch nicht die Ohren lang.« Arturo beginnt zu grinsen und Nando fährt fort. »Aber weißt du, das Problem ist, dass ich genauso denke und das Baby in Alyssias Bauch ist meine Nichte. Ich werde sie mit meinem Leben schützen, genauso wie Alyssia und dich. Also werde ich morgen zu Nima fahren, ob es dir passt oder nicht. Auch ich kann meine Familie schützen!«

José lacht und Gabriel kommt an Nathans andere Seite. »Wir sind da und wir werden uns morgen alle zusammen um Nima kümmern. Danach kommt ihr schön wieder zurück nach Puerto Rico, dort wartet deine Schwester, und mein Sohn würde auch gerne mal seinen Onkel kennenlernen. Zudem läuft die Familia, seitdem du weg bist, nur noch schleppend.«

Nathan weiß nicht, was er sagen oder tun soll. Wie immer überfordern seine Brüder ihn, dann kommt auch noch Alyssia unsicher in die Garage. »Es tut mir leid, Schatz, ich wollte nicht hinter deinem Rücken handeln, aber ich möchte nicht, dass dir etwas passiert. Unser Baby braucht dich, und ich will auch nicht mehr ohne dich leben. Hättest du nicht auch gern, dass die Kleine in San Sebastian aufwächst, da, wo auch wir zusammen groß geworden sind?«

Alyssia hat Tränen in den Augen, Nathan kennt sie. Diese Entscheidung, sich bei seiner Familie zu melden, muss ihr sehr schwer gefallen sein. Er sieht, wie sehr sie all das quält und kann gar nicht wütend sein. Er nimmt sie in die Arme, gibt ihr einen Kuss und legt dann die Hand auf ihren Bauch. »Du weißt, dass wir diese Verrückten jetzt nicht mehr loswerden? Siehst du das, Nando? Meine Princesa.« Nathan kann seinen Stolz nicht verbergen. Nando, der noch immer neben Nathan steht, legt auch seine Hand auf Alyssias Bauch und lächelt.

»Dann lass uns morgen dafür sorgen, dass niemand an unsere Princesa herankommt, sie soll doch zusammen mit ihren Cousins und Cousinen aufwachsen.«

Auf dem Weg zu ihrem Haus erfährt Nathan, dass Lina ebenfalls schwanger ist, José und Janine geheiratet haben und sieht die ersten Bilder von Sergio. Er spürt, wie froh alle sind, dass sie Nathan gefunden haben. Doch auch wenn er sich richtig verhalten hat, trifft es ihn, diese wichtigen Ereignisse verpasst zu haben. José verspricht ihm, dass sie eine so große Feier geben werden, sobald sie alle zurück sind, dass ganz San Sebastian wackeln wird. Gabriel wird Nathan Sergio einen Tag lang überlassen, damit er alles nachholen kann. Nathan kann sich gar nicht satt sehen an dem kleinen hellbraunen Lockenkopf auf den Bildern.

Arturo ist stolz auf Nathan, wie er es hinbekommen hat, sich hier in so kurzer Zeit so viel aufzubauen. Nando verspricht Alyssia, dass sie einen großen Platz für einen Garten für sie finden werden. Es wird immer später und Nathan erfährt, dass nicht nur seine Brüder da sind, es sind noch fünfzehn weitere Männer hier. Sie sind mit Alonzo und Tajo in einem Haus, das sie gemietet haben.

Nando ist dafür, Alyssia gleich mit dem Privatjet nach Puerto Rico fliegen zu lassen. So ist es am sichersten für sie, auch Nathan will sie am liebsten ganz in Sicherheit wissen, doch sie setzt sich sofort noch näher an Nathan heran. »Ich bleibe bei ihm, in seiner Nähe, ich werde nicht von ihm weggehen.« Nathan muss lächeln. Seine Alyssia!

Die nächsten Stunden werden schwer, sie haben nicht viele neue Sachen, doch Alyssia will einiges davon mitnehmen. Sie übergeben in der Nacht die Schüssel zur Werkstatt und zu ihrem Haus den Nachbarn, die sich um alles kümmern werden. An Möbeln nehmen sie nur die Wiege mit. Es ist merkwürdig, wieder in einen der drei Luxusgeländewagen zu steigen. Merkwürdig, aber schön. Nathan genießt es anschließend im gemieteten Haus, all seine

Freunde zu begrüßen, Alonzo und Tajo drücken ihn kräftig, auch der Rest der Familia freut sich.

Er atmet erleichtert durch, als Alyssia eine Stunde später sicher in einem riesigen, weichen Bett schläft und er sich neben Nando setzt, während alle anderen langsam ins Bett gehen. Morgen haben sie einiges vor. Was Nathan bis tief unter die Haut geht, ist die Tatsache, bei niemandem auch nur einen leisen Zweifel gesehen zu haben, für ihn und Alyssia zu kämpfen. Das ist es, was er immer so an seiner Familia geliebt hat.

Das letzte halbe Jahr hat das Tattoo auf seinem Rücken sich jeden Tag angefühlt, als würde es auf seiner Haut brennen. Das Kreuz, die Verbindung all der Sachen, die Nathan wichtig sind, seine Familie, die Familia und Gott, Alyssia an seinem Herzen, es hat alles auf seiner Haut gebrannt. Jetzt hier neben Nando und den anderen fühlt es sich wieder richtig an.

Nathan war duschen und hat sich eine kurze Sportshorts von Gabriel genommen. Nur damit bekleidet setzt er sich und nimmt sich ein Stück von der Pizza, die hier überall verteilt ist. Nando reicht ihm sein altes Handy, dann lächelt er, als er auf Nathans Tattoos sieht.

»Du hast uns gefehlt!«

»Ihr mir auch!«


Genau diesen Zusammenhalt spürt Nathan noch deutlicher, als sie am nächsten Tag mit fünf Wagen und zwanzig Männern zu den Salva Miri fahren. Zwei Männer sind bei Alyssia im Haus geblieben. Sie haben sich nicht angekündigt, doch trotzdem werden ihnen die Tore geöffnet. Die ersten Sekunden entscheiden in solchen Augenblicken, wie das Ganze abläuft. Alle ziehen ihre Waffen, doch Nima kommt ihnen mit drei Männern entgegen und hebt die Arme. »Was für eine Ehre, euch hier begrüßen zu dürfen!«

Es dauert, bis sich einer der Männer, der Nathan erkennt, zu Nima beugt und ihm erzählt, wer Nathan ist.

»Man hatte mir gesagt, dass du zu den Los Natos gehört hast, dich aber losgesagt hattest. Das war der einzige Grund, wieso ich nicht zu ihnen gegangen bin. Wieso bist du jetzt mit ihnen hier?« Nathan will etwas sagen, doch Nando ist schneller.

»Ob er sich losgesagt hat oder nicht, ist egal, wir haben uns nie von ihm losgesagt. Er ist unser Fleisch und Blut und wie du dir denken kannst, ist das stärker als alles andere. Es ist uns zu Ohren gekommen, dass du jemanden von uns suchst, also sind wir hier und fragen dich, was genau du willst!« Die Drohung, die mit im Satz gesteckt hat, war nicht zu überhören. Nathan tritt vor.

»Hier bin ich, Nima, du lässt nach mir suchen, hier bin ich! Lass uns jetzt alles klären und dann geh uns für immer aus dem Weg.« Nima lacht leise und hebt noch einmal die Arme. »Ich verstehe euch, er ist euer Bruder, aber er war hier, hat fünf meiner Männer getötet und sich etwas genommen, was mir gehört.« Nathan will noch näher gehen, doch Gabriel hält ihn zurück.

»Sage nie wieder, dass meine Frau dir gehört, du Bastard, sie trägt mein Baby in sich und sie hat schon immer mir gehört. Wenn du es nötig hast, Frauen ihren Vätern abzukaufen, ist das dein Problem, aber denke nicht, sie würde dir gehören.« Nima geht einen Schritt zurück und Arturo tritt vor.

»Nima, ich will ganz ehrlich zu dir sein. Du hast eine Familie bei lebendigem Leib verbrannt, darunter ein kleines Mädchen, das wir alle als Baby auf dem Arm hatten. Eigentlich wollten wir dich direkt erschießen und dieses Grundstück dem Boden gleich machen. Aber wir sind bereit, uns erst anzuhören, was du zu sagen hast, also sprich jetzt!«

Nathan sieht sich um, es wirkt alles noch verwahrloster als damals, als Alyssia hier war. Es sind höchstens zwanzig Männer auf dem Grundstück. Die meisten scheint es aber nicht einmal zu interessieren, dass sie da sind, sie wirken alle wie auf Drogen. »Aber das alles war ein Geschäft, der Vater ist mit mir diesen Handel eingegangen, da könnt ihr auch nicht dran rütteln. Ihr wisst, dass Geschäftsabkommen heilig sind. Er schuldet mir noch zehntausend Dollar. Wenn ich dieses Geld bekomme, ist für mich die Schuld bezahlt und wir können friedlich auseinandergehen. Wer weiß, vielleicht machen wir auch einmal Geschäfte zusammen.« Nima reibt sich die Nase und zieht eine Waffe. Nathan schüttelt den Kopf.

Als er schießt, zucken zwar viele zusammen, doch keiner unternimmt etwas. Es ist nicht klar, ob Nima geschossen hätte, doch der Kerl war absolut nicht zurechnungsfähig.

»Das war für Amanda. Nima war ein Drogenjunkie, er konnte nicht einmal mehr richtig aufblicken. Er wäre in zwei Monaten wieder gekommen und hätte sich etwas einfallen lassen. Alyssia und die Kleine wären nie sicher gewesen. Dem konnte man nicht trauen.«

Nando geht zu den restlichen Männern der Salva Miri und holt einige Scheine heraus, er gibt sie ihnen. »Nehmt euch von hier, was ihr braucht und verschwindet dann. Die Familia Salva Miri gibt es nicht mehr.« Sie nehmen das Geld, doch reagieren ansonsten nicht weiter. Sie alle sind vollgepumpt mit ihren eigenen Drogen und Nathan wird klar, dass es die Familia schon lange nicht mehr gegeben hat.

Am Ende hat es sich Nathan ganz anders vorgestellt, wie dieses Treffen vonstatten gehen wird, doch er ist erleichtert, dass nun alles, was Nima und die Gefahr für Alyssia und seine Tochter angeht, beseitigt ist.

Als sie kurze Zeit später zurück im gemieteten Haus sind, haben sie bereits einen weiteren Jet geordert, der sie alle zusammen endlich aus Guatemala wegbringt. Nathan sind sämtliche Lasten von den Schultern gefallen. Er hebt Alyssia hoch, die ihnen freudig entgegenkommt. »Es ist vorbei, Schatz!« Alyssia küsst ihn. »Können wir jetzt endlich nach Hause?« Nathan lächelt und streicht mit seinem Daumen über ihren Leberfleck unter der Lippe.

Wie sehr er diese Frau liebt. Er erinnert sich an ihren Abschied damals, als sie nach Kanada gezogen sind. Dass sie jetzt schwanger vor ihm steht, ihn so liebevoll anblickt und fragt, ob sie endlich nach Hause können, hätte er sich damals nie vorstellen können.

»Ja, wir fliegen nach Hause!«

Nathan küsst sie und muss den Kopf schütteln, es ist schon komisch, was das Schicksal so alles mit den Menschen anstellt, doch er ist einfach nur dankbar.

Dankbar für Alyssia, sein Baby, seine Familie, seine Familia und das Leben, in das er jetzt endlich zurückkehren kann.

# 1 Jahr später

Der Wind weht heute ziemlich stark über San Sebastian.

Nathan legt den Arm auf Gabriels Schulter, sie alle nehmen noch einmal etwas Erde und werfen es auf die letzte Ruhestätte von Gabriels Mutter, die sie alle mittlerweile so tief in ihr Herz geschlossen hatten.

Schon kurz nachdem Nathan und Alyssia zurück nach Puerto Rico gekommen sind, hat sie von ihrer Krankheit erfahren, doch Gabriels Mutter war eine starke Frau. Das Schicksal hatte sie oft geprüft und jetzt am Ende war sie einfach nur zufrieden. Sie hat ihre Enkelkinder in den Armen gehalten, ihr so lange verlorener Sohn war an ihrer Seite und sie ist mit einem Lächeln eingeschlafen.

Es ist ganz ruhig auf dem Friedhof, alle sind zurückgetreten, nur noch Gabriel, Nando, Arturo, José, Nathan und Alonzo stehen am Grab. Es hat sich alles zum Guten gewendet. Sie haben wieder angefangen, als Familia zu handeln und ihre Geschäfte laufen sehr gut, der Familie geht es gut und auch für die nächste Generation ist gesorgt. Fast, als hätten sie Nathans Gedanken gehört, treten Pablo und Mateo zu ihnen, Sergio ist auf Pablos Arm.

Nathan wendet sich einen Augenblick um, sieht auf seine schöne Frau Alyssia und auf Celina, seine Tochter Amanda und Nandos Tochter Amalia in deren Armen. Die Frauen müssen immer wieder lachen, die beiden wachsen jetzt wie Zwillinge auf. Wenn man sie sieht, könnte man es fast glauben. Wie Nathan und Nando ähneln sich die beiden sehr, nur dass Amanda die schönen hellbraunen Augen von Alyssia hat, übersät mit grünen Splittern. Amalia hat die gleichen schönen Augen wie Lina.

Daneben stehen Janine und Olivia, beide sind schwanger. Nathan ist sich sicher, dass noch so einige Nachkommen der Natos auf die Welt kommen werden. Elisa und Aurora verteilen gerade Kaugummis an die kleine Mädchenfamilia, wie sie ihre wilden Mädchen immer alle liebevoll nennen. Cassandra, Elena und Lorin sind kaum zu bändigen. Hinter den Frauen steht ihre komplette Familia. Stolz durchfährt Nathan, als er in deren Augen sieht. Es wird die Los Natos immer geben und sie werden immer für die Sicherheit ihrer Familie und der Familia sorgen. Wenn sie das nicht mehr können, wird es die neue Generation machen.

Er sieht wieder zurück zum Grab. Sie haben beschlossen, die Mutter von Gabriel in die Nähe des Grabes ihres Vaters und ihrer Mutter zu legen. Es war eigentlich gar keine Frage, denn ein jeder von ihnen hat mittlerweile verstanden, dass diese ungewöhnliche Beziehung der drei, sie alle geprägt hat.

Nathan sieht auf die drei Gräber und denkt darüber nach, was alles aus dieser Konstellation für Sachen entstanden sind. Das Schicksal hat es nicht nur gut mit den dreien gemeint, doch wenn er sich jetzt umsieht, kann er sagen, dass letztendlich nur Gutes daraus entstanden ist.

Er denkt an Nando und Celina, wie lange und hart sie für ihre Liebe kämpfen mussten, wie oft das Schicksal sie auf die Probe gestellt hat und wie sie es am Ende doch geschafft haben.

Er denkt an Arturo und Olivia, denen das Schicksal, vor allem Arturo, schwer zugesetzt hat, als die Sache mit Pablo ans Tageslicht kam. Wie schwer er es als Ältester immer hatte. Nun erwartet er seinen zweiten Sohn und Nathan hat seinen Bruder schon lange nicht mehr so glücklich gesehen wie zur Zeit.

José und Janine hatten es so schwer, weil sich José komplett gegen seine Gefühle gestellt hatte. Er wollte nie so etwas wie sein Vater erleben, nie so ein Unglück mit Gefühlen haben, nie die Familia in Frage stellen, nie so starke Gefühle für jemanden haben. Doch dann brachte ihm das Schicksal Janine, die nun auch einen Jungen erwartet und die José über alles liebt.

Gabriel und Aurora haben es beide sehr schwer mit dem Schicksal gehabt. Er wusste, dass er nicht von der selben Mutter war wie die anderen und wollte immer einen Engel. Das Schicksal hat ihm

Aurora und viele Probleme gegeben, doch Gabriel hat gekämpft. Nun sind Aurora, Elena und Sergio sein größtes Glück und Aurora ist zu seinem ganz persönlichen Engel geworden.

Selbst ihn hat jetzt das Schicksal heimgesucht. Ähnlich wie auch Elisa musste er lernen, dass es Spuren im Leben gibt, die nicht verwischt werden. Das Band zwischen Alyssia und ihm war zu stark, sie hätten es nie getrennt, doch da sie noch Kinder waren, hatten sie keine Möglichkeit es zu halten. Das Schicksal hat sie wieder zusammengeführt und gleichzeitig auf eine harte Probe gestellt.

Er ist dankbar, dass sie diese Probe bestanden haben, auch wenn Alyssia noch immer unter dem Verlust ihrer Familie leidet, kann sie wieder unbeschwert Lachen. Amanda ist ihre kleine Princesa, Nathan vergöttert seine Tochter. Alyssia ist wieder Zuhause. Mittlerweile lebt die Köchin hier und hilft Alyssia im Haushalt und im Garten. Alyssia hat zumindest einen Teil ihrer puertoricanischen Familie wiedergefunden, die Tante von Alyssia und sie sind unzertrennlich geworden, nachdem sie sich endlich wiedergefunden haben.

Nathan ist einfach nur dankbar für sein Glück, für das Glück seiner Brüder, seiner Schwester, für seine Familia. Er hofft, dass sein Vater, seine Mutter und die Mutter von Gabriel jetzt vom Himmel auf sie herabsehen und erkennen, dass das Schicksal sie zwar hart geprüft hat, doch am Ende nur Gutes dabei herausgekommen ist.

Nathan nimmt drei Rosen und legt sie auf die Gräber, jeder seiner Brüder tut es ihm gleich. Sie alle umarmen Gabriel, der Sergio auf den Arm nimmt, dann stellen sie sich in einem kleinen Kreis auf, Pablo und Mateo in der Mitte. Arturo blickt sie gerührt und doch entschlossen an.

»Nichts wird uns noch einmal trennen, an unsere Familie oder unsere Familia herantreten oder sich uns in den Weg stellen!« Sie alle stimmen ein. »Los Natos – para siempre!« Pablo hebt Mateo in die Luft.

»Los Natos – para siempre!«

Das Schicksal hat viele Gesichter, es kann Gutes bringen oder sich deinen Plänen in den Weg stellen. Es ist kein Zufall, dass uns manche Menschen begegnen. Wir lernen und wachsen an unserem Schicksal. Es ist keine Frage, ob dich das Schicksal aufsuchen wird, sondern wie du dann damit umgehen wirst.

Für jeden Menschen stellt sich irgendwann die Frage …

… Glaubst du an das Schicksal?

Los Natos – para siempre

Entdecken Sie

die

ergreifende Welt

von

Jaliah J.

Stell dir vor, du erfährst, dass die Welt, die du eigentlich zu kennen vermagst, nicht das ist, was du all die Jahre dachtest. Wesen, Gefahren und Gefühle existieren, von denen du nicht einmal zu träumen gewagt hast ...

Hijas de la luna - Die Legende der Töchter des Mondes

... und dann erkennst du, dass du schon immer, ohne es zu wissen, ein Teil dieser Welt warst.

www.jaliahj.de

Jaliah J. ist eine junge Autorin, die mit ihrer Familie in Berlin lebt. Ihre Wurzeln sind in der ganzen Welt verstreut, doch ihr Herz schlägt für Puerto Rico.

Angefangen haben ihre ersten Schreibversuche in einigen Internetforen, wo sie schnell einige treue Leser ihrer Geschichten gefunden hat und es nicht mehr viele Schritte bis zum ersten Buch waren. Mittlerweile füllen viele Bücherregale die Werke der jungen Autorin und ihre Bücher sind regelmäßig in der Bestsellerliste von BOD vertreten.

Mit ihrer bekannten Llora por el amor - Reihe hat sie eine ganz neue Welt erschaffen, in die sich viele Hunderte junge Leser regelmäßig zurückziehen und alles um sich herum vergessen.

Es sind einige weitere Projekte geplant, so dass man auch in Zukunft noch viel von der jungen Autorin hören wird.

Tauchen auch sie ein in die faszinierende Bücherwelt.

*"Diese junge Autorin schreibt mit ebenso viel Hemmungslosigkeit wie Konsequenz Liebesromane, ich wünsche ihr einen langen erzählerischen Atem für sprudelnde Phantasie und mitreißende Fantasy."*

Vito von Eichborn

(Vorwort zur Sonderausgabe zu Werwölfen, Vampiren und den Töchtern des Mondes)

Shirts, Handycases und vieles mehr zu den Büchern von Jaliah J.

*Viel Spaß auf meiner Seite*

---

follow me ...

## Leserkommentare

*„Jaliah schreibt leidenschaftlich und hingebungsvoll. Ich habe schon sehr viele Bücher gelesen, die ich richtig, richtig gut gefunden habe. Aber Jaliahs Story nehme ich ihr voll und ganz ab. Kaufe ihr das ab, was sie schreibt. Man hat bei der Lektüre das Gefühl, live dabei zu sein. Sich mitten im Geschehen zu befinden und man kann sich mit ihren Charakteren identifizieren. Man fiebert mit, will wissen wie es weiter geht und der „Süchttigkeitsfaktor" ist auf jeden Fall vorhanden! ;) Ich kann jedem der eine Reise nach Puerto Rico mit dem Kopf machen möchte, in eine neue Welt eintauchen will, den Zusammenhalt der Gangs und deren Familien spüren, das Buch weiter empfehlen!"*

#### Hope

*"Hope/Amal, die Geschichte zwischen einem christlichen Mädchen und einem arabischen Prinzen, war unglaublich mitreißend.*
*Die Persönlichkeit und das Handeln von Farhan (dem arabischen Prinzen) war mir völlig neu und extrem erfrischend.*
*Auch die liebenswerte Einführung in die Welt des Islam hat mich berührt.*

*Jaliah hat die Verbindung zwischen zwei Religionen in Form dieses Buches sehr schön dargestellt!!*

*Die Geschichte ist mitreißend! Zusammengefasst: Ein tolles Buch mit einer zauberhaften Liebesgeschichte die es sich zu 100% zu lesen lohnt!"*